服 饰 营 销 决 胜 智 典

渠道制胜
——服装营销渠道管理

马刚　韩燕 / 编著

中国纺织出版社

内 容 提 要

　　本书在广泛吸收国内外营销渠道研究成果和成功经验的基础上,结合服装市场的最新动态和我国服装企业的实际,以理论为引导,以实用为原则,对服装企业营销渠道管理的内容和方法进行了系统阐述,着重介绍了服装营销渠道的设计管理、成员管理、流程管理、关系管理、绩效管理、整合与发展趋势等内容,旨在为服装企业提供一套渠道管理的理论、方法和技巧,探索出适合中国服装企业的营销渠道策略。

　　本书通俗易懂,既可作为服装企业领导、营销人员和销售管理人员了解和实施营销渠道管理的指南,也可作为高等院校服装企业管理、服装市场营销等专业教材或教学参考书,亦可作为各类成人教育培训机构的培训教材。本书对于服装企业的营销渠道管理具有较强的指导作用,对自学者亦有较好的参考价值。

图书在版编目(CIP)数据

渠道制胜:服装营销渠道管理/马刚,韩燕编著. —北京:中国纺织出版社,2008.2

(服饰营销决胜智典)

ISBN 978 - 7 - 5064 - 4761 - 4

I. 渠… Ⅱ. ①马…②韩… Ⅲ. 服装 - 市场营销学 Ⅳ. F768.3

中国版本图书馆 CIP 数据核字(2007)第 190198 号

策划编辑:刘 磊　陈良雨　刘晓娟　　责任编辑:魏 萌
责任校对:余静雯　　责任设计:李 歆　　责任印制:初全贵

中国纺织出版社出版发行

地址:北京东直门南大街 6 号　邮政编码:100027

邮购电话:010—64168110　传真:010—64168231

http://www. c-textilep. com

E-mail:faxing @ c-textilep. com

中国纺织出版社印刷厂印刷　三河市永成装订厂装订

各地新华书店经销

2008 年 2 月第 1 版第 1 次印刷

开本:787×1092　1/16　印张:14

字数:225 千字　定价:29.80 元

序

——渠道之困

中国的服装企业做品牌累不累？当然累。几乎从设计到成衣的加工，生产环节的控制，经销商的管理以及经销商到终端的控制，甚至连终端的标准化及与顾客的沟通，都要由服装企业亲自完成。过长的供应链对于企业，无异于花费更多的精力和资金，任何一项的不足都会令企业利润下降，市场份额减少。在这种情况下，既要生产又要零售的服装企业承受的压力确实很大，而对企业最不利的则是无法专注于对自己品牌的研究，这其中重要的原因就是在他们的供应链中缺少一个强大的渠道支撑。

渠道改变一切

中国零售渠道正在转变

通过什么样的渠道在什么市场做何种销售，这直接关系到企业的运营成本、市场的覆盖率、企业和顾客的沟通距离以及与顾客成交的速度和获益的能力。渠道被越来越多的服装服饰企业特别的关注。

目前，我国的服装企业究竟面临的是一个什么样的零售业渠道现状呢？

与国外的服饰零售渠道相比，我们的差距还很大。中国至今还没有形成一个完全的以市场为主导机制的渠道模式。受制于中国原有计划经济体制，在2003年之前，国内零售渠道中，如百货公司，还主要以国营资产为主要业态。这些百货公司虽然因为原来的城市规划需要，占据着在当地城市中很好的位置，但是由于在经营机制上的落后，近年来，他们的商业模式并没有随着经济的发展而得到改变，经营机制老化、在市场运作上陷入困境、众多员工及退休职工的负担等，使他们难以形成以市场为主导机制的渠道模式。随着国家对国内零售渠道的开放和零售渠道中国有资产开始转卖给民营企业，这一状况正在发生改变。2005年开始，据国家商业统计的数据，在比例上，民营零售渠道可赢利的比重首次开始超过国营资产在整个零售渠道中所占的比重，这一现象说明民营零售渠道正在逐步突破瓶颈，中国零售渠道正在发生转变。

品牌需要强大的渠道支撑

品牌需要一个强大的渠道做支撑。在美国和欧洲国家，服装生产企业基本上不需要花太多精力去招募那么多经销商，对他们进行辅导，再进行终端销售，包括CK、DKNY等很多服装品牌，他们的直营店所占全部营业额的比例也是非常少的，许多品牌60%~70%以上的营业额，多半是进入像Wal-mart或某一个Shoppingmall等全国性的连锁机构赚取的，而且随着这些机构全国性或全球性的拓展，他们的产品就可以走向全世界。

在国内，零售终端渠道的作用特别明显地表现在家电行业。目前，零售终端渠道做得最好的就是国美电器和苏宁电器，他们原来都是大多数电器品牌的省级代理商，而通过抓住时机，进行市场的拓展和改变零售的运作方式，这些省级代理商慢慢变成唯一的终端家电专业零售商。同时，这也代表着这些电器品牌必须放弃自己在终端专卖店的建设，而利用已有的市场渠道，通过他们的经营实力，把产品带到全国，以后随着零售渠道而进入国际市场。这样一来，一些力推自己品牌的企业在渠道建设上的投入就会不断减少，并把这部分利润让给供应链上的另一个环节——渠道，而生产型企业则可以专注于产品的研发、品牌的经营、市场的推广。但是，服装行业却受困于终端渠道的零散和不成体系。因此，我们目前的零售渠道如百货公司和小的加盟商给服装企业的品牌经营，营销策略和未来的发展带来了强大的制约。

渠道催生品牌诞生

现在，许多企业的品牌是为了迎合百货公司的需要，而百货公司则是为了迎合顾客的需要。实际上，顾客的需求是可以引导的，韩国和日本就是一个很明显的例子。日本很多品牌的诞生，包括著名休闲品牌优衣库，还有其他一些品牌的诞生，都是应商场的需要而后创建，也就是根据渠道的需要去创建品牌。在日本，整个零售渠道可能只由西屋百货、Sogo等两三家连锁机构控制。那么，每个百货公司都希望和优衣库这样的品牌合作，但是合作有一个前提——就是为了避免和对手竞争，百货公司在引入品牌的同时，要企业必须承诺，这个品牌在他的系统是唯一的(风格是唯一的)，以免和对手进行价格战。这样的情况下，对于企业来说，为了利润的最大化，唯一可以选择的只能是创建第二个、第三个品牌……来满足另外两个连锁集团的需要，这样既避免自己品牌之间的恶性竞争，也避免商场之间的恶性竞争，同时，也在市场中通过多元化满足顾客的需要，寻找新的增长空间。但是我国的零售行业，在渠道环境和零售环境上与欧美，日本等国家还有很大差距。

这种差距来自于市场机制的无形。对我国服装生产企业来说，在未来发展中，当投入巨资建设渠道以及不断增加专卖店和终端渠道，但管理能力不能胜任时，对于品牌的发展是非常不利的。产业链讲究的是，每个企业在供应链和产业链中应该在自己最有利的环节上赚取这个环节中最大的利益,而不应该把产业链从头操作到尾。但中国目前的市场机制势必会朝着欧美方式转变,需要的只是时间。那时,中国会有许多新的品牌因为渠道不同、市场的不同、顾客的不同而诞生。

在这样的情况下,渠道改变了企业的策略,渠道改变了企业的运作方式,渠道改变了企业的赢利模式,所以,我国的渠道,随着民营企业在我国零售份额所占的比重越来越大,未来一定会形成一些托拉斯式的大规模的连锁百货机构。现在已经有如华联机构、香港新世界集团、百盛集团等民营企业,虽未在我国形成垄断性的规模优势,但是他们在努力去做。相信5~10年后,我国将会有2~3个百货公司,在终端零售渠道、时尚消费品行业中,形成像国美、苏宁这样的终端零售模式。届时,我国的服装企业进入终端零售渠道,会随即发生一个转变:现在我国的大多百货公司实际都是房地产商,功能更多在于出租位置和柜台,而国外的百货公司不是房地产商,而是买手。相信我国未来的零售行业也会成为真正的买手,到企业去订货,参加企业的流行发布和新闻发布,并且把货品采购回来后,根据自己的意愿,进行差异化经营。我国的百货公司如果不引入买手机制,如果不引入市场竞争机制,还是以房地产租赁形式发展,百货公司的差异化也是不可能实现的。在这种情况下,百货公司也会陷入到价格战、广告战、促销战的恶性循环中。

服装企业面对尴尬的渠道

适应百货公司

如今,我国的服装企业必须认识到,他们必须适应市场现在的尴尬情况,特别是百货公司,他们虽然对国内的服装品牌百般挑剔,但事实上,百货公司带来的零售额,特别是服饰方面的零售额,还是所有零售渠道里比例所占的最大的,相当于所有渠道中利润的70%~80%,无论批发市场还是其他零售终端都无法与百货公司的零售额相比。百货公司的差异化经营非常困难，这也代表了一个国家的综合能力，如燕莎对于鞋子的要求，基本上只有意大利进口的才能进店销售；赛特的消费者更多的是来北京的外地顾客；而Sogo，百盛则是北京的年轻的白领阶层喜欢去的地方；中友等则是老百姓较为认可的比较实惠的地方。它们的差异化已经基本上逐见成效了。服装企业应该意识到，商场终将会转变成买手，企业将转变成仅仅从事商品设计、品牌运作、营销策略的公司，而其他的就可以交给专业的零售公司去做。

未来我国的百货公司，一定会转变现在的方式，走向市场化，进行股份制改造，完全剥离原来的运作方式。在百货公司这条通路上，服装企业要去适应，两条腿走路。

现阶段，百货公司是重要的打开市场的渠道，但企业自己要另辟渠道，不能把营销模式锁定为单一的百货公司模式。开专卖店，直营店的成本会很高，但是比起和商场合作，至少应变能力得到了增强。我国市场之大，没有一个企业能够用任何单一的方法在市场上取得成功，必须要多元化经营。在思维方式和经营方式上的多样化就代表适应性更强，代表更多的生存机会。

提高单店质量

服装企业建立分公司也好，开设直营店、专卖店或是加盟店也好，这种渠道结构的形成主要是因为企业的赢利、市场的监控力度、终端的控制能力在随着原来的管理情况下变弱，他们希望通过这种方式加强对终端的控制。企业在大趋势不可能改变的情况下，只能去适应，我们唯一可以做的就是，在专卖店和直营店的管理上必须转变观点。

对渠道的改造必须由原来的数量型增长转变为质量型增长。很多品牌在国内的内销网点，包括专卖店在内有2000~3000家。这些企业从品牌创建至今，主要是通过增加专卖店数量来扩大企业现规模，但是这种规模的扩大并不稳固。因为当市场面对冲击时，一个品牌是否能够屹立市场不倒，主要是看单店的质量。单店质量就是当原来的3000家店削减到1500家时，还能保持3000家的销售量。单店的质量高，其市场独立生存能力就强。但是我国的服装企业单店的赢利能力普遍比较差，某些做得很大的企业也是如此。如果这些企业没有意识到这个问题或是意识到了却没有能力调整的话，市场的崩溃会迅速到来。当赢利能力越来越低、经营成本越来越高时，大家比的就是终端的质量，这个质量不是靠数量充起来，而要靠单店的赢利能力、经销商的素质、公司对终端的支持以及服务的水平，这些问题解决不了，未来会步步艰难。

未来的终端改革不是靠换店面装修或通过央视的广告轰炸，而必须要靠管理上的软性投入。首先是店铺的布局。原来许多企业的专卖店和销售网点在市场上的布局是随地洒豆，撒到哪里去哪里耕种，现在一定要改变，要根据不同的土壤种不同的豆子。专卖店在终端的布局要从战略性角度考虑：哪些布局是专门做形象，哪些是用来做销量，哪些布局是来做市场占有的。

从今年的央视广告中可以明显看出，我国服装企业在中央5频道和其他电视台的服装广告比例正在下降，那是因为靠广告争夺终端的时代已经过去了，现在争夺终端要靠店铺，包括战略性的布局、好的位置、店铺面积的大小、赢利的能力等。如果原来在电视广告中经常出现的一些沿海的服装企业都是靠空军打市场，那么今天他们想要对市场进行占领，所要解决的就是陆军的战斗能力。陆军的战斗能力就是在前沿岗哨的稳定性，关键是终端单店能否经得起市场的冲击，能否通过他们影响消费者。这意味着企业在管理、品牌文化、经销商培训、终端文化传播、概念店、形象店上花很大的精力，这是一项长期且投入巨大的工作，任何短期的行为都没有作用。

渠道管理要立体化，多元化，多层次，多空间的去做，这个多空间一定是要为未来的渠道合并做准备，渠道未来必定会走向垄断的托拉斯集团，也许是十年、八年，那时，渠道一定不是今天的样子。

——UTA时尚管理集团总裁　杨大筠

2007年12月

前言

　　营销渠道的选择、构建、管理与创新是服装企业管理者所面临的最重要的决策之一,直接影响到企业的所有营销决策。尤其是在我国加入WTO之后,与全球市场的联系更加紧密,尚未完成市场化进程的我国服装企业必须面对已有几十年甚至上百年市场运作经验的跨国服装企业的直接竞争。市场竞争日趋增强的激烈性和对抗性,要求国内服装企业的经营运作更加深入化和细致化,提高市场资源的可控程度。而营销渠道作为企业最重要的资源之一,对服装企业的经营效率、竞争力和经营安全所形成的局限和威胁却逐渐显现,因此,营销渠道的管理与创新成为企业关注的话题。

　　今天的企业家和营销经理人必须对营销渠道重新认识、正确定位:一要高度重视营销渠道的重要性,把它作为企业发展战略的重要部分来定位;二要加强营销渠道的理论学习和实践分析,把它作为一个系统体系来设计管理。

　　本书对服装企业营销渠道管理的内容和方法进行了系统阐述,着重介绍了服装营销渠道的设计管理、成员管理、流程管理、关系管理、绩效管理、变革与整合等内容,旨在为服装企业提供一套渠道管理的理论、方法和技巧,探索出适合我国服装企业的营销渠道策略。

　　由于"服装营销渠道管理"这一研究领域还不太成熟,作者在相关方面的实践经验和知识积累亦有限,因此本书难免存在不足之处，希望得到专业教师、专家和服装企业营销管理者的指正，帮助我们在本书修订时加以改进。

作者

2007 年 12 月

目　录

第一章
营销渠道管理概述

我国的服装服饰市场已经进入成熟阶段，出现了一些规模较大的生产商集团，也孕育了一些知名品牌。竞争现实促使它们不断进行着产品设计、面料开发、生产工艺、营销推广等方面的创新。然而，市场环境的变化对营销渠道模式和渠道管理方式也提出了新的挑战，要求服装生产商的营销渠道在效率、成本及可控性等方面均能适应集约型经营的转变。于是，营销渠道管理与创新再次成为我国服装生产商面临的重大战略课题。

第一节　营销渠道概述

营销渠道建设对于服饰生产商的发展前景至关重要。成功的营销渠道能使生产商的销售顺利实现，并保证资金的回流。营销渠道日益受到服饰生产商的重视，一方面是因为越来越多的服饰生产商通过自己的经营实践发现，适宜的营销渠道不仅能够迅速、有效地服务于目标市场，而且很难被竞争对手模仿或照搬，从而成为生产商生存、发展和保持长期竞争优势的工具；另一方面，为了创造一流的营销渠道，从生产商自身角度出发，不仅需要周密、详尽的战略规划，更需要大量的技术开发和资金投入。

一、营销渠道的内涵

关于营销渠道的定义，营销学界的不同学者给出了多种描述。这些概念虽然表达各异，但其本质是一致的，即营销渠道是产品从生产商手中转移到终端顾客手中所经过的各中间商联结起来的完整通道。这一通道可直接可间接，可长可短，可宽可窄，视具体生产商、具体产品而不同。

营销渠道可以被视为促使产品或服务顺利被使用或消费的一个相互依存、相互协调的网络，它通过对产品形式、所有权、时间与地点的整合而为终端用户创造价值。由此可以这样来理解营销渠道：

1. 品牌是营销渠道的依托

品牌是生产商的无形资产。营销渠道以品牌为依托，又通过渠道运作创造出越来越大的品牌效应。因此，建立营销渠道和实施品牌经营应当形成相得益彰、相互促进的良性循环。

2. 产品是营销渠道的核心

营销渠道是为销售产品而建立的。以产品为核心，通过经销商向最终顾客辐射，形成一个同心圆营销渠道体系。在该体系中，紧挨着产品这个核心的是经销商，其中零售商是营销渠道中最大的圆，处于渠道的最边缘。

3. 利润分配是营销渠道得以建立的纽带

生产商及各级经销商构成了整个营销渠道体系中的不同环节，这些商家加入到营销渠道的根本目的在于获得利润。如果没有合理的利润分配，则营销渠道就无法建立起来，已经建立起来的营销渠道也将会因此崩溃。

4. 相互依存是营销渠道的要求

营销渠道是生产商外部一系列相互独立的组织机构，各组织机构必须相互依存、相互协调，才能有效满足用户的需求，因此所有渠道成员都要树立终端用户至上的理念。而对营销渠道的管理也要采用企业间的管理方法，相互多沟通和理解。

二、营销渠道的结构

渠道机构是营销渠道的构成主体。它包括承担基本流通功能的生产商、经销商、顾客；从广义角度描述，它还包括承担辅助功能的仓储、运输、金融、保险等机构。渠道结构研究的就是渠道内各机构之间的不同组合及消长关系，主要包括纵向结构和横向结构两方面。

(一)纵向结构

纵向结构是指按照商品在渠道中的流动过程，由所有参与渠道活动的组织与个人所构成。不同生产商的营销渠道长度构成千差万别，为了便于分析，学术界一般用一种简化模式来表示营销渠道的纵向结构，如图1-1所示。

1. 直接营销渠道

直接营销渠道也叫零级渠道，指生产商直接把产品销售给顾客。直销是产销结合的营销渠道，一般采取由生产商自行根据各目标市场的销售潜量设置销售机构，配备销售人员，将生产商产品直接销往用户的分销组织形式，生产商与销

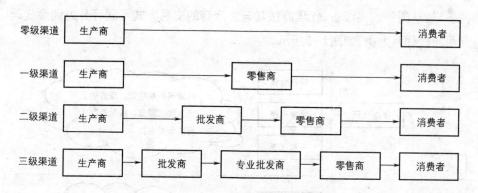

图1-1　营销渠道的纵向结构模式

售商可以是上下级关系,也可以是买卖制关系。其具体做法包括上门推销、家庭销售会、生产商设店直销、多层传销及直复销售等形式,是长度最短的营销渠道。直销通常适用于生产商销售力量雄厚、产品科技含量较高、处在产品生命周期引入期的新产品或者生产资料的销售。

2. 间接营销渠道

间接营销渠道是相对于直接营销渠道而言的,生产商通过分销商(经销商或代理商)和营销中间机构实现产品销售。间接渠道按其经过中间层次的多少又分为:一级渠道、二级渠道、三级渠道,如图1-1所示。间接营销渠道是产销分离的营销渠道,对生产商而言,它可以直接把产品纳入商品流通网络,大大减少了营销渠道的重复设置,既有利于提高销售效率,也有利于提高产品在目标市场上的市场份额。

按照生产商与分销商合作方式的不同,间接营销渠道又可分为经销制与代理制。

(1)经销制

经销制是指在双方协商的基础上,生产商以较低的价格将产品卖给经销商,然后由经销商加价转卖给其他分销商或顾客,其加价部分形成经销商的经营毛利。经销制的根本特征是商品所有权发生了转移,即随着买卖行为的发生,销售风险由生产商转移给了经销商。作为风险补偿,生产商除对经销商提供较大的价格折扣或较低的出厂价以外,一般还对目标市场进行广告宣传等促销投入,以帮助经销商开发市场。

(2)代理制

代理制是生产商通过合同等契约形式把产品销售权交给分销商,从而形成生产商与分销商之间长期稳定的代理关系。代理制作为产品营销渠道,其形式多种多样。从国外的实践看,代理商按其与生产商的交易方式不同可分为佣金代理和买断代理两大类,如图1-2所示。

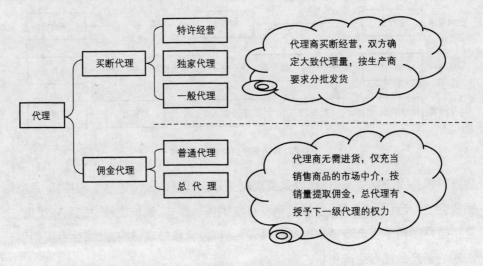

图1-2　代理的分类

无论采用何种形式,代理制营销渠道均具备以下特征:

- 代理商不具有商品所有权,而只是生产商的销售代表。
- 商品出厂价与商品零售最高限价主要由生产商确定。
- 代理制以代理契约作为约束双方的依据,代理契约一般包括代理品种、代理数量、最高限价、销售区域、结算方式、付酬规则等。

(二)横向结构

横向结构指在渠道中同一类型的渠道机构之间的质量与数量构成。如图1-3所示,生产商使用N个批发商和M个零售商反映的即是渠道横向结构。

按照营销渠道的横向结构可将其分为三种类型:

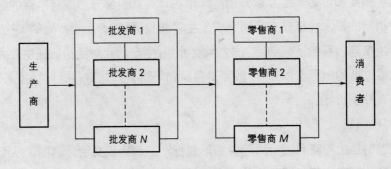

图1-3　营销渠道的横向结构

1. 独家式营销渠道

独家式营销渠道是指生产商在一定地区、一定时期内只选择一家分销商销售自己的产品。这种策略适用于购买者十分重视品牌的消费品,如高级服装、化妆品以及工业品中技术性强、售后服务要求较高的商品。它的优点是对渠道的控制最强,有助于维护品牌形象,且渠道成本较低;缺点是渠道内部缺乏竞争,生产商对分销商的依赖过强,市场覆盖面小,分销商选择不当会贻误战机。

2. 选择式营销渠道

选择式营销渠道是指生产商在特定的市场内有选择地起用一部分分销商销售自己的产品。一般品牌质量要求较高的商品需要使用这种渠道。它的优点是生产商对市场的控制较强、成本较低、既可获得适当的市场覆盖面又保留了渠道成员的竞争,可以防止分销商的怠惰;缺点是分销商之间的冲突错综复杂,渠道内耗严重,加大了生产商的管理难度。

3. 密集式营销渠道

密集式营销渠道是指生产商在一个销售地区内使用尽可能多的分销商销售自己的产品。快速消费品多采用这种形式的营销渠道。它的优点是可以广泛占领市场,方便顾客购买,及时销售商品;缺点是市场分散,难于控制。

三、营销渠道的功能

在发达的商品经济条件下,生产商与顾客是分离的,这种分离包括时间、空间、信息和服务等方面。因此,服装营销渠道应当发挥以下基本功能。

1. 信息收集与传递功能

信息收集与传递应当是双向的,即各级渠道成员一方面要在各自的位置上把生产商、产品等信息传递给目标市场;另一方面要有意识地发现、收集顾客及下一级渠道成员对产品的需求信息并将其反馈给生产商,使生产商能够按照市场需求来组织生产与销售。中间商最了解市场,知道哪些产品畅销,哪些产品滞销,顾客对产品有哪些意见和要求等。渠道成员高效的信息沟通可以使生产商渠道宣传的"推力"与市场宣传的"拉力"实现良好结合。

2. 商品整理功能

由于社会化大生产条件下商品生产与消费在时间、空间上是分离的,为方便顾客的购买与消费,营销渠道就必须承担流转性商品储存和商品分类、分等、集合、组合、再包装、配送等商品整理功能,通过整理过程可以解决生产商单一的批量化生产与顾客多样而少量需求之间的矛盾。

3. 所有权转移功能

营销渠道承担的最本质的功能就是完成商品或服务从生产到消费的所有权转移,生产商通过这一过程完成产品的价值补偿。

4. 促销功能

一般而言,生产商的促销努力(如销售促进活动等)必须通过分销商才能有效作用于终端市场。每一条营销渠道均有自己稳定的客源、广泛的市场联系、训练有素的营销队伍以及专业化的促销手段。借助营销渠道这些优势,生产商可获得分工协作中的好处,提高销售效率。

5. 资金流动功能

营销渠道在资金流动方面的作用主要包括以下三方面内容。

(1)付款

货款以各种形式从最终顾客流向生产商,渠道成员使付款形式更加灵活多样。

(2)信用

渠道成员如批发商和零售商等为生产商提供信用保证,它缓解了生产商的资金压力。

(3)融资

渠道成员凭借自己的实力和信用进行融资,实质上扩大了商品流通的资金来源,便于生产商更有效地分销其产品。

6. 服务功能

营销渠道连接产销,代表生产商发挥售前、售中和售后服务功能。营销渠道应当在售前广泛宣传,详尽介绍并予以示范,提供必要的售前、售中服务。由于生产商与顾客之间的空间距离较长,直接提供售后服务比较困难,因此还有必要由营销渠道代表生产商发挥售后服务功能。

7. 产品定位与企业文化表达功能

不同渠道的规模、实力、信誉不同,在顾客心目中的"品位"也有高低之分,服装生产商可以借助渠道自身的定位来彰显自己品牌的定位。这一点在渠道功能研究中少有提及,但渠道的定位功能是不容忽视的。例如,"白领"公司最初在北京市场销售时,就选择了服务对象为追求高品质、高品位的高消费人士的燕莎、赛特为主渠道,使之与产品的目标市场及形象定位相吻合,结果事半功倍地达到了预定的定位目标。由此可见,营销渠道对产品形象的提升作用是客观存在的,这就是所谓"名品进名店"的理由所在。

另外,随着服装市场的发展和生产商实力的扩张,服装市场竞争的层次逐渐由具体的产品转向企业文化层次上的竞争,这时渠道就成为生产商增强品牌亲和力与品牌表达力的主要阵地。生产商往往要求其渠道在店面标识、着装和语言习惯上达到统一,从而塑造出有机的文化整体。

综合来看,渠道的功能可以表述为以下几个层次:

- 渠道是实物和资金双向流动的载体(如功能2、3、5),是整个市场得以正常运行的前提,这是市场赋予渠道的最为本质的职能。
- 渠道是信息传递和反馈的重要途径(如功能1、4),是市场得以良性循环的保障。
- 渠道实质上还承载着服务、产品定位和生产商文化表达等功能(如功能6、7),由具体的实体流动功能向形象、文化等更高层次功能上升。

营销渠道除上述功能外,根据其行业或专业特点,往往还应具有咨询、调研、预测、风险承担等功能,它完成了对产品或服务效应的补充,为顾客提供总体的体验。

上述所有功能都具有以下三个共同特点:

- 它们都使用稀缺资源。
- 它们通过专业化会更有效率。
- 它们可以在渠道成员之间互相转移。

这里问题的关键是确定由谁来执行这些必要的功能。当生产商承担这些功能时,生产商的成本增加,其产品的价格也必然上升;当若干功能转移给中间商时,生产商的费用和价格下降了,但是中间商的费用开支必须增加,以负担其工作。而由谁来执行各种渠道功能的关键则是一个有关效率和效益的问题。分销渠道的变化在很大程度上是由于发现了更为有效的集中或分散经济功能的途径。

四、营销渠道的流程

将营销渠道的功能有机地结合在一起,就形成了营销渠道的流程。渠道流程是指渠道成员一次执行的一系列功能,是描述各渠道成员的活动或业务的概念,主要包括物流、所有权流、促销流、支付流及信息流,如图1-4所示。

1. 物流

物流亦称实物流,是产品实体在渠道中的流动过程,主要是产品运输和储存。物流的持续、有效是提高分销效率的关键所在。

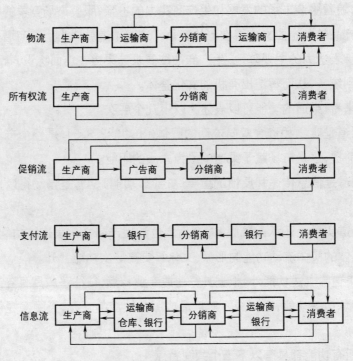

图1-4 营销渠道的主要流程

2. 所有权流

所有权流是指货物的所有权或持有权从一个渠道成员转移到另一个渠道成员手中的流转过程。这一流程通常是伴随购销环节在渠道中向前移动的。

3. 促销流

促销流是渠道成员的促销活动过程。促销流从生产商流向分销商和顾客,所有渠道成员都具有促销责任,促销手段可以是广告、营业推广、公共关系和人员推销中的任意一种或几种。

4. 支付流

支付流是货款、折扣、佣金、运费和仓储费等有形或无形货币的流动。

5. 信息流

信息流则是市场信息的相互传递和共享过程。

营销渠道中所有的职能和流程缺一不可,如果渠道要正常运作,至少有一个机构要承担某一职能,对所有的成员负责。但并不是所有的机构自始至终都要参与所有的职能和流程,而是由不同的渠道成员承担不同的渠道职能,这些职能组合在一起构成完整的渠道职能集,完成渠道的所有流程。因此,营销渠道实际就是一种生产商间的能力分工。从某种意义上说,分销渠道的发展在很大程度上是由于发现了，或者说创新了更为有效的职责分配的方法，从而使渠道所涉及的五种流程在营销活动的各个参与者之间有效组织与顺畅运行，进而从整个价值系统的有机整合中建立整体竞争优势，提升生产商的竞争能力。

第二节　渠道管理概述

渠道是生产商把产品向顾客转移过程中所经过的路径。对产品来说，它并不能使产品本身增值，而是通过服务来增加产品的附加价值；对生产商来说，它起到物流、所有权流、促销流、支付流、信息流等作用，帮助生产商实现经营目标。不同的行业、不同的产品、生产商不同的规模和发展阶段，其应用渠道的形态都不相同。因此，生产商就要结合各渠道特点及其在生产商中的地位对它们进行有效的管理，以使渠道资源得到最有效的利用。

一、渠道管理的实质

通过分析，可以发现这样一个事实，如果将产品从供应到消费看作一个过程，营销渠道成员和供应商共同分担了整个过程中涉及的职能，即供应商和渠道成员之间存在着某一共同目标下的生产商能力分工。

一般认为，营销渠道主要是由参与产品所有权转移的成员组成，而那些没有参与产品所有权转移的渠道成员（例如广告代理商、独立运输生产商等）则被认为是渠道的辅助机构。本书在讨论营销渠道管理问题时，主要对象也是参与产品所有权转移的成员，认为渠道是由这些成员所构成的纵向分工体系。做出如此界定的原因在于参与产品所有权转移的成员，例如批发商、零售商，它们同生产商一样阶段性地拥有产品所有权，依靠产品所有权的转移来获取利益，对产品所有权的拥有使得它们有权进行产品的相关决策，它们同生产商一起经由产品所有权的转移形成联系紧密的纵向分工体系。这样一个纵向分工体系在具有成本降低等优点的同时，还具有成员目标和态度趋于分化、成员关系复杂等特点。

根据之前对于营销渠道流程的分析，可以发现渠道成员不仅仅介入了产品的分销过程，同时它们也涉足了生产商营销组合的其他三方面策略的实施，例如最明显的是零售商参与了促销流，因而对生产商产品促销策略的实施产生影响。事实上，渠道成员由于拥有产品所有权而对生产商产品营销策略实施的影响远不止渠道流程分析所显示的内容，我们可以从以下三个方面来认识。

1. 渠道中的产品问题

生产商开发的新产品需要得到渠道成员的支持和认可，尤其是零售终端的认可，才能够迅速成功地推向市场。例如Pro-Keds运动鞋，它是Stride Rite生产商的一种产品，曾经一度垄断运动鞋市场，但20世纪80年代初许多新型高档运动鞋冲击市场，使得它的市场占有率急剧下降。为了重新赢得市场，Pro-Keds采用最新科技和款式生产出20多种新品运动鞋，同时也增加了广告和促销费用支出，但所有这些营销努力都无济于事。为什么？原因在于无论生产商采取怎样的营销策略，零售商就是认为新款Pro-Keds运动鞋与其他主要竞争产品不属于同一个档次，他们倾向于认为Pro-Keds运动鞋是童鞋而不是正宗的运动鞋。

渠道成员不仅对新产品的推广存在影响，当生产商实施产品差异化战略或进行产品线调整时，同样需要得到渠道成员的支持才能顺利进行。另外，产品的售后服务在很大程度上也是依靠渠道成员的帮助来进行的。

2. 渠道中的定价问题

通过产品定价来与同类产品竞争并占领市场份额，这是生产商经常采用的一种手段。但价格是一个敏感的因素，直接影响到渠道成员的收益，而渠道成员拥有产品所有权，因此他们倾向于认为自己拥有完全的产品定价自由，一旦生产商试图对经销商的定价策略实施控制，经销商会认为生产商跨出了它的职权范围。经常出现的一种令生产商感觉棘手的情况是，渠道下游经销商利用降价来发动与其同行的竞争，形成恶性价格战。这不仅影响生产商的产品形象和品牌声誉，并且经销商通常会要求生产商承担部分降价，因此也直接影响了生产商的利益。

3. 渠道中的促销问题

渠道成员从自身利益出发会自动地对产品进行促销，但在某些情况下这种做法也会带来一些问题，比如他们的促销行动可能会影响生产商的营销战略部署，或是分销商以生产商的产品作为自己的"促销工具"而影响了生产商品牌信誉的建立与维护。这些都会对生产商造成不利影响。

通过以上三方面的分析，我们可以看出渠道成员在承担部分分销职能的同时，由于阶段性拥有产品所有权而对生产商营销策略实施所构成的重要影响。理想的状态是营销渠道任务被适当地分配给适当的中间商，并且中间商按照生产商制订的分销目标，协调、合作、高效地完成产品分销任务。但在实际的市场运作中，这种理想的状态是很难达到的，因为渠道成员间的专业化分工发生于生产商组织外部，在相互独立的成员之间进行，因此成员各自利益最大化行为、目标分歧、对环境认知不同等因素都将间接或直接影响生产商营销目标的实现。

管理的本质在于协调分工。同样，营销渠道管理的本质就在于渠道分工整合。生产商将产品分销任务在生产商外部专业化之后，就由相互依赖的渠道成员组成了一个纵向分工体系。对于这样一个纵向分工体系，站在生产商的角度需要强调的是，由于渠道中存在产品所有权的转移，其他渠道成员阶段性地拥有产品所有权，生产商因而失去了对于产品市场表现的绝对控制，这将影响生产商营销战略的实施。因此，在引入外部渠道组织获得专业化分工好处的同时，生产商也必须同时承担可能的渠道失控的危险，这即是生产商需要进行渠道分工整合的根本原因。

生产商建立营销渠道纵向分工体系是为了获得专业化分工的好处。生产商可以专注于自身核心竞争力，而将产品分销过程中的次要职能或者生产商所不擅长的职能转移给在此方面有专长的渠道成员来承担，这样营销渠道成为多个企业核心能力的大联盟，产品的分销活动无疑可以更加高效。

经济学研究证明，分工程度和整合方式相互决定，恰当的整合机制能加深分工程度，也就是说在技术可分性允许的条件下，改进整合机制能够有效地加深分工。那么从生产商的角度来说，渠道管理问题实质上就是为了寻找到适当的渠道分工整合方式，一方面要达到降低产品分销运作成本的目的，另一方面要改变由于渠道成员相互独立而造成的个体行为目标分散的局面。因此，渠道分工整合的作用就是约束、修正渠道成员的行为，使他们能够统一服务于生产商的产品营销目标。这样不仅使生产商能够将资源和注意力集中在其核心能力发展上，同时还能利用渠道成员的核心优势保证产品营销目标的顺利实现。

当然，希望通过分工整合使得生产商尽可能在保证低成本的同时获得最大限度的渠道控制，这绝非意味着生产商可以损害渠道成员的利益。恰恰相反，在市场需求快速变化、竞争异常激烈的情况下，生产商更加需要一个长期性的、稳定的、为自己提供支持的营销渠道，来帮助自己获得持久的竞争优势。而从分销商的角度来说，通常某一生产商的产品并不是他们的唯一选择，因而分销商更具有"背叛"的可能，而生产商只会在渠道成员不符合要求时才更换他们。因此，在生产商面临激烈的同质产品竞争的市场环境下，分销商相对而言具有更大的渠道影响力。

二、渠道管理的原则

生产商构建营销渠道的目的在于通过营销渠道的运作来及时有效地销售

产品,因此必须对现有渠道进行管理以保证渠道成员之间的相互协作。营销渠道管理对生产商而言应该是渠道工作的重中之重,其管理效果的好坏直接关系到渠道的成败以及营销目标的实现与否。生产商在进行渠道管理时必须注意以下原则。

1. 构建伙伴型渠道关系

渠道关系并非是完全没有人情味的、僵化的、纯商业化的关系,相反,它有点类似于社会团体间的一种交互关系。渠道成员之间可能彼此投缘或憎恶、敬慕或鄙夷、怀疑或畏惧对方,也可能相互合作或排斥、彼此忠诚或背叛。总之,渠道关系不仅是一种经济关系,还是一种人际关系。尽管它以烦琐的、正统的协议形式或法律契约形式出现,但这并不能取代它的人情味和人际关系因素。因此,生产商应该把渠道成员不仅仅作为商业实体,更作为人本身,真正与他们建立起一种信任和亲密的伙伴型关系。

渠道关系发展的最高层次就是在生产商与中间商之间建立起长期、稳定、共生共荣的伙伴关系。在伙伴型渠道关系中,任何一方随意改变这种关系都将会付出高昂的成本,即渠道关系的可转换成本很高,因此只有相互为对方提供更多的附加价值或服务,才有利于彼此的合作和发展。

近年来的西方渠道理论普遍认为,只有通过建立亲密无间伙伴型关系或策略性同盟关系,生产商和渠道成员才能通力合作,以使分销业务更加迅速、高效。有关渠道关系管理的内容将在本书第五章《服装营销渠道的关系管理》中详细阐述。

2. 保护渠道各方的利益

要保证营销渠道各方均能获得合理的利益。这要从四个方面入手:一是制订合理的级差价格体系,确保每个层次的经销商都有可能得到应得的利润;二是尽可能使产品给渠道各环节带来的收益高过部分竞争对手;三是严格控制窜货,通过维护渠道各方的合理收益来保证营销渠道的正常运转;四是建立严格的结算制度,实行现款提货,并且贯穿整个营销渠道的各个环节。

3. 为各级销售商提供全过程的销售服务

总经销商是营销渠道的中坚力量,为总经销商提供销售过程的全程服务是生产商的义务。这些服务主要包括对总经销商的业务培训、协助总经销商发展分销商、协助总经销商开发周边市场、协助总经销商开设专卖店、会同总经销商进行当地活动营销;定期组织经销商之间的营销经验交流等。

4. 建立与完善产品售后服务体系

售后服务是销售过程的收尾环节,但却直接影响着品牌形象。在有效的营销渠道中,产品由圆心逐层向外辐射到顾客。如果售后服务不到位,产品会由外圆向圆心回流,必然给销售工作带来双重损失。售后服务是生产商的责任,也是销售者的义务。生产商应当建立售后服务机制,为销售商提供费用、赠品等支持;销售商则应履行售后服务的职责,这是营销渠道有效运行的保障。

5. 做好营销渠道的维护

要想使营销渠道保持健康活力,就必须经常对其进行维护,对那些不能带来利益甚至带来负利益的环节以及不能适应渠道发展变化的成员要果断加以剔除,同时要根据渠道发展的需要适当补充新的渠道成员,以保证整个营销渠道的正常运转。

这里所说的需要剔除的成员主要指以下三类:一是对生产商缺乏忠诚度、对生产商文化理念不认同的成员;二是跟不上生产商发展速度的成员;三是渠道中的破坏分子,比如经常窜货、擅自降价的经销商要坚决剔除。

而需要补充的成员则是指那些目前尚未加入生产商渠道网络,但认同生产商的品牌文化和经营理念,在资金、人员、配送各方面比较有实力,诚信经营并且对生产商有一定向往的潜在经销商。吸收他们加入,会对营销渠道的完善大有帮助。

三、渠道管理的内容

在过去的二十年里,经济的中心正由生产商向分销商转移。这种经济力量的转移在营销渠道的零售商方面表现尤其明显,以至于有人提出"得终端者得天下"。随着渠道权力的均衡点逐渐转移,生产商更要考虑重新规划顺应时代发展的渠道战略来与中间商打交道。强化营销渠道管理,一方面可以有效地控制生产商的营销成本,从而增强生产商的竞争力;另一方面可以促进各级渠道之间的相互协调配合,减少不同渠道之间的冲突,实现生产商的营销目标。

广义的营销渠道管理主要包括以下六个方面:制订渠道管理战略、设计营销渠道、选择渠道成员、渠道的成员管理、渠道的关系管理及渠道的动态调整。以下将对渠道管理的内容进行简要介绍,详细阐述请参见本书后面的相应章节。

1. 制订渠道管理战略

随着经济全球一体化的发展,生产商在产品、价格、促销等策略方面的竞争相持更为明显。在这种形势下,更多的生产商为了获取长期、持续、独特的竞争优势,逐渐将注意力集中到营销渠道管理战略。

渠道管理战略之所以越来越被重视,一方面是因为适宜的渠道战略不仅能够迅速、有效地服务于目标市场,而且很难被竞争对手模仿或照搬,从而成为生产商的核心竞争能力;另一方面,从生产商自身角度来看,创建一流的营销渠道不仅需要周密、详尽的计划,更需要大量的技术开发和资金投入。

保持和发展与系统环境的适应关系是生产商营销战略的要旨,也是营销渠道战略管理的核心。因此,生产商在制订渠道管理战略时,首先要将渠道作为开放系统,充分认识渠道环境对渠道变化的影响;其次要从生产商规模和实力、成本、资产、产品类型、历史传统、经验等方面综合考虑营销渠道战略的设计,要通过渠道与产品、价格、促销之间的协调作用来提高生产商营销战略实施的整体效果。

2. 设计营销渠道

在营销渠道的设计过程中要考虑多方面的影响因素,比如环境因素、竞争者的渠道状况、顾客的特性、生产商的特性、市场潜力及相应的风险、渠道的控制性及渠道成本等。这些因素都是非常重要并且彼此相关的,它们决定了到达目标市场的最佳途径。

生产商在设计营销渠道时应注意以下基本问题:

- 渠道范围一定要与分销区域的大小相适应。
- 要尽可能缩短渠道长度。
- 与渠道商分配好利益。
- 不要被客户所控制。
- 渠道中的信息要畅通。
- 多找那些积极、主动、认同本企业文化的经销商。
- 确定终端分销形式(如经销、代销、专卖、直接零售等)。

3. 选择渠道成员

生产商在市场上的成功需要强有力的渠道成员的支持,即那些能够有效履行分销职责、实现渠道设计思路的成员。挑选渠道成员是一项很重要的任务,应当避免随意性和偶然性。

生产商寻找经销商的方式主要包括刊登广告、通过地区销售组织、商业渠道、中间商咨询、顾客介绍、贸易展览会等。对批发商、零售商等营销中介的优劣评估至关重要,虽然对渠道成员的要求标准因生产商而异,但通常会从以下几方面来考虑:中间商对生产商的忠诚度、生产商实力、声誉、产品组合、财务状况、经营思路、营销网络覆盖情况、产品配送能力、销售人员培训及管理状况、是否会降价销售、是否会跨区域销售等。如果生产商不经过认真评估和仔细挑选就随便发展经销商,很可能会影响生产商的品牌战略、市场规划,甚至个别经销商会扰乱产品的价格体系,从而造成整个销售体系的全面崩溃。在经过挑选标准筛选之后,应当尽力争取锁定的目标经销商,使其成为生产商的渠道成员。另外,生产商在更新渠道成员时也应当根据以上标准来选择成员。

4. 渠道的成员管理

生产商的营销渠道中涉及很多组织和单位,这些组织和单位彼此间会发生交互作用,一旦管理不善,很可能出现渠道管理中常见的令生产商头疼的问题,比如窜货问题,渠道成员忠诚度下降、唯利是图、信用度恶化、货款拖欠问题严重,渠道网络复杂混乱、难以实现信息共享和利益共享等。因此,对渠道成员的管理至关重要。

要想做好渠道成员的管理,生产商首先要树立全新的渠道理念,在渠道建设中由交易型关系向伙伴型关系转变。传统的渠道关系是"我"和"你"的关系,即每一个渠道成员都是一个独立的经营实体,以追求个体利益最大化为目标,甚至不惜牺牲渠道和生产商的整体利益。而在伙伴型渠道关系中,生产商与经销商由"你"和"我"的关系变为"我们"的关系,生产商与经销商一体化经营,使分散的经销商形成一个体系,渠道成员为实现自己和大家的目标共同努力,追求双赢或多赢。

生产商的营销渠道按其长度不同一般可分为零级渠道和多级渠道。在多级渠道中,处于渠道不同位置的渠道成员在营销中所扮演的角色和重要性不同,对产品和服务的要求不同,因此,生产商对不同成员的管理方法也有所不同。但渠道成员管理的内容却是共同的,包括渠道成员的日常管理、渠道成员的激励、渠道成员的绩效评估、渠道成员的调整等。

5. 渠道的关系管理

随着市场经济的发展和竞争的日趋激烈,渠道关系问题将日益突出,如何处理渠道关系问题将成为对既定渠道模式管理的重中之重。国内外的经验证明,成功生产商的营销渠道管理得益于成功的渠道关系管理,其结构往往相对稳定。渠道关系管理关注的不仅仅是生产商如何在渠道系统中协调、控制渠道活动的问题,还包括渠道系统中独立的渠道成员相互之间如何通过构建良好关系来协调渠道活动的问题。

关系型营销渠道是一种新型的渠道模式,这种模式以长期市场交易为基础,为了提高整个营销渠道的质量和效率,在保证渠道成员双赢的情况下,从团队的角度来理解、运作生产商和中间商的关系,以协作、双赢、沟通为基点来加强对营销渠道的管理。在关系型营销渠道中,生产商从团队成员的角度来理解同中间商的关系,建立一种系统化的中间商关系并对该系统化的中间商建立甄选标准,运用多指标体系(而非仅仅是销量)对其进行绩效考核,由生产商与中间商联合进行价格决策和促销支持。生产商和中间商均有共享的、完整的客户信息库、意见反馈体系和主动及时的销售预测。生产商的销售人员在更多情况下扮演的是一个建立、协调、维护与中间商关系的关系经理的角色。这种关系型营销渠道模式既能获得传统渠道灵活性的好处,又能得到一体化渠道的优势。

6. 渠道的动态调整

市场是变化的。变化的市场环境一方面对渠道成员的经营理念、经营战略、管理水平和人员素质提出了严峻的挑战;另一方面也要求生产商不断地对已有渠道进行调整,以使渠道成员和渠道模式能够适应市场竞争条件的变化。因此,生产商应当建立一种激励和约束机制,使生产商的营销渠道在竞争中改进、修正和重组,使之保持动态的稳定,充满活力和生机。

生产商营销渠道的动态调整主要包括增减渠道、增减渠道成员以及改进整个渠道。始终保持竞争优势的营销渠道是没有的,因此生产商应当根据渠道能否有效将产品送达客户来确定增减某些渠道;即使最理想的渠道结构也将随着时间的推移而发生改变,这时就涉及增减个别渠道成员;当现行的渠道系统只能部分甚至根本无法满足目标顾客的需求时,就必须对其进行整体改进,这对于生产商来说可能是最困难的决策。

第三节　服装营销渠道的基本模式

在新兴渠道部分替代传统渠道的冲突时代,服装生产商的营销渠道呈现出不同体制、不同类型、不同层次和不同运作模式的现状。这既使服装生产商有了更多选择和组合自由度,同时也加大了生产商渠道选择的难度。

一、批发模式

服装批发市场在20世纪80年代的我国服装销售中扮演着不可替代的角色。在那个物资尚不丰富的年代,批发市场对各种百货商店、商场起着重要的补充作用。传统的服装批发以大、中商场及个体服饰专营店为终端。在那个时期,整个渠道由批发商主导,分销的效率决定于批发商的努力程度;由于独立批发商和代理批发商与生产商之间利益分配方式的差异,生产商最大的选择就在于选择不同类型的批发商。

1. 多层级传统批发模式

多层级传统批发模式多为旧的营销渠道模式的延续。在计划经济时代,服装生产商考虑的往往是如何利用层层批发商来承担分销任务,使自己从分销任务中解脱出来,因而形成了多层级传统批发模式的原形。随着市场环境的变化,老的渠道模式出现了一定程度的变革,形成了这种多层级传统批发模式,如图1-5所示。但该模式在本质上还是属于传统的低效率分销模式。

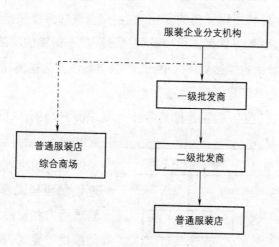

图1-5 多层级传统批发模式

在该渠道模式中,服装生产商的分支机构往往设在大区中心城市或省级城市(一级市场所在地),负责对一级批发商的供货和管理;一级批发商设在省或地级城市,同时负责一级市场的综合超市和销量较大的服装店等零售商的供货和管理;二级批发商则建立在地或县级城市,负责对当地零售商的供货和管理。这种模式实行垂直式管理,二级批发商及大多数零售商和服装生产商分支机构几乎没有任何往来,缺乏必要的沟通和协调。

对于批发商的数量选择,该模式同样实行区域专营分销,严格保证指定区域内只有一家批发商;在零售店的数量控制上,一般采取选择性分销和密集性分销策略,对零售商的数量往往不作严格限制。

相比较而言,多层级传统批发模式适合于中低档、低档服装,目标顾客定位于广大三、四级市场;部分一般知名品牌和三线品牌适合使用该模式;当零售商地域分散、数量众多、单个零售商销量有限,或者现有区域市场销量和潜在销量都很小,服装生产商增设营销分支机构或安排销售人员不经济时,就适合多建一层批发商,通过二级批发商来对这些区域进行管理和覆盖;当服装生产商实力相对薄弱、市场渗透能力小、对区域市场把握能力不强、通过各级本地批发商更能有效拓展市场时，比较适合通过该模式分销产品。

2. 扁平批发模式

在传统的多层级批发模式中，服装生产商被多层中间商所阻隔，总是不能准确地把握市场，市场秩序也常常失去控制，更重要的是由于中间商层层加价而削弱了产品的价格竞争力。

随着市场竞争的加剧，服装生产商把握市场和控制渠道成员的要求越来越高，再加之营销大环境出现了新的变化：城乡交通更加方便快捷，专业的第三方物流企业快速兴起，使得具有体积小、不易损耗、便于运输的服装产品不经多层批发商的转移和分销也能达到广大的三、四级市场。在这些情况下，对传统的多层级批发模式的变革既是必须，也成为可能。

扁平批发模式（图1-6）正是顺应了上述要求而出现的，它既保留了批发模式的优点，借用当地批发商的资源以较少的投入开发市场，不像连锁加盟模式那样需要太大的管理能力和资源；相对于多层级传统批发模式，扁平批发模式又去掉了渠道中的一些中间环节，使渠道变短，渠道的重心下移。

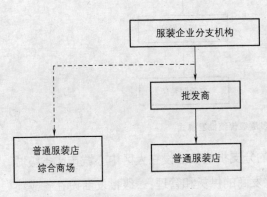

图1-6 扁平批发模式

服装生产商的分支机构通常设在省级城市或大区中心城市；批发商建立在地级或县级市场；省级城市的服装店、综合超市等零售网点可以由分支机构直接开发管理，也可以另设批发商来开发和管理，但该批发商和地县级批发商同属一个层级，在价格和政策上并无明显特权。各个区域的批发商在服装生产商分支机构的直接管理和支持下负责所辖区域零售网点的开发和管理，对整个市场进行精耕细作。

扁平批发模式需要服装生产商有中等程度的市场开发能力和营销管理能力。相比较而言，该模式适合定位于中档、中低档或低档，目标市场定位于广大二、三、四级市场，或"标准化程度高"的服装产品；一般知名品牌和三线品牌也适合使用该模式。

3. 多层级完全服务批发商模式

如图1-7所示，与多层级传统批发模式和扁平批发模式相比，该模式最大的特点就是在特定区域市场内设立完全服务批发商,服装生产商并不设立营销分支机构,只派出少量营销人员对供货和账款回收等问题进行沟通、协调、处理,对价格体系的制订和渠道管理等问题生产商一般不予过问。

完全服务批发商一般选设在辐射能力强的大型服装批发市场和省、地级服装批发中心。完全服务批发商并不一定只经营一个品牌,他们利用良好的地域优势,往往通过经营多品牌、丰富品种结构来为零售商和二级批发商提供便利。

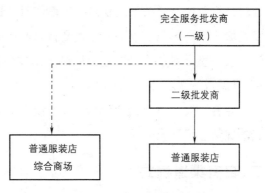

图1-7　多层级完全服务批发商模式

关于批发商的数量,在区域市场内实行专营性或选择性分销策略,选择一家或几家分销生产商的服装产品,数量的确定以方便零售商和二级批发商购买、同时又不会引发渠道冲突为原则;零售商数量则可以不受限制,实行密集分销策略,只要愿意经营该产品的零售商都可以经营,目的是尽可能扩大产品和顾客的接触机会。

相比较而言,完全服务批发商模式适合于那些进入新市场,人力、物力相对有限的服装生产商,通过该模式,生产商可以放手交由批发商开发和管理市场;小型服装生产商及三线品牌服装生产商也适合选择完全服务批发模式。

总的来说,未来服装批发的核心和实质可能要更多地放在与上下游生产商共同创造价值上面。这要求服装批发领域及整个服装生产、零售领域都要参考外资批发生产商和世界顶尖服装生产商的现代批发、零售管理技术,以及批发、零售物流和商品配送中心及信息流的经验,来建立新型的具有强势竞争优势的营销渠道。

二、大型终端模式

在过去的近二十年里,大、中型百货商场因其商誉和地理位置等诸多优势而聚集了市场人气,同时它们也是真正面向市场、面向顾客的前沿阵地,因而驱使服装分销商纷纷向大型终端直接供货,并以大型终端为窗口建立服装品牌的销售专柜。

当服装生产商意识到直接供货和服装品牌专柜不仅贴近了顾客,而且能够通过分销改变利益关系而获得分销增值时,服装分销渠道则表现为"以控制终端覆盖城市中心区"和"以控制批发商辐射城市周边"的复合渠道。从营销学方面来说,大、中型商场决定了市场上服装产品的价值转化,从而也决定了生产商的生存、发展或淘汰。

随着服装专营店、品牌专卖店、连锁专卖等新型渠道的出现,大、中型百货商店的优势已经不再明显。

三、自有渠道模式

在服装生产商以批发商和零售商两条平行线向市场输出产品的同时,利益驱动着不同的流通商之间展开了对同一品牌的价格争夺。价格、品质保证和服务的差异使服装生产商意识到协调和管理这两条线是一大难题,由信用问题带来的只有销售而没有收入的尴尬也促使生产商重新思考营销渠道的构建。于是部分服装生产商选择了建立属于自己的营销渠道,一般采用多级配送模式和直销式配送模式。

1. 多级配送模式

多级配送模式是指服装生产商将货品送至各级分生产商,再由分生产商将货品配送至各销售网点,如图1-8所示。

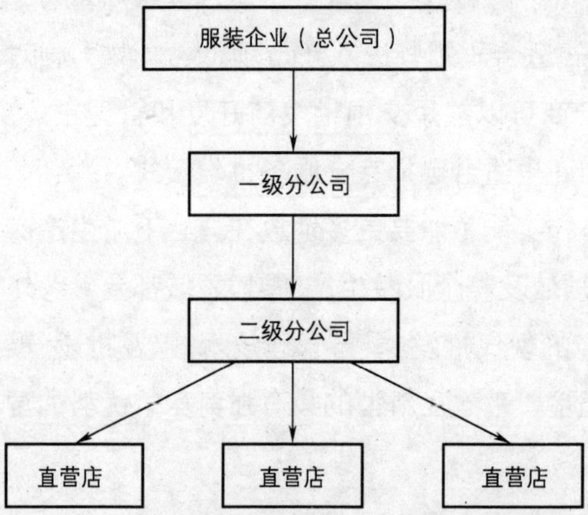

图1-8 自有渠道多级配送模式

多级配送模式中,一方面由于分生产商的多级管理使得货品从总仓到专卖店需要4~6个程序,这样造成分生产商仓库的货品积压;另一方面,因总部下达的销售指标不当和不适销的货可以100%退换的制度,也使得分生产商的订货量误差性较大,造成货品积压。

2. 直销式配送模式

直销式配送则省掉了分生产商环节,直接由总生产商向各分店发货,如图1-9所示。

直销式配送模式的优点是把最有可能形成积压的分生产商环节省掉了,同时还能使生产商总部清楚地掌握各个分店的货品销售和货品进出情况,合理地调度货品,从整体上降低生产商的货品积压,加速货品流通。

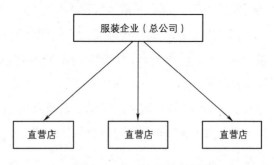

图1-9　自有渠道直销式配送模式

直销式配送模式中,由于分店的空间有限不能存货太多,但是由于补货周期较长的原因又在分店储存了大量货品,形成了新的积压。另外,配货到店也使得运输费用成倍增长,同时众多分店需要发货,也使总仓应接不暇。虽然中转配送设置了分仓来缓冲总仓的压力,但其本质没有改变,反而增加了新的费用。

服装生产商的资金在库存中大量积淀,这有其产品和营运上的特殊性。因此,思考如何建立有利于管理和货品优化配置的新型营销渠道是生产商能否发展壮大的关键。

四、代理商模式

由于生产商自身实力以及我国历史等原因,大多数服装生产商是采用代理模式经营。代理商目前主要有两种形态:一种是传统的批发商,另一种是代理经营品牌类服装的代理商。但这两类服装代理商大多都是从批发市场中成长起来的,很多曾是个体摊位的经营者。

对服装生产商而言,全面代理制使生产商将市场交给代理商而将更大的责任留给自己,代理商能否起到统帅一方市场的作用,直接关系到服装生产商的生存。因此,在代理商协调渠道成员及终端的过程中,生产商投入了比以往更大的精力。从代理营销的过程来看,代理制营销确实简化了渠道流程;但从代理营销过程的管理内容而言,则增加了由营销多重性而带来的管理难度。

代理经销商作为营销模式的主要承载体和中间环节,他们是一群以赢利为唯一目的、不断寻找更大赢利空间的产品并不断追求利润最大化的集团军。这些特性决定了他们永远不会踏踏实实地为某个服装生产商做市场,从而也决定了传统营销渠道的不稳定性。另外,生产商一旦选择了代理商,相当于就把品牌的区域经营权都交给了代理商,于是区域市场能否操作成功在很大程度上就取决于代理商的经营水平了。虽然代理商有一定的销售网络,但是市场空白点仍很多,很难做到完全覆盖一个地区,也不能做精做细,这样使得生产商与代理商只是一个依靠利益维系起来的共同体,在利益上常常容易存在很多的冲突,而在执行营销制度时代理商又常常容易发生错位。

我国服装品牌的数量远远大于代理商的数量,代理商们手上常常可以拥有多个品牌资源。因此,代理商的诚信与忠诚度是令生产商万分头痛的问题。服装经营的门槛很低,代理商有太多的选择,也面临着太多的诱惑,随时都可能弃你而去。此外,服装代理商的整体经营管理水平不高,很多代理商还无法从理念上提升到与生产商、与品牌同步发展的地步,这也在很大程度上在延缓了生产商的前进步伐。

五、连锁加盟模式

连锁加盟模式是近几年发展较为迅猛、对服装营销影响广泛的创新渠道模式。直到20世纪90年代中期,计划经济背景下形成的传统营销渠道模式为典型的金字塔结构,服装生产商实际上执行了产供销全部职能,在各个区域市场广设分支机构和仓库,通过建立大量的零售点或者依靠传统的供销机构来进行分销。在这种经营模式下,生产商极易造成虚假销售的现象,服装产品仅仅是由制造地的仓库转移到了区域营销分支机构的仓库;生产商层层设立办事机构,包揽零售终端的所有事务,这些都增加了营销机构的复杂性,造成机构臃肿、难于管理、效率低下,其结果是库存增加、成本费用上升、利润下降。随着消费市场的进一步发展,传统供销机构从数量和经营风格上也不能满足日益丰富的服装产品和品牌对零售终端的需求。

20世纪90年代后半期,以杉杉、培罗蒙、雅戈尔为代表的许多品牌服装生产商率先尝试渠道变革,将部分驻外销售机构砍掉,打破原有的分生产商体系,把分生产商的销售市场卖给中间商,形成如今连锁加盟模式的雏形。随着更多生产商的参与和该雏形的完善,逐渐过渡到现有的较成熟的连锁加盟模式。

连锁加盟模式的操作方法是:生产商和加盟者缔结契约,生产商将自己保有的店号、商标以及其他足以表明其营业特征的资料和经营管理模式授予加盟方,使其在同一品牌形象下销售生产商的商品;而加盟者在获得上述权利之时,必须相应的给予品牌持有生产商一定的信用保证资金;加盟商在生产商的指导及支持下经营,使双方产生一种共生共存的关系。

按照渠道层级和渠道成员的不同,连锁加盟模式又分作两大类:扁平连锁加盟模式和次扁平连锁加盟模式。

1. 扁平连锁加盟模式

如图1-10所示,从扁平连锁加盟模式的渠道成员构成来看,百货商店、自营

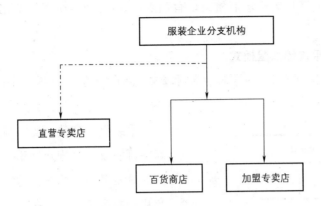

图1-10 扁平连锁加盟模式

专卖店和加盟专卖店可以同时存在;从销量和利润来看,大多数生产商都是以商场、自营专卖店为辅,加盟连锁专卖店为主。

由于受到商场的管理约束,在品牌形象宣传及资金周转方面也不太尽如人意,因此,商场销售并不会给生产商或经营商带来满意的利润回报,品牌商在百货商店的营销多处于保本经营的思路,更主要的目的是借助百货商店消费人群密集、地理位置优越等特点,使品牌声誉在消费群中迅速扩张,提高品牌知名度、扩大品牌影响力,满足本地加盟商在市场支持方面的要求,影响和促使消费群在专营店中进行购买。

该模式中的自营专卖店由于所需资金大,管理费用和管理难度大,大多数生产商自建专卖店的目的也是考虑到为了展示品牌形象,扩大品牌影响力,吸引加盟商,为加盟商提供销售支持的目的。例如美特斯·邦威集团,其终端销售网络除20%是自营专卖店外,其余零售终端大多是加盟专卖店。

关于扁平连锁加盟模式中的零售商数量选择,可以针对区域特点实行专营分销和选择性分销策略相结合的形式。对于一级市场,可以实行百货商店和多家专卖店共存的方式;对于二级市场(地市级)可选择一到两家加盟商专卖店和一家百货商店;对于三级(县级)市场,选择一家加盟专卖店较为合适。

总的来讲,扁平连锁加盟模式是一种新兴的较之其他渠道模式有更多优点的模式,但也并不是任何服装生产商、任何品牌和产品都适合用这种模式。一般来说,服装生产商应该具备以下一些特征,才比较适合采用扁平连锁加盟模式:产品品质优良、做工精细、有特色、产品线齐全、品目丰富;品牌具有影响力,如国际、国内著名品牌,或行业内或区域市场内有一定知名度的一般知名品牌;生产商实力雄厚,具有较强的市场推广能力和营销管理能力;产品的目标市场为

一、二级市场,区域内市场潜量或现有销量大,能分散因渠道扁平化而引发的成本增加。

2. 次扁平连锁加盟模式

如图1-11所示,次扁平连锁加盟模式与扁平连锁加盟模式相比,最大的特点就是服装生产商的区域营销分支机构较小,执行的营销功能有限。

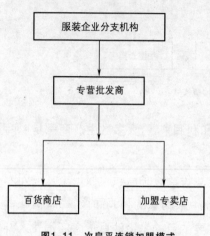

图1-11　次扁平连锁加盟模式

服装生产商的分支机构通过与批发商签订协议,来划分营销区域和明确相互的分工及协作关系;服装生产商、批发商和加盟零售商也签署三方协议,明确三方各自的权利和义务。通过任务的分解和协作,在该模式中,服装生产商所承担的任务相对扁平连锁加盟模式要少一些。一般情况下,重要客户的开发、整合传播、市场秩序的监管、重大的促销活动以及重要的信息收集等功能由生产商营销分支机构执行;而一般零售商的开发、品种选配、库存、物流服务、加盟店的日常管理、常规小型促销等则由批发商来执行。

在次扁平连锁加盟模式中,为了吸引加盟者和便于渠道管理,专卖店的数量选择上也应实行专营性分销和选择性分销相结合的策略;在划定的区域内只选择一个批发商负责该区域市场的批发业务;零售商数量的选择与扁平加盟连锁模式的选择基本一致,在一定区域内根据消费水平和区域市场大小有选择地开办一家专卖店或几家,以既能扩大销量而又不至于引发渠道成员恶性竞争为宜。

当服装生产商具备以下一些条件时,比较适合通过次扁平连锁加盟模式分销产品:产品品质优良、做工精细、有特色、产品线齐全、品目丰富;品牌具有一定的影响力,如国际、国内著名品牌,或在行业内、一定区域内有一定知名度的一般知名品牌,但该品牌对一个区域而言是新进入者,营销资源有限,对区域市场也缺乏了解,不能通过大投入、高风险的方式开发该市场;部分三线品牌,该品牌持有者实力雄厚,具有强有力的市场推广手段和管理能力,与其他三线品牌甚至知名品牌比较,产品有易于辨认的特点和明显的优势。

总的来说,连锁加盟是一种更大范围地吸纳社会资本、为服装生产商实现低成本扩张的有效手段。同时,它也是最大限度地实现全社会知识共享、资源共享、信息共享,进一步进行社会化分工协作的社会生产力组织形式。首先,它可以不受资金的限制,而通过无形资产的输出迅速扩张规模;其次,它可以扩大规模效益,减少总部经营成本和费用,提高总部管理功能,形成高度分工协作的营销渠道;再次,它打破地区或国家的贸易壁垒,降低投资门槛,进行市场"强入",理所当然适应了社会经济进步的潮流。

任何事物都有正反两面,连锁加盟也有不容忽视的缺陷和弊端。首先是特许经营效益与速度的问题。有的生产商在稍有一点品牌效益就利令智昏,没有计划周密的经济承受能力,没有充分的经验储备,甚至在没有核心竞争能力和配套服务体系的情况下,就仅凭盲目扩张和炒作来招募加盟者,企图在短期内发展巨大规模的加盟店,甚至预设加盟陷阱进行虚假夸大的宣传,这种超出其管理服务能力的扩张注定是要失败的。

其次,现阶段特许经营的门槛较低,很容易引起后患。由于有些服装生产商在发展初期急于以数量来炒作,一些特许人降低加盟条件和受许人资格,特许加盟合同的过分简单往往造成长期合作中后患无穷,造成法律规范化不够、短期利益驱动性强而缺乏特许人对加盟者的有效控制和帮助,并且加盟者素质和自我约束能力低下,最后往往因为个别门店经营不好或控制不住而导致特许生产商全面受损。

本节对具有实践价值的五种服装营销渠道模式进行了简要分析,这五种渠道模式各有自己的特点和适应性,现实的服装营销渠道模式大多基于这五种渠道模式之上,或是对它们略加改造,或是将它们进行彼此组合。

第二章
服装营销渠道的设计管理

菲利普·科特勒曾断言,唯有传播和渠道才能形成真正差异化的竞争优势,可见营销渠道设计的重要性。从营销渠道角度而言,服装行业的核心成功要素为:通过适当覆盖率的销售渠道来接近顾客,合理的销售渠道以及有效的渠道控制和管理,品牌知名度和销售效率的协同提升,正确的市场拓展策略等。可见,如何选择最佳营销渠道以实现销售目标是一个生产商面临的关键问题。

第一节 服装营销渠道的战略设计

营销渠道设计不是简单的决策,而是一个系统、科学的战略规划和战术设计,是生产商整体营销战略的重要组成部分。渠道战略必须与生产商的总体战略保持一致,保证所采取的渠道策略都以支持总体战略为己任,同时还要满足效率要求,并确保其长期的灵活性。

营销渠道的战略设计是指对关系生产商生存与发展的基本营销模式、目标与管理原则的决策。其基本要求是:适应变化的市场环境,以最低总成本传递重要的顾客信息,并达成最大限度的满意。

一、营销渠道的战略设计原则

从战略发展的角度设计渠道系统,有助于渠道模型的稳定性;从战略管理的角度设计渠道系统,有助于渠道系统规划的长远性和预见性。总之,渠道系统结构的发展应当与生产商的发展战略规划保持一致。

在设计营销渠道时,以下几点原则是任何一家服装生产商都应当遵守的。

1. 客户导向原则

生产商必须将客户的要求放在第一位,建立客户导向的经营思想,这也是生产商设计营销渠道时必须遵守的原则。仅仅提供符合顾客需求的服装产品是不够的,还必须使营销渠道为目标顾客的购买提供方便,满足顾客在购买时间、地点及售后服务上的需求。这需要通过周密细致的市场研究来获得相应信息。

2. 生产商优势原则

生产商在选择营销渠道时一定要注意发挥自己的特长，确保在市场竞争中的优势地位。服装生产商依据自己各方面的特长和优势来选择合适的渠道网络模式，不仅能够实现最佳的经济效益和良好的客户反应，还能通过发挥自身优势来保证渠道成员的合作，从而使生产商自身的战略方针与政策得以真正贯彻。

3. 效率最大原则

生产商选择合适的渠道模式，其目的在于加快流通速度，降低流通成本，使渠道网络的各个阶段、各个环节、各个流程的费用合理化。这能够使服装生产商获得最大收益并取得市场竞争优势。

生产商在设计营销渠道模式时仅仅考虑加快速度、降低费用是不够的，还必须考虑是否有足够的市场覆盖率以支持针对目标市场的销售任务。不过，市场覆盖率绝非越大越好，也应避免扩张过度，以免造成渠道效率低下。

4. 精耕细作原则

市场覆盖面大了，如果缺乏管理，缺乏精耕细作，那么营销渠道的危机是很显然的。因此，在竞争日益激烈的今天，抛弃粗放式经营，实行精耕细作是非常重要的，它保证了渠道网络的正常运转和健康发展。在精耕细作的渠道设计中，所有的渠道管理工作必须做到定点、定时、定人、定路线、定效应，推行细致化和个性化服务，及时准确地反馈市场信息，全面监控市场动向。

5. 合理分配原则

合理分配利益是渠道合作的关键。利益分配不公常常是渠道成员矛盾冲突的根源。因此，生产商应当设置一整套合理的利益分配制度，根据渠道成员承担的职能、投入的资源和取得的成绩来合理分配渠道合作所带来的利益。

6. 携手共进原则

携手共进涉及生产商对待渠道成员的思想问题。服装生产商看中经销商的是他们的区域网络及其经营实力，而经销商选择生产商也是看到了生产商及其产品将给自己带来的利润和市场空间。因此，必须在营销渠道的设计中体现出和渠道成员携手共进、共存共荣，这样才能保证渠道的发展壮大。

另外，渠道成员之间不可避免地存在着竞争，生产商在建立、选择营销渠道模式时要充分考虑竞争的强度。一方面要鼓励渠道成员之间的有益竞争，另一方面又要积极引导渠道成员的合作，加强渠道成员之间的沟通，努力使渠道网络有序运行。

7.不断创新原则

创新是渠道设计需要把握的关键原则。在现代营销理论和管理技术飞跃发展的环境下,渠道设计更要讲究创新性,以产生不同于过去的新模式下的渠道系统。

另外,在不同的生产商发展阶段和品牌发展阶段,营销渠道的设计也应该有所不同。因此,营销渠道的设计应注重求新、求变的原则,根据外部市场环境的变化和生产商内部条件的改变不断进行渠道网络的维护和强化,这样才能使之保持高效运转,满足生产商成长的需要。

二、营销渠道的战略设计程序

渠道设计不应当仅从现有渠道入手,单纯进行评估和选择,而应当从顾客需求和商品入手,在渠道设计中贯彻"用户导向",这样才能设计出较为理想的营销渠道。

斯特恩(Louis W.Stern)等学者提出从最终顾客的角度来设计渠道方案,总结出"用户导向型营销渠道系统"设计模型,将渠道战略设计过程划分为五阶段,共14个步骤,如图2-1所示。

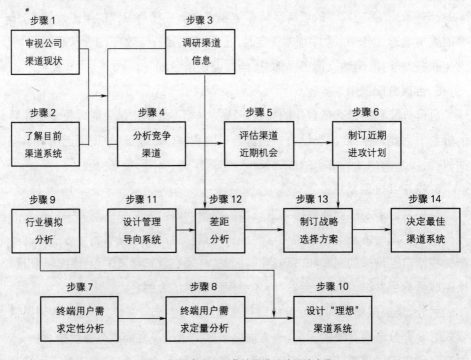

图2-1 用户导向型营销渠道系统设计步骤

1. 分析当前环境与面临的挑战

本阶段包括图2-1中步骤1~步骤4。通过这些步骤,生产商可以对目前营销渠道的状况、市场覆盖范围、渠道绩效、面临的挑战等有一个清晰的认识和准确的把握。

步骤1:审视生产商渠道现状

通过对生产商过去和现在营销渠道的分析,了解生产商以往进入市场的步骤;各步骤之间的逻辑联系以及物流、销售职能;生产商与外部组织之间的职能分工;现有渠道系统的经济性(成本、折扣、收益、边际利润)。

步骤2:了解目前渠道系统

了解目前的渠道系统即了解外界环境对生产商渠道决策的影响。宏观经济、技术环境和顾客行为等环境要素对营销渠道结构有着重要影响。渠道设计始终面临着复杂变化的环境挑战,因此,渠道设计者有必要认真分析下列因素:

- 行业集中程度。
- 宏观经济指数。
- 当前和未来的技术状况。
- 经济管理体制。
- 市场进入障碍。
- 竞争者行为。
- 最终用户状况(忠诚度、地理分布等)。
- 产品所处的市场生命周期阶段。
- 市场密度与市场秩序。

上述要素影响行业发展前景,进而也影响着与之相适应的渠道设计方向。一般来说,渠道环境越复杂、越不稳定,客观上就越要求对渠道成员进行有效控制,同时也要求渠道更具有弹性,以便能够适应迅速变化的市场。这种高弹性和高控制性是相互矛盾的。设计者必须根据对环境要素和行业发展状况的分析,考虑不同的渠道备选方案。仅以产品生命周期而言,最好的渠道设计应当是随着时间而改变的:

- 在引入期,最好的渠道是能够增加实际价值的渠道。
- 在成长期,营销渠道应能消化销售额的急剧增长,而不必提供引入期需要的某些服务。
- 在成熟期,由于最终用户关注的焦点是低价格,渠道设计并不需要特别强调增加服务价值。

- 在衰退期,增加直接邮购之类的渠道甚至可能降低整个渠道的价值。

步骤3:调研渠道信息

对生产商及竞争者的渠道环节、重要相关群体、渠道有关人员等进行调查分析,获取现行渠道的运作情况、存在问题及改进意见等方面的第一手资料。

步骤4:分析竞争者渠道

分析主要竞争者如何维持自己的地位,如何运用营销策略刺激需求,如何运用营销手段支持渠道成员等。具体列出这些资料,以便了解主要竞争威胁及直接挑战竞争对手所应采取的大致策略。一般采取避开竞争者的策略较容易取得成功,但也不乏成功利用竞争对手渠道成功的先例。

2. 制订近期的渠道对策

本阶段包括图2-1中步骤5和步骤6。在这一阶段,设计者应根据前面调研分析的结果,把握渠道战略可能做出某些调整的机会,进行短期"快速反应"式调整。

步骤5:评估渠道近期机会

综合步骤1~步骤4获得的资料,进一步分析环境变化,特别是竞争者渠道策略变化所带来的机会。如果发现生产商的渠道策略执行中有明显错误或者竞争渠道有显而易见的弱点,就应当果断采取对策,以免错失良机。

步骤6:制订近期进攻计划

这是一个将焦点放在短期策略上的计划,即"快速反应"计划。这种计划通常是对原渠道策略的适时、局部调整。而营销渠道的全面调整则要等到步骤14结束后才能真正完成。

3. 设计"理想"的渠道系统

本阶段包括图2-1中步骤7~步骤10。在这一阶段,要求设计人员"忘掉"以前已有的营销系统,摒弃惯性思维,一切从零开始进行全新渠道的设计。

步骤7:终端用户需求定性分析

这一步的关键是了解在服务输出过程中,最终顾客想要什么。一般要考察四个因素,即购买数量(除购买潜在价值外,最终顾客希望购买多个还是一个单元的产品)、分销网点(最终用户是否要求就近购买,是否需要信息技术支持,能否接受远程服务等)、运输和等待时间(最终顾客关心的是运输时间还是运输安全性)、产品多样化或专业化(最终顾客愿意选择综合性商店还是专业性商店)。

事实上,并不存在所有顾客都要求同样服务的市场。不同细分市场有着不同的需求,甚至同一细分市场中不同顾客的需求也有差异。例如,对一些顾客而言,

"方便"意味着15分钟步行距离,而对另一些顾客则可能意味着15分钟车程。因此,有必要对关键群体进行面对面访谈,以得到一个满足用户需求的详细清单。然后寻找购买模式与相关细分市场的漏洞,把注意力集中到目标市场而不是具有相似需求的市场。通过询问目标市场的最终使用者,了解其满意程度和对不同渠道的评价意见。以此为基础,可以列出服务产出表。

步骤8:终端用户需求定量分析

在了解顾客需要何种服务产出的基础上,本步骤将进一步了解这些服务产出(如地点便利性、低价、产品多样性、专家指导等)对用户的重要程度,并比较分析这些特定要求对不同细分市场的重要性。做这种分析有大量调研方法可供使用,如相关分析法、对应分析法等。

在此基础上,进一步对每一细分市场进行人口统计分析,便可以判断各种细分市场的最终顾客在人口统计变量和心理统计变量上的相似性与共同特征。此外,还应当向最终顾客询问对现有渠道传递其期望的服务产出能力的评价,以及他们对替代性渠道的满意程度。这些数据对以后的渠道设计具有重要的意义。

步骤9:行业模拟分析

这一步骤要求把思路拓宽,以便在依据顾客的购买属性和产出分类明确了细分市场的若干特征后,能够从类似行业的成功经验中获取适应市场的渠道创新灵感。这一步骤的重点是分析行业内外的类似渠道,剖析具有高分销绩效的典型生产商,发现并吸纳其经验与精华。

步骤10:设计"理想"渠道系统

这是至关重要的一步,该步骤的目标是建立能够最好地满足最终用户需求的"理想"营销渠道模型。为此,首先要认真评估将图2-1中步骤7~步骤9调研分析得出的服务产出聚类特性整合到渠道中去是否可行。这常常需要收集和充分听取熟悉营销渠道的专家和其他人员的观点。其次要论证渠道将上述服务产出传递到相应的细分市场需要做出哪些努力,即设置哪些渠道功能才能保证满足客户的期望。最后,要确认各分销功能应当由何种机构承担才能带来更大的整体效益。

这里的关键是要解决渠道功能即营销流程的设计,即怎样才能以最低成本来有效传递服务产出。分销流程是渠道成员的系列职能,是推动服务产出传递给最终顾客的动力。完成每一流程都会带来相关成本,例如,为了满足某细分市场顾客立即买到所要产品的要求,"理想"的渠道就必须强化物流功能,提供较多的产品储存,而这样做就会增加当地经销商的存货成本。因此,构建"理想"渠道系

统时,应尽可能周密考虑下列问题:

- 有哪些没有价值的职能可以削减,而又不会损害客户或渠道成员满意程度?
- 有没有多余的行为可以削减,以使整个渠道系统的成本最低?
- 某些任务是否可以被删除、重组或合并,以使销售步骤简化、周转时间减少?
- 能否使某些行为自动化(如电子商务),以减少产品到达市场的单位成本?
- 有没有可能改进信息系统以减少调研、订单进入或报价阶段的行为成本?

"理想"渠道设计的另外一个问题是明晰生产商主要以什么手段(精力、努力和资金等)来满足各个细分市场最终顾客的需求,即对某些渠道功能是采取"拥有"(垂直整合,自己行使所有的营销职能),还是"外购"(让其他合作成员行使)。从理论上说,任何组织都不可能将所有的营销流程全部列入其"核心能力"系统。一个生产商往往希望至少"外购"一些功能(如批发、零售、代理业务、运输等),而不是负担所有的分销成本。尽管信息技术已经使生产商有可能整合渠道系统,但如果将这部分资金投入其他方面可以获得更大收益,那么更多的"拥有"便不是良策。但是,如果某些分销功能是生产商的核心能力,或者该服务产出的传递无法依赖第三方或外部生产商,那么就应当由自己来完成(或通过垂直整合将其掌握在自己手中)。因此,为了发挥生产商的技术和资源优势,理想的做法通常是将两种战略方法结合起来:一方面,将生产商的主要资源集中于一系列"核心竞争力"上,并为其他客户提供独特的价值;另一方面,又将非关键又无特殊能力的其他行为(包括许多传统上认为是生产商必不可少的某些业务)采用外购方式让外部成员承担。

4. 限制条件与差距分析

本阶段包括图2-1中步骤11和步骤12,要求对所拟"理想"渠道方案的现实限制条件进行调研分析,并比较分析"理想"渠道系统同现实渠道系统的差异,为最后选定渠道战略方案提供依据。

步骤11:设计管理导向系统

设计管理导向系统包括对管理者偏见、管理目标、内外部强制威胁的详尽分析。

本步骤要通过与渠道方案的执行人员进行深入访谈,了解未来的方案能否被认可和执行。要综合分析本生产商的政策、管理目标、组织结构和文化传统,了解传统观念和习惯做法的力量有多强;新方案的证据和逻辑力量是否足以使方案获得通过;生产商是否有这样的人(包括渠道主管),具有足够的权力和威信保证渠道变革的实施等。应当允许管理层对"理想"渠道方案提出各种疑问和限制。他们可以就有关效率(如成本—收益关系)、效益(市场份额、投资回报等)、适应性(投入资本的流动性、营销新产品能力、应用新技术的能力等)等方面提供限制意见,并列出在生产商可能采用的所有营销渠道中,什么是或什么应该是目前或将来的目标。

此外，还应当调查了解渠道系统设计的约束条件，如是否有无法更改的行规。许多行业都有严格遵守的行规,有的做法甚至已成为法律,基本上是无法改变的。

将所有合理的或不合理的目标和限制条件明白地列出来，就可以看到改变营销渠道的各种困难。这时,设计者应将这份清单转变为调查工具,分发到生产商内与分销有关的所有人员手中,让他们进一步做出类似于渠道设计的权衡分析。然后,再分析这些数据,以确定目标和限制条件的相对重要性,拟出受"限制"的营销渠道系统方案。

步骤12:差距分析

这一步骤是对三种不同的渠道系统进行比较,分析它们之间的差异。这三种系统是"理想"系统、现有系统和管理"导向"系统。结果有三种可能,如图2-2所示。

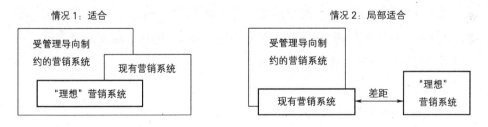

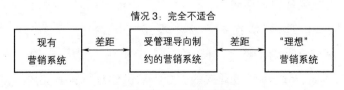

图2-2　差距分析示意图

在第一种情况下，三个系统非常类似,表明现有系统的设计已经"各就各位",具有典型顾客想要的东西。如果顾客仍经常抱怨现有系统,则问题不是出在系统结构上而是在系统管理上。基本对策应集中于强化系统管理,提升业绩。

在第二种情况下,现有系统与管理导向系统非常相似,但非常不同于"理想"系统。这表明管理层采用的目标或限制导致了差距的产生。设计者必须对目标或限制的有效性进行仔细调研。该工作将在下一步骤完成。

第三种情况是三个系统大大不同,均存在很大差异。管理导向系统如果位于现有系统与"理想"系统之间,通常无需减少目标或限制就可能提高最终用户的满意程度。放松某种管理限制也有可能提供更多的用户利益。

与"理想"渠道系统的吻合程度是评估其他系统的准绳。按这个标准适当构建并正确管理的系统,是能令最终用户满意的与全面质量管理同义的系统。与"理想"系统出现鸿沟,则意味着现有系统或管理导向系统正在牺牲顾客的满意度,必须尽可能加以修正。

5. 渠道战略方案决策

本阶段包括图2-1中的最后两个步骤。在这一阶段,设计者将在制订战略性选择方案的基础上决定最佳的渠道系统。

步骤13:制订战略选择方案

这一步从检验管理偏见的有效性开始。具体步骤是:

● 将目标和限制条件陈述给生产商外部人员和内部挑选出来的人员,评估其合理性、可变更性以及变更可能带来的损益。

● 召开非正式会议,分析管理层的定位和理想定位之间的差距(这里的前提是高级管理层应当一直支持理想系统的关键步骤),高级管理层应回顾过去出现的"限制"(目标和约束)因素对理想系统的影响,说明这些限制怎样才能尽可能与用户的期望统一起来。

● 列出宏观环境和竞争机会的制约。

● 综合以上信息和意见,决定达至理想渠道系统所需要的对原渠道系统进行重新构建的原则。

步骤14:决定最佳渠道系统

最后一步是让"理想"渠道系统(由步骤10得出)绕过管理层保留或认可的目标和制约,在充分吸纳了整个过程(前13个步骤)中合理要求的前提下,形成最佳营销渠道系统方案。尽管管理层的一些人员仍会有所保留,但他们必须对生产商及生产商所面临的主要环境和竞争力量形成一致意见。最佳系统可能并不是"理想"系统,但它应当能够最大限度满足管理层的质量、效率、效益、适应性等标准。

为确保最佳营销系统的实施,生产商应当做好下列工作:

- 让生产商内部人员广泛参与，将14个步骤中的参与意见传递到生产商相应的职能部门和各个层级。
- 甄选一位精力充沛的管理者主持这项变革过程，该管理者必须有权力、可信任、政治经验丰富、具备坚忍不拔的精神。
- 尽早确认生产商内由谁和哪个团队负责渠道工作。
- 始终坚持用户导向的工作方法，保持耐心和持久的工作热情，清楚地认识到最佳渠道系统不是一次就可以完成的。
- 不管"理想的"系统看起来如何不可思议，都要坚信总有设计机制可以完成它，组织业务单位和高级管理层共同策划一个业务案例(确定机会成本、潜在利益、实施选择营销系统所需的资源等)，管理层必须提前批准实施关键过程所需的时间和资源计划。
- 制订有效计划，保证个人对实施过程负责，包括动员(确定行为、转折点、过程中的相互依赖性)、战术计划和评估(含成功或失败的指数、偶然事故等)。
- 明确系统变革管理过程的各个环节，包括演习、沟通和培训方法等。
- 至少安排一位高级管理者承担预检、参与、教练、促进和激励工作。

第二节　服装营销渠道设计的影响因素

营销渠道设计受众多市场因素和非市场因素的影响，这些因素都是非常重要且彼此相关的，生产商必须准确、全面地分析这些因素，并在选择渠道时结合自身的实际情况，这样才能使自己的营销渠道成为到达目标市场的最佳途径。

就服装生产商而言，在设计营销渠道时需要考虑的因素也是非常复杂的，为清晰起见，我们可以将其划分为环境因素、基本因素、制约因素三大类。

一、环境因素

由许多相互依存的组织构成的营销渠道自身组成一个系统，这个系统的各个成员共同创造渠道的服务产出。与其他系统一样，渠道系统也有它的边界，包括地理边界(如区域市场)、经济边界(如处理产品或服务的能量)和人力边界(如相互交往接触的能力)。同时，营销渠道也是另外一个更大的系统即经济分配结构系统的一部分，而经济分配结构又是国家环境的一个亚系统。国家及国际环境包括了实物、经济、社会、文化和政治等亚系统，这些系统即渠道环境系统，它们影响着渠道效率、渠道效益和渠道形态变化。渠道环境系统对渠道结构和渠道行为的影响是多方面的,就比较直接的影响来说,主要有下列五个方面。

1. 政治法律环境

政治法律环境对于营销渠道有着直接影响。与国外的服装零售渠道相比,我国至今还没有形成一个完全以市场为主导机制的渠道模式。受制于我国原有的计划经济体制,在2003年之前,国内服装零售渠道(如百货公司)还主要以国营资产为主要业态。这些百货公司虽然占据着当地城市中很好的位置,但是由于经营机制上的落后,近年来他们的商业模式并没有随着经济的发展而得到改变,经营机制老化、在市场动作上陷入困境、众多员工及退休职工的负担等,都使他们难以形成以市场为主导机制的渠道模式。随着国家对国内零售渠道的开放以及零售渠道中的国有资产开始转卖给民营企业,这一状况正在发生逐步的改善。国家商业统计数据显示,2005年民营零售渠道的比重首次超过国营资产在整个零售渠道中所占的比重,这说明民营零售渠道正在逐步突破瓶颈,我国零售渠道正在发生转变。

2. 经济环境

经济环境(发展水平、制度、特征、收入水平、消费方式等)及其变化直接影响着营销渠道的规模、结构和行为。例如,改革开放以来,我国经济体制转换促进了经济高速增长和人民生活水平迅速提高,直接导致了原来计划经济型分销模式的瓦解,并形成了多元化、专业化的网络渠道结构。主要由经济发展水平决定的市场规模及营销渠道支持系统(如运输、通信、银行信贷等服务系统)的发展,对营销渠道系统的构建和创新也有重要影响。

3. 社会文化环境

社会文化环境(道德规范、价值观念、生活方式、风俗习惯等)对营销渠道的模式与运行特征也有着深刻影响。一个国家或地区的渠道结构往往是其经济与社会文化的历史产物。例如,日本的营销渠道具有多层次结盟、严密管理、互相保护和拥有的网络特征,被西方国家视为"渠道壁垒"。这种渠道正是日本生产商在竞争压力下,以东方的"家族"、"团队"文化构造出来的。

另外,社会文化环境的变化也常常对渠道提出变革要求。例如,随着人们生态环境危机意识的日益强烈,对营销渠道提出了"绿色营销"的要求:渠道成员不仅要主动选择经营环保产品或服务,还要更多地考虑以反向营销渠道来回收利用废旧物资。

4. 科技环境

科技环境对营销渠道的结合方式和运行特点有很大影响。现代科技从多方面改善着生产方式和流通方式。互联网、家庭电视购物、电子商务等大量新技术的使用,极大地改善了生产商与顾客和中间商之间的沟通关系,这必然导致渠道功能和渠道流程的重新组合。科技手段的应用可以大大减少分销费用,缩减供应链中的分销商,使渠道结构趋于扁平。

总之,环境因素对营销渠道设计的影响既繁多又复杂。环境因素存在着稳定和变化两种倾向。一方面,环境因素存在着一定的稳定性和连续性,要求生产商适应环境因素(特别是社会价值观念、文化传统等要素)以取得信誉,建立正确的形象和赢得市场。另一方面,环境因素又是时刻变化的,各种变化有快有慢、有渐变有突变。一般说来,环境突变是生产商所不能把握的。但环境的变化客观上存在一个发展趋势,生产商和营销渠道成员应能通过保持敏锐观察力认识到这些趋势,并从其中寻找到市场成长的机会。

二、基本因素

基本因素主要是指生产商内外部的静态因素,它直接影响着渠道的运行状况和效率。基本因素主要包括市场、产品、顾客、竞争者和生产商等因素。

1. 市场因素

市场因素是影响渠道结构的关键因素。现代营销渠道管理是建立在市场营销概念基础之上的,而这一概念强调的是以市场为主导。对渠道结构有重要影响的市场因素主要有三个:市场区域、市场规模和市场密度。

(1)市场区域

市场区域是指市场的地理规模、位置以及生产商与市场之间的距离。在进行渠道设计时,应当考虑市场区域是否对渠道结构产生影响。从渠道设计的角度来看,其基本任务是发展一种渠道结构,使之能够有效地覆盖目标市场,并向这些市场迅速有效地供货。市场区域对渠道设计的影响主要表现为:生产商与市场间的距离越远,使用中间商的成本就越可能比使用直销方式的成本低,因此生产商就应采用较长的渠道结构模式;相反,如果生产商与市场间的距离较近,生产商就应该考虑是否采用较短的渠道结构模式。

(2)市场规模

市场规模主要是指一个市场中的客户数量。从渠道设计的角度来看,独立客户的数量越多,市场规模就越大。市场规模对渠道设计的影响主要表现为:如果市场较大,则很可能需要使用中间商,生产商就应该采用较长的渠道结构模式,同时由于市场较大,情况较为复杂,生产商有时应该采取多种渠道模式混合使用的策略;相反,如果市场较小,生产商就会尽可能避免使用中间商,而采取较短的渠道结构。

在分析市场规模与渠道设计的关系中,主要应该分析市场的购买人数与渠道成本之间的关系。直销渠道的成本与购买人数的相关性不大,即购买人数少时单位成本不会太高,购买人数增加时单位成本也不会太低。而间接渠道的成本则与购买人数密切相关,体现为市场规模小时单位成本很高;而一旦营业额增加,单位成本就锐减。最初的高成本是由于中间商的介入而必须支付的应酬和交易费用。在营业额小的时候,任何集散资金都不足以抵消这些费用。但是,当营业额增大,使用中间商的费用分摊到较多的顾客头上时,单位成本就降低了。

了解了购买人数与渠道成本之间的关系,决策者才能在阅读不断变化的市场数据时考虑是否对现有的渠道结构进行调整。比如,一个服装生产商原来采用的是较长的营销渠道模式,当市场预测数据显示某一市场购买人数会减少时,就应该想到顾客人数的降低会造成营销渠道成本的上升,是否有必要缩短渠道长度来降低渠道成本。当然,生产商选择渠道模式要考虑的因素并不只是成本问题,还有很多其他因素需要综合考虑。

(3)市场密度

市场密度是指单位区域内购买群体的数量。总体上讲,市场密度与渠道结构之间的关系是:市场密度低,借助渠道成员的力量比较科学,因此应采取较长的渠道结构;相反,市场密度高,应当集中渠道进行深度分销,以争取市场份额为重点,所以渠道结构就应该较短。

一般来讲,密度大的市场应该采取较短的渠道模式,尽量减少中间商的环节。密度大的市场有利于提高一些基本销售任务的效率,特别是像货物运输和存放、信息交流和洽谈之类的活动。关于货物运输和存放,顾客的高度密集使得大量货物可以运到集中的市场,而且库存货物的积压相对不多。关于信息交流和洽谈,密度大的市场有利于信息流通和业务洽谈,尤其是在需要面对面沟通的时候。密度大的市场比分布疏散的市场更有机会做到成本低、服务优。因此,当顾客高度密集时,采用直线型渠道模式的可能性较大。

而密度小的市场则应该尽可能通过增加经销商的环节来降低渠道运营成本,通常采取较长的渠道模式。就货物运输和存放来说,由于市场密度小,相对同样大的市场其顾客数量就少,货物的运输量有限,很少的存货就能满足稀少的顾客。同时,市场开发和业务洽谈等各方面的费用都会增加。如果此时仍采取较短的渠道模式,就会造成浪费,增加生产商的费用。如果发展中间商,通过中间商来分担一部分费用并同时帮助生产商开拓市场,就可以做到借力用力,使得生产商和中间商以合作的形式来共同承担风险、共同获益,从而实现双赢。因此,密度小的市场采取较长的渠道模式会相对节省成本,提高分销效率。

2. 产品因素

服装产品的特点对渠道模式的选择有指导和约束作用。在此概括地提出服装产品的总体特点:

(1)属于消费品中的选购品

菲利普·科特勒将消费品划分为便利品、选购品、特殊品和非渴求品,其中服装属于选购品,顾客不仅对服装产品本身如花色、做工、款式、合体性等做出比较和决定,对购物环境也有一定的要求,还需要受过良好训练的导购人员为其提供专业的信息和咨询。

(2)产品生命周期较短

服装产品具有很强的适时性,产品生命周期较短。一方面,服装消费具有很强的季节性,过季的服装常常被称之为"死货",其价值和价格都大打折扣;另一方面,服装消费又具有极强的时潮性,越是时尚的设计,其产品生命周期就越短。

(3)易于运输和保管

服装相对于工业品和其他消费品而言,单位价值的体积小、质量轻,易于保管,对产品的分发和运输也没有过高的要求。

(4)产品技术含量低

服装行业属技术含量低的产业,服装抄板现象非常普遍,很多服装生产商根本不具备独立的设计能力,而只是拿其他品牌的产品进行抄袭和修改。抄板的进一步发展便是仿冒,很多普通服装只要一贴上知名品牌,就可以堂而皇之地以名牌的身份进入市场。这种仿冒对营销渠道的影响有时是致命的,这也对渠道建设和渠道管理提出了更多、更高的要求。

3. 顾客因素

此处的顾客是指生产商所服务的对象,也就是生产商的目标市场成员。顾客的需求和偏好是影响渠道营销活动的重要因素。生产商的营销活动和渠道设计都应以满足顾客需求为中心,按照顾客的分布和不同需求来对市场进行划分,设计和重建适合的营销渠道,从而为顾客创造价值和满意感。

服装消费是感性与理性相混合的消费行为。人们对服装的需求已不再只停留于遮羞保暖等基本功能上,更多时候是在追求商品的附加值,希望服装能成为无声的语言,准确地表达自我的个性、情趣、价值观等。而品牌正是表现这一消费需求的最有效载体,服装品牌在品牌文化、品牌价值观上的差异使得不同的服装产品得以区别。服装品牌成为人们职业特点、生活品位、身份地位的象征,也成为服装消费的决定因素之一。

营销网络是服装品牌进入消费市场的重要通道,生产商一定要根据品牌定位来选择营销渠道、决定终端服务目标,这样才能有效维护品牌形象。一般而言,服装品牌的定位及产品档次越高,销售线路就越短;反之,档次越低,销售线路越长。例如,高级时装通常在设计师自有的高级时装品牌专卖店里销售,而普通的大众服饰则会经过较多的中间销售环节。这是因为高档服装品牌单件产品价值较高,更强调品牌形象的塑造和优质服务的提供,因此多选择短渠道;而低档服装生产商无法为成千上万个小额订货提供包装、开票和送货等琐碎服务,通过中间商则可以大大简化销售业务。

4. 竞争者因素

生产商都会面临形形色色的竞争对手,而服装市场由于产品种类和品牌繁多,竞争更是异常激烈,竞争者的状况直接影响生产商营销渠道的营销活动。生产商的营销渠道总是被一群竞争者包围和影响着,因此,必须识别竞争对手,时刻关注其渠道策略和变化,设法战胜他们,才能强有力地占据顾客的心智阶梯,以获取竞争优势。分析竞争者渠道策略的关键在于:

- 分析竞争者的渠道结构。生产商应掌握竞争者的渠道结构和布局,时刻关注其动态,为本生产商渠道的设计或调整提供依据。
- 确认竞争者的渠道策略目标。竞争者的渠道策略通过其行为反映出来,这样生产商就可以了解进入该区域的难易程度,为生产商渠道决策提供依据。
- 研究竞争者的实力状况及优劣势所在。
- 判断竞争者的反应模式,从而选择对策。

竞争者的营销渠道对生产商自身的营销渠道设计会产生重要影响。生产商可以采用积极竞争和标新立异这两种竞争策略来选择与竞争对手相同或类似的营销渠道,在不同的空间取得各自的市场份额;或者生产商也可以运用避实就虚的营销渠道设计,避开竞争对手的锋芒,采用不同的销售渠道完成分销部署。

由于当前的竞争已经扩展到全国、全球范围内,国内服装生产商仅仅关注国内竞争对手已经不够了,还需要密切关注全球范围内现存的和正在成长的竞争对手。"全球市场"不仅是国际贸易中的术语,更是对竞争环境的真正表述。生产商要想在营销渠道系统中占据优势地位,必须仔细分析所面临的现时的和潜在的竞争对手。

5. 生产商因素

影响渠道设计的生产商因素主要有生产商规模、经济实力、管理水平和产品组合。

（1）生产商规模

总的来说，生产商规模的大小决定了它对渠道结构的选择范围。大生产商的实力（尤其是报酬、控制和专业知识方面的实力）使得他们能够按照自己的意图布局分销网络，具有战略性和前瞻性，并能对渠道进行强有力的管理和控制，这使得他们在选择渠道结构时比小生产商有更多的余地。而力量单薄的生产商则不得不更多地依赖中间商和渠道成员，面对大客户的谈判能力不强。因此，大生产商在发展营销渠道，或者至少在合理分配分销任务上，会比小生产商做得更好。

（2）经济实力

在经济实力方面，生产商的资本越雄厚，对中间商的依赖性就越小。为了能直接向最终顾客销售产品，生产商通常需要拥有自己的销售队伍和各项支持性服务。大型生产商更有能力承担这些项目的高额费用。当然也有例外的情况，例如，使用直接邮购渠道或使用互联网渠道进行分销时，经济实力有限的小型生产商也能直接向最终顾客出售其产品。

另外，丰富的资源能够保障生产商的长期战略，所以在设计营销渠道时可以做到全面部署，谋求长期的营销渠道效应；而资源缺乏的生产商在设计营销渠道时就必须抓住突破点，建立区域性营销渠道。

（3）管理水平

管理水平的高低是营销渠道设计的重要影响因素。如果生产商具有较高的管理经验和管理才能，那么它在设计营销渠道时可以较少地依赖中间商。如果生产商缺乏运作营销渠道的经验或能力，渠道设计就应当借用对该渠道有足够运作能力的外部资源，由他们来运作。一段时间之后，如果生产商获得了一定的管理经验，就可以修改其渠道结构，以减少对中间商的依赖。

（4）产品组合

产品组合是营销学的一个重要概念，其衡量指标主要有产品组合的深度、长度、宽度和关联性，生产商应当根据产品组合的情况来设计营销渠道。如果生产商的产品组合的宽度和深度大（即产品的种类、规格多），生产商可能直接销售给零售商；反之，如果生产商的产品组合的宽度和深度小（即产品的种类、规格少），通常只能通过批发商和零售商再转售给顾客。产品组合的关联性对营销渠道也有很大影响。关联性越大越可能通过同一渠道销售,因而营销渠道的效率越高。

三、制约因素

制约因素是直接影响渠道成败的因素,主要包括下列四种。

1. 市场潜力与潜在风险

通过对已公开的二手数据和收集的原始数据进行评估,生产商可以大致预测市场潜力与潜在风险,并比较生产商自身的生产能力和风险承受能力。

2. 渠道畅通性

保持营销渠道的畅通是生产商持久占领市场的基本条件。而渠道能否持续畅通则在很大程度上取决于中间商在市场竞争中对产品做何选择。如果中间商不再经营本生产商的产品,生产商的营销渠道就会中断。另外,生产商的生产能力也是一项制约因素,一旦出现销售激增而生产商的生产却不能及时跟上去,渠道的实物流程也会出现中断。因此,保持销售渠道的畅通和连续是任何生产商都不能忽视的重要问题,它甚至比建设新渠道更为重要。

3. 渠道控制程度

营销观念特别强调厂商对渠道的控制,以便及时了解产品的销售去向、销售时间、销售数量和销售地点,准确估计产品在市场上的地位及未来趋势,为生产商营销组合的改进提供参考信息。

4. 渠道费用

渠道费用包括渠道开发和渠道维护所投入的资金。总的说来,高额投入有利于扩大销售网络、增加销售、提高生产商知名度,但可能导致利润下降;而低费用分销有利于低价促销,但可能因销售网络缩小而丧失一部分市场。对此,生产商应结合多方面因素加以权衡。

总之,上述因素会形成一种综合力量,影响着渠道结构与渠道行为。渠道本身并不存在绝对的好与坏,不管是现代渠道还是传统渠道,谁也不可能完全取代谁。它们各有优劣,适合于自己的就是最好的。

第三节 服装营销渠道的设计决策

渠道策略是服装生产商市场营销组合中的一个重要决策,它将直接影响其他所有的营销决策。生产商只有设计和选择了合理、高效的分销渠道,才能使产品顺利地完成从生产领域向消费领域的转移。

一、确定渠道建设目标

营销渠道的目标必须与生产商目标及市场目标保持一致,这是毋庸置疑的。设计或变革营销渠道的目标一般有以下六个方面。

1. 提高渗透率

例如,将经销商数量由现有的100家扩充为150家。

2. 开辟新的营销渠道

当生产商开发出新产品时,可能需要通过新的营销渠道进行销售。例如,某服装品牌原来的服装产品主要通过专卖店销售,而当该生产商进行品牌延伸推出化妆品时,百货商店便是一种新营销渠道的选择。

3. 设定各种营销渠道的销货比率组合目标

生产商可依据各种营销渠道的获得状况、政策需要、竞争策略等,来设定销货比率组合目标,如百货商店35%、专卖店45%、特殊营销渠道(如网上销售)20%。

4. 提高销售点的销售周转率

提高销售点的周转率是极具挑战性的工作,也是生产商提高经营效率的重要目标。它通过提高商品情报回馈的速度和正确性来及时配送顾客所需要的商品。

5. 设定物流成本及服务品质目标

财务人员往往强调降低物流成本,但是生产商决不能一味地降低物流成本而忽视了顾客满意度。因此,设定物流成本及服务品质目标也是营销渠道建设的一项重要目标。

6. 设定不同营销渠道的利润目标

当生产商对营销渠道进行成本评价时,评价标准不是渠道能否带来较高的销售额或较低的成本费用,而是渠道能否实现利润最大化。因此,生产商通常还会为不同的营销渠道分别设置利润目标,以利于评估各渠道的分销效率和绩效。

以上介绍了几种常见的渠道设计目标。由于客观条件的限制以及目标之间存在的矛盾冲突,生产商在选择渠道结构时,应当根据实际情况将生产商目标按照重要程度由大到小进行排列,然后再选择对应的渠道结构,以保证生产商目标的实现。

渠道结构就是由一定数量的执行不同功能的渠道成员所组成的具有一定层级和特定运作方式的纵向营销渠道体系。渠道结构的组成要素主要有渠道成员、渠道层级、渠道成员数目。改变这三个要素便可以组合成多种渠道模式,服装生产商需要从中进行选择。

二、确定渠道成员类型

服装产品的营销渠道成员是指将服装产品和相应服务(如定制、专业选购咨询、干洗等)向最终顾客转移时所涉及的一系列相互依存的组织或个人,如批发商、代理商、零售商、辅助服务商(如物流服务提供商、提供专业干洗服务的战略伙伴)等。

渠道成员是介于生产商和顾客之间的中介,如果选择和管理不当,这些中介就会阻碍生产商和顾客的接触。但是,由于许多服装生产商缺乏进行直接营销的资源和经验,而且服装消费需求差异性大,利用渠道成员往往能更有效地接触顾客,所以多数服装生产商还是愿意放弃大部分的销售控制权而把产品和服务交由渠道成员来掌控。在这种情况下,服装生产商首先面临的渠道设计决策就是确定渠道成员的类型。

(一)服装零售商

概括地说,服装零售商主要包括百货商店、专卖店、综合超市、普通服装店等,这几类服装零售终端在角色定位和功能执行等方面也呈现出明显的特征:百货商店的作用主要体现为提升品牌知名度、扩大品牌影响力、对顾客产生积极的心理暗示等;专卖店起到了直接面对顾客、宣传品牌形象、简化购买的作用;综合超市为顾客提供了一站式购物的便利,也为价格敏感型顾客提供了理想的去处;而普通服装店则为顾客提供了较大的品种选择和价格选择空间。

下面就各种零售业态进行较为详细的分析、概括和比较。

1. 百货商店

按照菲利普·科特勒对零售组织的分类,百货商店是指经营数条产品线,通常包括服装、家庭用品和日常用品,每一条都作为一个独立部门,由一名进货专家或商品专家管理的大型零售组织。按照《中华人民共和国标准——零售业态的分类》所给的定义,百货商店是指在一个大建筑物内,根据不同商品部门设销售区,开展各自的进货、管理、运营的零售业态。百货商店在我国一般被简称为商场。

(1)业态特点分析

百货商店主要有以下业态特点:

- 采取柜台销售与自选销售相结合的方式。

- 商品结构为种类齐全、少批量、高毛利，以经营化妆品、服装服饰、家庭用品为主。

- 采取定价销售，可以退换货，有餐饮、娱乐场所等服务项目和设施，服务功能齐全。

- 选址在城市繁华区或交通要道。

- 商圈范围大，一般以流动人口为主要销售对象。

- 商店规模大，一般在5000平方米以上。

- 商店设施新颖，店堂典雅、明快。

- 目标顾客为中高档顾客和追求时尚的年轻人。

（2）营销功能分析

百货商店在服装销售中所执行的营销功能主要体现为：

- 其宽敞的购物空间、精心的装饰、丰富的品牌选择、专业的货品陈列、优质的服务和卓著的信誉，使得百货商店成为服装生产商进行品牌宣传的理想工具。

- 进入高档百货商场的顾客通常都不是价格敏感型的顾客，因此它所开展的促销活动一般不会破坏产品的价格体系和渠道成员的利润空间，也不会毁损品牌形象。

- 零售商可以通过提前订货、按时打款起到对服装生产商的融资作用，但是实力强大的百货商店有时反而会"负融资"，向进店的新品牌收取进店费，或者进货时要求供应商提供一定的延付期限。

- 高档百货商店往往有专业的导购人员，能够提供合适的售前咨询服务、售中交易服务、售后退换货保证和整烫、干洗等服务。

（3）适应性分析

服装产品的品质、定位和价格等对于零售终端的选择有决定影响。一般情况下，高档和中高档服装更适合进入百货商场，其原因主要有：

- 高档、中高档服装产品的单位价值大，对零售商资金需求量大，实力雄厚的百货商场更有能力承担。

- 从生产商的角度来说，只有毛利率高的高档和中高档服装产品才能负担百货商场所要求的名目繁多的各种费用，如进店费、店庆费等；从百货商店的角度来说，只有毛利率高的高档和中高档服装产品才能抵消因高档装修和周到服务所产生的销售成本。

- 高档和中高档服装品牌更适合百货商店的自身定位,这也是商场主动选择的结果。
- 进入百货店购买服装的顾客一般经济收入颇丰,具有明确的购物标准,优质价高的中高档、高档品是他们的选择对象。

2. 品牌专卖店

专卖店的发展是经营品类从杂多到专一的过程。专卖零售形式进入服装行业后已经发生了几次大的变化,先是为了区别其他产品大类而产生了服装专卖,再是按照不同服装种类划分的品类专卖,而后又是按照生产商划分的品牌专卖。从生产商的角度来说,服装专卖的变化历程是生产商数量和产品线快速增加的结果;从消费需求的角度来说,服装专卖的变化是为了满足顾客个性化、差异化的需要。目前,品牌专卖店已经成为服装零售终端的重要一员。

(1)业态特点分析

《中华人民共和国标准——零售业态的分类》关于品牌专卖店的定义为:品牌专卖店指专门经营或授权经营生产商、中间商(或其他类型的品牌提供商)品牌,适应顾客对品牌选择需求的零售业态。其业态特点是:

- 采取定价销售和开架销售,亦可开展连锁经营。
- 商品结构以生产商品牌为主,销售体现量少、质优、高毛利。
- 注重品牌声誉,从业人员必须具备丰富的专业知识。
- 选址在繁华商业区、商店街或百货店、购物中心内(即店中店)。
- 商圈范围不定。
- 营业面积根据经营商品的特点而定。
- 目标顾客以中青年为主。
- 商店的陈列、照明、广告等十分讲究。

(2)营销功能分析

品牌专卖店在服装销售中所执行的营销功能主要体现为:

- 品牌专卖店有维持和传播品牌形象的义务,生产商要求所有专卖店基本按照统一风格进行设计和布置,实现千店一面,给顾客统一的形象展示和强烈的视觉冲击,能够很好地传播品牌形象和产品定位。
- 品牌专卖店规范、合理的促销能起到宣传产品和品牌特点、吸引顾客、抵制竞争对手的作用,而且适度的促销能及时处理过时、过季商品,加快资金周转。
- 品牌专卖店一般都实行加盟经营的形式,加盟商必须交纳一定的保证金或加盟费,而且大多数加盟商的谈判能力较弱,一般都是现款现货,甚至会出现提前打款和大量吃货的现象，因此品牌专卖店很好地执行了零售商对上游渠道成员的融资功能。

- 大部分品牌专卖店零售商都能接受生产商的经营理念和营销政策，但由于零售商和生产商毕竟不属于完全的利益共同体，出于追逐利润的本性，在生产商营销政策出现漏洞或者疏于监管的情况下，违背营销政策的现象时有发生，例如跨区窜货、低价销售、销售假冒品牌、销售其他品牌和品种等，因此生产商必须对专卖店进行有效监管。

- 品牌专卖店在执行信息沟通功能方面极具优势，它可以积极、主动地提供精确、专业和深入的信息，并使信息沟通做到规范化、制度化和网络化。

- 相对于经营许多品牌和品类的百货商店等其他零售业态，品牌专卖店能够提供更加周到、专业、细致的服务。

- 品牌专卖店事实上起到了吸引更多加盟者、促进连锁经营发展、扩大市场覆盖的作用。

（3）适应性分析

专卖店的店面大小、装饰风格及选址都有很大的灵活性，可以根据生产商所经营的产品进行设计或改造，所以专卖店经营产品的灵活性较大，可以经营几乎任何价位、任何种类、任何风格的服装产品。即使这样，适合于专卖店销售的服装产品通常还是应当具备以下三个条件：

- 产品品质优良、做工精细。

- 产品能满足特定顾客的个性追求。

- 产品线齐全、品类丰富。

出于经销商的选择和顾客消费行为的考虑，著名服装品牌和知名服装品牌更适合于通过专卖店进行销售，其原因在于：

- 由于零售商在加盟之前需交纳一定金额的加盟费或保证金，并承担专卖店的装修费用，所以专卖店零售商与其他业态的零售商相比承担着更大的风险，只有那些具有较高知名度和美誉度、丰富市场运作经验和规范管理的服装品牌才能最大限度地减少零售商的加盟风险。

- 著名或知名品牌出于对品牌形象和声誉的考虑，品质和服务有良好保证，顾客更愿意通过购买名牌服装来简化购买、彰显社会地位、获得心理满足。

但是专卖店经营的灵活性决定了并非只有著名品牌和知名品牌才适合专卖店销售。在现实生活中，一部分没有明显知名度的三线服装品牌同样可以通过专卖店热销。以专卖店形式销售的三线服装品牌应当具备以下特点：

- 该品牌持有者实力雄厚，具有强有力的市场推广手段和营销管理能力，能以优厚的条件吸引经销商，减少经营风险。
- 与其他三线品牌甚至知名品牌相比，产品具有易于辨认的特点和明显的优势。

由此可见，专卖店对服装品牌的要求相对宽泛、自由，既可以是国际、国内著名品牌，也可以是在行业内或一定区域内具有一定知名度的一般知名品牌，甚至满足一些条件的三线品牌也可以通过品牌专卖店的形式进行销售。

3. 综合超市

大型综合超市是指通常采取自选销售方式，以销售大众化实用商品为主，并将超级市场和折扣商店的经营优势合为一体的零售业态。

（1）业态特点分析

按照《中华人民共和国标准——零售业态的分类》所描述，大型综合超市具有以下业态特点：

- 采取自选销售方式和连锁经营方式。
- 商品构成为衣、食、用品齐全，重视综合超市自有品牌的开发。
- 设有与商店营业面积相适应的停车场。
- 目标顾客为购物频率高的市民。
- 商圈范围较大。
- 商店营业面积一般在2500平方米以上。
- 选址多在城乡结合部、住宅区、交通要道。

可见，综合超市是一种规模大、成本低、销售量高、自助式服务的零售组织，主要满足顾客对食品、日常用品和一些基本服装产品的需求。它通过大面积陈列方便购买，通过低价位吸引价格敏感型的顾客，但购物环境和服务远不及高档百货商场。

（2）营销功能分析

综合超市在服装销售中所执行的营销功能主要体现为：

- 综合超市只能传达一种平民化的风格，而且超市内嘈杂拥挤的环境根本不容顾客细细领略品牌文化和产品特色，所以综合超市在服装品牌和产品形象传播方面表现平庸。
- 超市适度的促销活动的确能够提高销售量，但超市常常利用自己强大的谈判能力强迫服装生产商打折让利促销，甚至利用店庆、节假日等促销为名直接向上游供货商摊派名目繁多的促销费用，这将扰乱服装生产商的价格体系，影响其他渠道成员的积极性,并使顾客对产品质量和品牌形象产生怀疑。

● 综合超市出现"负融资"的现象甚至比高档百货商场还要严重。

● 超市频繁的促销客观上已经破坏了生产商和批发(或代理)商所制订的价格政策,而且生产商很难对连锁综合超市严格管控,这可能导致"冲货"行为的发生,从而极大地打击当地批发(或代理)商的积极性。

● 综合超市都拥有进、销、存计算机管理系统,服装生产商可以随时获得准确而及时的货品信息,但对于顾客的购买习惯、购买趋势等消费行为信息和竞争品牌信息则不便获得。

● 综合超市不能提供专业而周到的咨询服务,只能提供一些基本的服务,如缝边、残次品更换等。

● 由于综合实力强大,往往将大部分风险转给上游的服装供应商,自己只承担很少风险。

(3)适应性分析

由于综合超市所具有的上述特点决定了它适合经营以下类型的服装产品:

● 适合经营中低档、低档服装,而不适合经营高档、中高档服装。

● 适合经营不知名品牌或三线品牌的服装,而不适合经营著名品牌和知名品牌的服装,因为综合超市在产品形象传播上的苍白无力和频繁的打折促销非常不利于品牌形象的塑造和维护。

● 适合经营"标准化程度高"的服装产品(如内衣、毛衣、棉衣、羽绒服、袜子等),因为这类产品有统一的尺码规定,款式也基本相近,购买时无需太多的比较和参考意见。

4. 普通服装店

服装产品种类丰富,品牌和生产商繁多,这也造成了数量众多、风格各异的零售组织,其中种类和数量最多的就是普通服装店,其店面形象和装潢布置也是千差万别。

(1)业态特点分析

与其他类型的服装零售组织相比,普通服装店具有如下共同特征:

● 不固定经营一个品牌或几个品牌。

● 经营形式灵活多变,既可以经营某一类商品形成品类专卖店,也可以经营具有一定风格和特色的多类产品;既可以是连锁经营,也可以是单店个体经营。

● 通常缺乏规范的管理。

- 目标顾客多为流动顾客,顾客没有太强的品牌忠诚和品牌偏好。
- 分布广泛,可以在服装集市、特色商业街、公共机构(如大学)所在地附近、普通街道两旁等,营业面积从几平方米到几百平方米不等。

(2)营销功能分析

普通服装店在服装销售中所执行的营销功能主要体现为:

- 普通服装店一般不能为品牌形象的传播起到积极正面的作用,因为多数普通服装店的装潢和陈列都不讲究,即使少数普通服装店的装修典雅,所传播的更多的是也只是零售商的商业品牌,况且其平庸的专业服务和欠缺的售后保证对品牌和生产商的形象传播也没有多大帮助。
- 普通服装店促销手段和功能单一,其促销目的仅仅是处理过时、过季产品或者为服装店老板改做其他品种或转行进行清仓。
- 普通服装店与批发商和生产商都没有长期的合约关系,都是"一手交钱,一手交货",不存在交纳加盟费和保证金的现象,而且服装店往往资金少,进货批量少、批次多,所以不会出现"负融资"的现象,但也没有提供太明显的融资作用。
- 普通服装店没有形成合约经营,难以监管和控制,易出现跨区窜货现象,不过由于其辐射能力弱,不会对生产商的价格体系和政策执行构成太大伤害。
- 由于普通服装店不固定经营某一品牌,经常变换品种和供应商,而且往往缺乏提供信息的制度和能力,所以服装生产商很难直接从普通服装店那里获得有价值的市场信息。
- 普通服装店缺乏强烈的服务意识和专业的服务能力,对市场拓展和促进再次购买没有明显的拉动作用,也不能通过服务来展示形象。
- 普通服装店的谈判能力相对弱小,享有的退换货比率低,所以对同一生产商和上游供应商来说,普通服装店比百货商店和综合超市都承担了更大的因产品过时、过季、毁损等所造成的经营风险。
- 在吸引加盟者、培养和发掘销售人才等其他功能方面,普通服装店功效甚微。

(3)适应性分析

拥挤杂乱的环境和平庸的服务决定了大多数普通服装店都不适合销售高档、中高档服装,普通服装店更适合中档、低档服装的销售。由于普通服装店的种类众多、风格各异,除了职业正装和商务休闲装不宜通过普通服装店经营外,其他几乎所有的服装品种都可以找到合适的普通服装店来销售。

相比较而言,普通服装店更适合销售三线品牌的服装,原因如下:

- 普通服装店对品牌形象和品牌文化的传播很难起到积极正面的作用。
- 由于服装产品的技术含量低,在普通服装店买到假冒伪劣服装的可能性较大,而且普通服装店的售后保证欠缺,因此没有能力和魅力去吸引那些著名或知名服装品牌的目标顾客。
- 普通服装店的目标顾客多定位于流动顾客,他们没有明显的品牌忠诚和品牌偏好,在普通服装店里品牌号召力并非决定购买的重要因素,即使名牌服装进了普通服装店也未必会引起顾客更多的关注。

(二)服装批发商

服装批发商是指那些为了获取利润而将服装和相关服务再度分销的组织或个人。相对于零售商,服装批发商具有如下不同之处:

- 批发商不直接与最终顾客打交道,只起到二传手的作用。
- 批发商较少注意促销、氛围、店址和店铺形象,因为他们的交易对象是商业顾客而不是最终顾客。
- 批发商交易数量大,涉及的产品种类也较多。
- 批发商的类型不多,数量也不大,生产商管理起来相对简单。

一般来说,当批发商能够更有效、更经济地执行下列一种或几种渠道功能时,服装生产商利用批发商就是有价值的:

- 批发商利用自己的网络向零售商传播生产商的营销理念、经营政策、品牌形象和产品特点,这有利于吸引零售商的加入。
- 批发商提供推销队伍,使生产商能以较小的成本接近数量众多、地域分散的零售商。
- 批发商具有本地优势,不仅能比遥远的生产商更多地得到零售商的信任,还可以因地制宜地进行合理的价格折让、数量折扣等促销等活动,以吸引零售商、打击竞争对手。
- 批发商为其零售客户提供财务援助(如准许赊购等),同时也为服装生产商提供财务援助(如提前订货、按时付款等),实力强大的服装生产商还可能要求批发商交纳一定数量的加盟费或保证金。
- 生产商通常会严格要求批发商执行渠道成员各方所商定的物流制度(如区域分销及退、换货制度)和价格政策,以维护渠道成员的利益,使渠道成员整体利益和长远利益最大化。

- 批发商可以有效收集和传播营销环境中有关潜在与现实顾客、竞争对手及其他参与者的信息。
- 批发商可以帮助零售商改进其经营活动,如培训导购员、帮助店铺改善卖场陈列、帮助店铺建立会计制度和存货控制系统等。
- 批发商由于拥有所有权而承担了若干风险。

服装批发商也可以分成不同的类型,它们所执行的营销功能有所不同。服装生产商应当根据自己的营销条件和品牌特点加以选择。

1. 专营批发商与非专营批发商

（1）营销功能分析

专营批发商就是只针对某一品牌或者某一生产商的家族品牌开展批发服务的中间商。专营批发商在特点和营销功能执行方面类似于品牌专卖店。由于专营批发商只为一个品牌或相关的家族品牌服务,因此对品牌文化、产品特点、营销政策和市场状况等都有更为独特和深入的把握,在形象传播、推销、促销、市场秩序维护、信息沟通、管理及服务等功能的执行上都更加投入、专业、周到和细致。而非专营批发商则缺乏上述优点。

（2）适应性分析

服装生产商的产品、品牌、营销政策等都必须对批发商有足够的吸引力,才能挑选到合适的专营批发商,具体要求表现在以下方面:

- 要求生产商的产品线和品类丰富,能满足零售商对服装的多样性需求,方便零售商的采购。
- 要求品牌形象好,对消费的拉动力强,能保证一定的市场销量,保证专营批发商的利润量。
- 要求单位产品的毛利率高,因为专营批发商只售卖单一品牌或单一生产商的家族品牌,销量毕竟不可能很大。
- 要求服装生产商的信誉良好、政策稳定、管理规范,能保证专营批发商经营的长期性和稳定性。

一般来说,著名品牌和一般知名品牌都能满足上述要求,适合通过专营批发商来分销,通常可以达到很好的效果。

对于那些三线品牌和中低档、低档服装产品,由于产品种类单一、单件毛利率低、经营风险较大,批发商只能通过经营多种品牌的服装才能增加利润和降低风险,也才能满足零售商对服装的多样性需求。所以三线品牌和中低档、低档服装生产商一般通过非专营批发商分销产品更为合适。

2. 一级批发商与二级批发商

如果服装生产商和零售商之间还有两级批发商,那么直接向生产商进货,其目的是进行再批发业务的批发组织或个人就叫一级批发商;而从一级批发商处提货,直接向零售商进行分销的批发组织或个人就是二级批发商。一级批发商可以设在省级枢纽城市,也可设在地级城市;二级批发商可以设在地级城市,也可设在县级城市。

批发商的设置与营销渠道的层级有直接联系,所以将这方面的具体内容归入渠道层级部分讨论。

3. 完全服务批发商与有限服务批发商

(1)营销功能分析

按照菲利普·科特勒的观点,完全服务批发商提供全面服务,执行几乎全部的营销功能,包括宣传促销、存货送货、推销、管理零售商、市场秩序维护和政策执行、信息沟通、融资信贷等,完全服务批发商类似于买断经营,独立操作一块区域市场,生产商一般不在本区域设置专门的办事机构,服装生产商可以依靠完全服务批发商低成本进入市场。

完全服务批发商在本区域内有很大的独立性和自主权,生产商对区域的监督和控制能力较弱。因此,随着生产商的发展,当完全服务批发商所辖区域内产品销量增加、产品影响力增强时,出现违背价格政策和区域分销制度的低价倾销和跨区冲货等的可能性较大。

有限服务批发商只执行以上一种或几种功能,其余功能则由生产商的分生产商或办事处等营销分支机构承担。有限服务批发商和生产商分支机构在价格政策、区域划分、订单处理、信息沟通、监督管理等职责方面都有明确的划分,因此生产商对市场的掌控力相对更强,有利于营销政策的执行和价格体系的维护,对生产商的长远发展很有好处。

(2)适应性分析

完全服务批发商适合于那些进入新市场而生产商实力相对有限的服装生产商,生产商可以让完全服务批发商代替自己开发和管理市场,从而使自己专心于产品制造或者更需要投入的市场部分。其原因主要有以下几点:

● 从经济性来考虑,进入新市场的开始阶段销量很低,用完全服务批发商更加经济。

● 从政策执行和维持市场秩序的角度来考虑,在市场开发和启动阶段,特定营销区域内产品的价格透明度低,市场容量小,市场竞争不太激烈,本区域零售商和其他地区批发商的彼此信息也不充分，其他区域批发商进行跨区冲货和零售商跨区窜货的可能性都不大,此时不需要生产商进行太多的协调和控制,完全服务批发商就可以进行有效管理。

相对于著名品牌和知名品牌而言，三线品牌的服装生产商更适合选择完全服务批发商,其原因主要有以下几点：

- 三线品牌服装在某一地区的销量不会很大,且利润空间薄弱,批发商和零售商跨区冲货、窜货产生的利益诱惑太小,出现扰乱市场秩序的可能性不大,无需生产商过多的干预和监管。

- 三线品牌辐射能力小,即使有个别零售商出现低价倾销,也不会为争夺客户而引发恶性降价竞争。

- 三线品牌的服装产品被仿冒的可能性很小,无需设立办事机构专门监管,适合以完全服务批发商来进行分销。

- 三线品牌的服装生产商本身实力较弱,且产品利润率低,从经济性来分析,设立办事机构协同管理也不太可行。

(三)渠道辅助成员

渠道辅助成员一般包括物流提供商和售后服务提供商。

1. 物流提供商

物流提供商主要提供服装产品的库存、保管和分发。由于服装相对于工业品和其他消费品而言单位价值的体积小、质量轻、易保管,对服装产品的分发和运输没有过高的要求,而且由于第三方物流的发展,即使小批量的服装产品也能很方便地找到物流服务提供商,将产品低成本、方便、快速地运达大部分区域。

2. 售后服务提供商

对于干洗、整烫等售后服务,由于近几年干洗店发展很快,已经遍布城市的大街小巷,所以服装生产商也能很容易地找到合作的干洗店。

综上所述,渠道辅助成员在服装营销渠道建设中并不会构成渠道瓶颈和决定因素。

三、确定渠道层级长度

确定渠道层级长度是对服装营销渠道结构的纵向分析。如图2-3所示,按照渠道层级的不同,可以将服装营销渠道大致分为零级渠道(也叫直接营销渠道)、一级渠道、二级渠道和三级渠道。尽管理论上可以分为更多渠道层级,但在现实

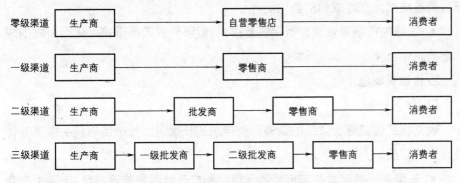

图2-3　服装营销渠道的层级长度

中不多见,意义也不大,因此不予考虑。

1. 短渠道或扁平渠道

(1)优点分析

零级渠道、一级渠道通常被称为短渠道或扁平渠道。一般说来,短渠道具有以下优点:

- 信息沟通顺畅,信息流通速度快且失真小。
- 生产商能更好地掌控市场,对于生产商的长远发展有很大好处。
- 中间渠道加价少,产品价格更有竞争力。

(2)缺点分析

短渠道的缺点主要有:

- 容易导致生产商营销机构膨胀,加大管理难度。
- 生产商为了实现渠道扁平化,不得不直接设立庞杂的办事机构,往往导致较高的销售成本。

(3)适应性分析

实施渠道扁平化最根本的目标就是缩短服装生产商和顾客的距离,使生产商能更好地把握和掌控市场。但是,只有当服装生产商具备以下部分或全部条件时,才更适合选择扁平营销渠道:

- 服装生产商具有较强的实力和营销管理能力,因为渠道扁平化容易导致驻外营销机构的增加,不仅增大了生产商的投入,也使生产商的管理和激励任务变得更复杂,并且扁平渠道还要求生产商在执行渠道功能时能达到与专业批发商、零售商一样的高效率。
- 服装生产商的目标市场为一、二级市场(一般将省会及大中城市定为一级市场,地区级中等城市定为二级市场,县、乡镇农村市场分别定为三、四级市场），渠道成员分布地域相对集中。

- 区域内市场潜量或现有销售量很大，能够分散因渠道扁平化而引发的成本增加。

2. 传统长渠道

（1）优点分析

通常将三级或更长层级的渠道称为传统的长渠道。长渠道与扁平渠道的优缺点正好相反。

- 长渠道一般都具备高度渠道专业化和广泛地理覆盖等特征，使得生产商能够面对大量分散的顾客。
- 渠道中每一个独立的渠道成员都承担着各自的渠道职责，使得生产商在资金及人力资源方面的压力得以减轻。

（2）缺点分析

随着渠道长度的增加，生产商对销售终端的零售价格、卖场环境、顾客服务质量、市场信息等的控制能力也会越来越弱。

（3）适应性分析

长渠道的适应性既与产品、品牌和市场环境有关，也与生产商的营销、管理能力等内部因素有关。当出现下列几种情况时，服装生产商一般就有选择两级或更多级批发商的必要：

- 产品为中档、中低档或低档，目标顾客分布于广大三级、四级市场。
- 零售商地域分散，数量众多，单个零售商的销售量不大。
- 生产商实力薄弱，市场渗透能力小，对市场把握能力不强，只有通过大量的本地批发商才能更好地拓展市场。
- 区域市场的现有销量和潜在销量都很小，多安排一级办事机构或安排销售人员都不够经济。

四、确定渠道成员数目

在确定了渠道层级之后，接下来就需要确定渠道成员的数目，即决定渠道的宽度。一定区域内批发商和零售商的数量对于销售业绩和渠道管理会产生很大影响。当生产商的渠道网络太过稀疏时，就会减少与顾客的接触机会，影响销量；而当渠道网络过于密集时，渠道成员之间又可能发生内讧，出现乱价销售、冲货、窜货等恶性竞争，进而降低渠道成员的总体积极性。

关于渠道成员的数量决策，生产商通常有三种选择：独家分销、选择性分销和密集性分销。

1. 独家分销

独家分销是指服装生产商严格限制区域内中间商的数量，往往只选择一家中间商。

（1）优缺点分析

在生产商开发新市场初期,实行独家分销可以起到吸引加盟者的作用;在市场正常运行期,实行独家分销便于市场秩序的维护和营销政策的执行,可以提高品牌形象和允许较高的售价。但是,一旦专营商变得强大而生产商又缺少相应的约束手段时,专营商便会对生产商提出过高的要求,影响生产商的利润空间和该区域市场的长期发展。

（2）适应性分析

● 独家分销适合于著名和知名服装品牌，因为名牌服装的市场辐射能力强，利用独家分销可以避免因某一家经销商不正当竞争而引发经销商之间的恶性竞争,避免危及品牌形象和渠道整体利益。

● 独家分销也适合于打算进入新市场的三线品牌,由于三线品牌的吸引力小,生产商只有通过独家经营来稳定价格和保证市场独占,才能增加经销商的加盟积极性,使三线品牌顺利进入新市场。

2. 选择性分销

选择性分销是指生产商在某一区域市场有条件地选择几家中间商进行经营。

（1）优缺点分析

选择性分销力求在该区域的渠道宽度适中,并在渠道竞争与市场覆盖之间取得平衡。实行选择性分销的服装生产商能够集中精力和挑选出来的中间商建立良好的伙伴关系。与独家分销相比,选择性分销能使生产商获得足够的市场覆盖面;与密集性分销相比,生产商又能获得较大的渠道控制权和较低的渠道成本。

（2）适应性分析

对于那些已经建立起良好信誉、监管能力强、管理规范的服装生产商,或者那些已经对市场失去控制、但希望通过多个渠道成员之间的制衡来恢复对市场控制的服装生产商来说,选择性分销是一种很好的选择。

3. 密集性分销

密集性分销是指生产商通过尽可能多的零售商（在任何情况下,批发商数量都应受到限制）来销售产品。

（1）优缺点分析

密集性分销能够使生产商实现最大的市场覆盖率，但相应的渠道成本较高，生产商的渠道控制权也较弱。

（2）适应性分析

● 当顾客需要在当地能方便地购买到服装产品时，可以考虑实行密集性分销，比如"标准化程度高"的产品（内衣、袜帽、毛衣等）就比较适合密集性分销策略。

● 三线品牌和单位价值低的中低档、低档服装也可以考虑密集性分销，通过扩大零售商的数量来实现销售量的提升。

综上所述，服装营销渠道结构的组成要素较多，主要可分为渠道成员类型、渠道层级长度、渠道成员数目等。不同的服装生产商应该根据生产商的产品特点、品牌定位、营销条件、区域市场消费特点等诸多因素选择最适合的渠道结构，以便达到更有效、更经济的分销结果。

第三章
服装营销渠道的成员管理

有效的渠道管理要求服装生产商选好中间商并对其进行激励,这样才能保证渠道成员之间相互协作,保持营销渠道的顺畅和高效运行。

第一节　服装营销渠道成员的选择

在确定了营销渠道的结构之后,接下来的工作就是选择渠道成员了。生产商在市场上的成功需要强有力的渠道成员的支持,即那些能够有效履行分销职责、实现渠道设计思路的成员。挑选渠道成员是一项很重要的任务,应当避免随意性和偶然性。

一、渠道成员选择的基本流程

营销渠道成员的选择过程一般可分为四个阶段:初期剔除、访谈、待选清单的拟定及综合分析。具体地说,生产商先将那些不符合基本要求的中间商剔除;对于那些通过了初选的中间商,利用访谈方式对其进行深入了解;接着拟定待选中间商的清单;然后根据事先确定的审核、比较标准,综合各方面因素对清单中的待选中间商做出综合评价,为管理者选择渠道成员提供可靠的依据。

渠道成员选择问题在某种意义上可以看成是中间商的排序问题。中间商的特性可以通过一组指标来刻画,渠道管理者要依据这些指标对中间商进行择优排序并做出选择决策。此类问题涉及的因素较多,本质上是多目标决策问题,因此需要有简单、合理、易于反映全系统各因素之间关系的方法来处理这样的问题。

二、渠道成员选择的指标体系

随着市场经济的发展,服装生产商已经普遍认可了中间商选择与评估的重要性。制订科学的中间商评估指标体系是做好渠道成员选择与评估的关键。一般情况下,选择渠道成员时必须考虑硬件指标与软件指标两大方面。

1. 硬件指标

（1）市场范围

市场是选择渠道成员最关键的考虑因素。首先,要考虑所选中间商的经营区域与生产商产品的预期销售地区是否一致;其次,要考虑中间商所拥有的分销点的绝对数量;再次,要考虑中间商的销售对象与生产商的潜在目标顾客是否一致,这是最基本的条件,因为生产商都希望所选的中间商能打入自己选定的目标市场,并最终说服顾客购买自己的产品。

（2）地理位置

理想的中间商(特别是零售商)的位置应该是顾客流量较大的地点。批发商的选择则要考虑其所处的位置是否方便零售商购买,交通是否便利,是否有利于降低储运成本、确保产品调度顺畅等,通常以交通枢纽为宜。

（3）产品组合

中间商承销的产品种类及其组合情况是中间商产品政策的具体体现。中间商产品组合的宽度、长度、深度和关联性会影响到顾客数量及产品销量。因此,在选择渠道成员时首先要看中间商有多少产品线,其次要看各种经销产品的组合关系,是竞争产品还是促销产品。一般认为,应当避免选用经销竞争产品的中间商。但是如果本生产商产品的竞争优势明显,仍然可以选择那些出售竞争产品的中间商。

（4）分销能力

中间商的市场覆盖能力、仓库储备能力、运输能力、与客户的合作关系是否良好、是否有健全的销售机构和训练有素的销售队伍、是否有足够的销售费用、是否有良好的广告媒体环境等都在一定程度上反映了其分销实力是否强大。另外,对丁渠道较长的分销模式来说,中间商的营销网络(主要是指与中间商直接发生批发业务的二级中间商的数量和规模)也是选择渠道成员的条件之一。为了加快生产商产品的市场渗透,选择二级网点健全的中间商是一个基本要求。

2. 软件指标

（1）经营理念

中间商能够认同生产商的经营理念是双方合作的根本前提。俗话说,"物以类聚,人以群分",只有那些互补性强、有着相同或相似经营理念的生产商与中间商相结合,才易于形成融洽的渠道关系。因此,服装生产商应选择那些市场定位与自己产品定位相同、经营理念与自己相同或类似的中间商。

（2）商业信誉

在我国目前市场经济尚不完善的条件下，渠道成员的信誉好坏是决定能否与其合作的基础，它不仅直接影响生产商的资金回笼，还关系到生产商整个营销渠道的稳定与发展。一个讲信用、有诚信的中间商会大大降低生产商的经营风险；相反，如果中间商不讲信誉，生产商就会进退两难，甚至不得不放弃已经开发好的市场，付出巨大的代价。因此，服装生产商在选择中间商时应当了解其在当地是否具有良好的生产商形象和商业信誉，有无不良商业行为记录，是否具有良好的合作伙伴等。对于那些不讲信用的中间商，条件再好也不能与其合作。

（3）财务状况

财务状况是反映中间商经营实力及营运状况的重要方面，中间商能否按时结算，能否在必要时预付货款，都取决于其财力的大小。服装生产商应当掌握备选中间商的固定资产、流动资金、银行存贷款、企业间收欠资金情况等资料。通过对中间商财务状况的分析，生产商可以了解中间商的偿债能力、赢利能力和抵抗风险能力。

（4）产品经验

许多中间商之所以被著名服装生产商选中，往往是因为他们对销售某类产品很有经验。选择对产品销售有着丰富经验的中间商可以很快打开销路。因此，生产商应考虑中间商经营相关产品的年限以及具有相关知识的人员数量，根据产品特点选择有经验的中间商。

（5）管理水平

中间商营销及管理水平的高低，不仅关系着中间商营销的成败，还与生产商营销目标的实现及长远发展休戚相关。比如，中间商对自己的物流、人员、资金、信息、促销等的管理水平，中间商输出下级管理的能力，中间商网络有无恶意冲突，生产商的政策能否得到及时正确的贯彻等，这些方面的条件也必须考虑。

（6）人员素质

中间商的管理水平在很大程度上取决于其人员配备以及人员的素质和能力，比如主要负责人是否有良好的文化素质、工作作风和经营管理能力，员工队伍结构是否合理、业务水平是否过硬等。人员素质高的中间商能够与生产商密切合作，实现资源优势互补，形成较强的凝聚力和竞争力，当然生产商运作市场的成功概率就会大大提高。因此，服装生产商应当根据自己所销售产品的特征对中间商业务人员的素质和能力提出一定的要求。

（7）促销能力

中间商推销商品的方式及运用促销手段的能力直接影响其销售规模。另外，还要考虑中间商是否愿意承担一定的促销费用，有没有必要的物质、技术基础及相应的人才。选择中间商之前，必须对其销售某种产品的营销政策和促销技术的可能实现程度做出全面评价。

（8）经营业绩

经营业绩是中间商各方面管理工作效果的综合体现，可以比较客观、准确地反映其实际经营能力、服务态度与服务水平，良好的经营业绩也反映了中间商巨大的成长潜力。

（9）合作态度

一般来说，销售业绩好的中间商都有着强烈的积极性，并能够与生产商配合默契，因而合作态度也是衡量渠道成员优劣的重要标准。服装生产商应根据产品销售的需要，确定与中间商合作的具体方式，考察备选中间商对生产商产品销售的重视程度和合作态度，比如是否对本生产商和产品有认同感、能否自觉执行生产商的营销策略、是否对生产商和市场具有高度的责任心、能否以积极的态度去开拓和运作当地市场等，在此基础上选择最理想的中间商进行合作。

（10）预期利润

选择中间商时还必须考虑生产生产商能从中获得多少盈利。当然中间商同样需要有一个满意的利润水平。生产商在选择渠道成员时也应当进行投资收益分析，以保证预期利润的实现。或许在某些情况下，建立自己的营销渠道比通过中间商销售更为有利，这就需要针对具体情况进行考虑。

表3-1是一份中间商（加盟商）评估表，供服装生产商选择中间商时参考。

表 3 - 1   中间商（加盟商）评估表

加盟商姓名		加盟区域	省　　市　　县	
评估人员		评估时间		
一、背景实力调查				
1.注册资本				评分标准
A	30 万元以上			得 3 分
B	20 万 ~30 万元			得 2 分
C	10 万 ~20 万元			得 1 分
经调查评估，应得分数：　　　　分				

2.客户户口		评分标准
A	常住本地户口	得3分
B	从外地迁来本地三年以上	得2分
C	外来暂住户口	得1分

经调查评估,应得分数：　　　分

3.经营年数		评分标准
A	生产商经营5年以上	得5分
B	生产商经营3~5年之间	得4分
C	生产商经营2~3年之间	得3分
D	生产商经营1~2年之间	得2分
E	生产商刚开业	得1分

经调查评估,应得分数：　　　分

4.上年度营业额		评分标准
A	200万元以上	得5分
B	100万~200万元	得4分
C	50万~100万元	得3分
D	20万~50万元	得2分
E	20万元以下	得1分

经调查评估,应得分数：　　　分

5.上年度是否重点销售一家生产商产品,单一产品销售量占总销售量		评分标准
A	50%以上	得5分
B	30%~50%	得3分
C	30%以下	得1分

经调查评估,应得分数：　　　分

6.与当地政府、商界关系		评分标准
A	关系良好,且能获得当地特殊政策和商业优惠	得3分
B	关系一般,无不良记录	得2分
C	关系差,受当地政策和商业的限制	得1分

经调查评估,应得分数：　　　分

7.商业信誉	评分标准
信誉极佳,能准时结款无任何风险	得5分
信誉较好,基本上可准时结款	得4分
信誉一般,虽拖款,但无风险	得3分

信誉较差,拖款很厉害,结款很难	得2分
信誉很差,不但拖款,而且风险很高	得1分
经调查评估,应得分数: 分	

8.行业知名度	评分标准
在当地服饰行业人人皆知,具有广泛的社会影响力	得5分
在当地服饰行业排名前列,具有一定影响力	得4分
在当地服饰行业有良好口碑,具一定市场份额	得3分
刚进入当地服饰行业	得2分
从未进入过当地服饰行业	得1分
经调查评估,应得分数: 分	

9.写字楼状况	评分标准
自有写字楼,面积较大,有装修	得4分
租赁写字楼,面积较大,装修漂亮	得3分
租赁写字楼,面积较小,装修一般	得2分
无写字楼	得1分
经调查评估,应得分数: 分	

二、加盟商忠诚度

10.上年度加盟品牌数量		评分标准
A	1个	得4分
B	2个	得3分
C	3个	得2分
D	3个以上	得1分
经调查评估,应得分数: 分		

11.最新一个加盟品牌的经营时间		评分标准
A	3年以上	得5分
B	2~3年	得4分
C	1~2年	得3分
D	1年以下	得1分
经调查评估,应得分数: 分		

12.对本品牌产品的认识		评分标准
A	熟悉该行业产品,评价很高,具有信心	得5分
B	不熟悉该行业产品,但评价高,极具有信心	得4分
C	不熟悉该行业产品,但评价一般,尚具商业价值	得3分

续表

D	不熟悉该行业产品,评价差,但尚愿试销	得1分
	经调查评估,应得分数:　　　分	

13.拟投入资金占其资金总额的比例		评分标准
A	80% 以上	得5分
B	60%~80%	得4分
C	50%~60%	得3分
D	30%~50%	得2分
E	30% 以下	得1分
	经调查评估,应得分数:　　　分	

14.对本品牌市场营销方案及合作条件的认可与接受度		评分标准
A	对本品牌方案评价很高,可接受条件,很有信心	得5分
B	对本品牌方案评价较高,对合作条件无重大异议,较有信心	得4分
C	认为对本品牌方案值得一试,对合作条件无重大异议	得3分
D	对本品牌方案和合作条件信心欠足,但愿意尝试	得1分
	经调查评估,应得分数:　　　分	

15.拟投入多大比例人员在本品牌业务上		评分标准
A	80% 以上	得5分
B	60%~80%	得4分
C	50%~60%	得3分
D	30%~50%	得2分
E	30% 以下	得1分
	经调查评估,应得分数:　　　分	

三、业务能力

16.现有零售卖场数量		评分标准
A	8 个以上	得5分
B	5~8 个	得4分
C	3~5 个	得3分
D	2~3 个	得2分
E	1 个	得1分
	经调查评估,应得分数:　　　分	

17.初期(前三个月)进入零售卖场数量		评分标准
A	6 个以上	得4分
B	4~6 个	得3分

C	2~4 个	得 2 分
D	1 个	得 1 分
经调查评估,应得分数:　　　分		

18.仓库状况		评分标准
A	自有仓库,库存量丰富	得 3 分
B	租赁仓库,面积较大,库存量丰富	得 2 分
C	租赁仓库,面积较小,库存量较少	得 1 分
经调查评估,应得分数:　　　分		

19.业务人员数量		评分标准
A	10 人以上	得 5 分
B	6~10 人	得 4 分
C	3~5 人	得 3 分
D	2 人	得 2 分
E	1 人	得 1 分
经调查评估,应得分数:　　　分		

20.业务员月收入(标准需参考当地收入水平)		评分标准
A	1500 元以上	得 5 分
B	1000~1500 元之间	得 4 分
C	700~1000 元之间	得 3 分
D	400~700 元之间	得 2 分
E	400 元以下	得 1 分
经调查评估,应得分数:　　　分		

21.合同每月单店最低订货额		评分标准
A	10 万元以上	得 5 分
B	8 万~10 万元	得 4 分
C	5 万~8 万元	得 3 分
D	3 万~5 万元	得 2 分
E	3 万元以下	得 1 分
经调查评估,应得分数:　　　分		

总计分为:＿＿＿＿＿＿＿＿＿

××分以上为优秀
××分以上为良好
××分以上为一般
××分以下为差

三、渠道成员选择的评价方法

选择渠道成员的评价指标具有多样性的特征,比如分销点的绝对数目、所处位置的顾客流动量、经营竞争对手产品的数量、最大货运量等是定量指标;而有效推销生产商产品的意向度、信誉度等是较模糊的定性指标。下面简要介绍选择渠道成员时常用的评价方法。

1. 传统评价方法

传统的中间商评价方法主要有以下两种。

(1)专家打分评价法

专家评分法的基本原理是:对于拟选择作为渠道合作伙伴的每个中间商,就其从事商品分销的各项能力和条件进行打分评价。由于各个中间商之间存在分销优势与劣势的差异,因而每个指标的得分会有所区别。根据每个指标对分销渠道建立的重要程度差异,分别赋予各指标一定的重要性系数(即权重),然后计算每个中间商的加权得分,并将所有备选中间商按照得分高低进行优劣排序,依据生产商的需要选择一定数目的中间商作为渠道成员。

专家评价的准确程度主要取决于专家的阅历经验以及知识的广度和深度。这就要求参加评价的专家在营销渠道领域具有较高的学术水平和丰富的实践经验。总的来说,专家评分法具有简单、直观性强的特点,但其理论性和系统性不强,主观成分过多,一般情况下难以保证评价结果的客观性和准确性。

(2)单位商品销售费用比较法

商品销售量对销售费用有一定影响,因此在评价中间商时也可以把销售量与销售费用两个因素联系起来综合评价。服装生产商可以计算出中间商的预期总销售费用与该中间商能够实现的商品销售量的比值,即单位商品的销售费用,以此作为选择最佳中间商的依据。

这种评价方法考虑的因素比较单一,因而难以全面评价各中间商的优劣。不过可以将此方法作为其他评价方法的参考意见。

2. 现代综合评价方法

我们知道,评价中间商的依据就是指标。由于影响评价的因素往往是众多而复杂的,因此往往需要将反映评价事物的多项指标的信息加以汇集,得到一个综合指标,以此来从整体上反映被评价事物的整体情况,这就是多指标综合评价方法。

随着所需考虑的因素越来越多,规模越来越大,对评价工作本身的要求也越来越高,要求它克服主观性和片面性,体现出科学性和规范性。并且,当前的评价工作不仅要考虑结构化、定量化的因素,而且还要考虑大量的非结构化、半结构化、模糊性、灰色性的因素。现代综合评价方法可以较好地解决这些问题。不过,综合评价的结论也只能作为决策者认识事物、分析事物的参考,而不能作为决策的唯一依据。

综合评价的具体方法有很多种,各种方法的总体思路是一致的,一般可分为以下几个环节:

- 熟悉评价对象。
- 确立评价的指标体系。
- 确定各指标的权重。
- 建立评价的数学模型。
- 分析评价结果。

其中,确立指标体系、确定各指标权重、建立数学模型这三个环节是综合评价的关键环节。由于篇幅所限,以下仅对几种常用的综合评价方法的原理进行简要介绍。对此感兴趣的读者可以查阅有关多指标综合评价的专业书籍。

(1)层次分析法

层次分析法(简称AHP法)是美国著名的运筹学家T.L.Satty等人于20世纪70年代提出的一种定性与定量分析相结合的多准则决策方法。它是将决策问题的有关元素分解成目标、准则、方案等层次,在此基础上进行定性与定量分析的一种决策方法。

这一方法的特点是,在对复杂决策问题的本质、影响因素以及内在关系等进行了深入分析之后,构建一个层次结构模型,然后利用较少的定量信息,把决策的思维过程数学化,从而为求解多目标、多准则或无结构特性的复杂决策问题提供一种简便的决策方法。层次分析法尤其适合于人的定性判断起重要作用、对决策结果难以直接准确计量的场合,而对中间商的评价正好具有这种特点。

面对复杂的决策问题,AHP的处理方法是首先要把问题层次化,按照问题的性质和要达到的总目标,将问题分解为不同组成因素,并按照因素间的相互关联影响以及隶属关系将因素按照不同层次聚集组合,形成一个多层次的分析结构模型。最终,将系统分析归结为最底层(供决策的方案、措施等)相对于最高层(总目标)的相对重要性权重的确定或相对优劣次序的排序问题。

尽管AHP具有模型的特色,在操作过程中使用了线性代数方法,数学原理严密,但它自身的柔性色彩仍十分突出。层次分析法不仅简化了系统分析和计算,还有助于决策者保持思维过程的一致性。如果说比较、分解和综合是大脑分析解决问题的一种基本思考过程，那么层次分析法就为这种思考过程提供了一种数学表达及数学处理的方法。因此，层次分析法十分适用于定性的、或者定性定量兼有的决策分析，是一种非常有效的系统分析和科学决策方法。

（2）模糊综合评判法

客观世界中存在着大量的模糊概念和模糊现象。一个概念和与之相对立的概念之间无法划出一条明确的界限，它们是随着量变逐渐过渡到质变的。例如"信誉好"和"信誉差"就是如此，生产商无法划出一条严格的界限来区分"信誉好"和"信誉差"。凡涉及模糊概念的现象被称为模糊现象。现实生活中的绝大多数现象都存在着中介状态，并非"非此即彼"，而是表现出"亦此亦彼"。

随着科技的发展，要求人们处理一些复杂的现实问题，而复杂性就意味着因素众多。当人们还不可能对全部因素都进行考察，或者可以忽略某些因素而并不影响对事物本质认识的正确性时，就需要进行模糊识别与判断。

模糊数学就是试图利用数学工具解决模糊事物方面的问题。模糊综合评价是借助模糊数学的一些概念，应用模糊关系合成的原理，将一些边界不清、不易定量的因素定量化，从多个因素对被评价事物的隶属等级状况进行综合性评价的一种方法。综合评判法根据所给的条件，对评判对象全体的每个对象赋予一个非负实数——评判指标，然后据此排序择优。

模糊综合评判主要分为两步：第一步先按每个因素单独评判，第二步再按所有因素综合评判。其优点是：数学模型简单，容易掌握，对多因素、多层次的复杂问题评判效果较好。模糊综合评判方法的特点在于，评判逐对进行，对被评价对象有唯一的评价值，不受被评价对象所处对象集合的影响。模糊综合评判法的不足之处是，它不能解决由于评价指标间相关而造成的评价信息重复问题，隶属函数的确定还没有系统的方法，而且合成的算法也有待进一步探讨。总的来说，模糊综合评判是一种基于主观信息的综合评价方法。实践证明，综合评价结果的可靠性和准确性依赖于合理选取因素、因素的权重分配、综合评价的合成算法等。

除了上述两种方法之外，综合评价方法还包括数据包络分析法、人工神经网络评价法、灰色综合评价法等，这些方法在综合评价方面也是各有千秋。在应用时必须根据具体综合评价问题的目的、要求及特点，从中选择合适的评价方法，使所作的评价更加客观、科学和有针对性。

另外，由于选用不同的方法实际上是从不同的角度进行综合评价，如果仅仅用一种方法进行评价（鉴于目前尚没有一种十全十美的评价方法），其结果往往很难令人信服。因而有必要选用多种方法进行评价，而后将几种评价结果进行组合，于是近年来学术界提出了"组合评价"的研究思路。通过各种方法的组合，可以达到取长补短的效果。

第二节　服装营销渠道成员的激励

为了保持营销渠道的顺畅和高效运行，生产商必须不断地对其进行监督和激励。虽然促使中间商进入生产商渠道体系的因素和条件已提供了部分激励因素，但要调动中间商更大的积极性，还需要服装生产商经常性地推出各种形式的激励措施和支持政策。

一、了解渠道成员的需求

渠道激励是指生产商为培养渠道成员在实施生产商分销目标时相互协作而采取的行动。在现实中，有些服装生产商采取了促销、资金、信息等方面的激励措施，虽然起到了一定作用，但效果仍不尽如人意。究其原因，是生产商没有深入了解中间商到底需要哪些帮助、在什么时间需要帮助以及生产商应采取哪些方式激励中间商。对渠道成员的激励就是要满足其需求，而要满其需求就必须先了解渠道成员的需求，特别是个性化需求。

1. 生产商与渠道成员之间的矛盾

从本质上讲，生产商与中间商分别属于不同的利益主体，双方在目标、观点和需求等方面都存在一些矛盾。渠道成员和服装生产商之间的矛盾主要体现在以下方面：

* 生产商希望有一个稳定的市场，而一些中间商却低价抛货走量，扰乱了市场秩序。

* 生产商可能希望薄利多销，而中间商的原则则是量少利厚，追求高利润率。

* 生产商给中间商提供促销品以吸引顾客，而许多中间商却将生产商的市场支持费用视为利润补贴，将促销品单独出售或只是用来拉拢下一级客户，很难如生产商所愿用在顾客身上。

* 生产商希望提高铺货率，但中间商考虑到货款回收等风险，产品铺点很难达到生产商的要求，特别是对一些前途未卜的新产品，中间商更难以大规模铺货。

● 生产商希望产品出现在更多的商店,卖场陈列做得更好,这项工作需要有人长期认真地去做,但中间商的销售代表一般只负责系列产品的订单与收款,终端的理货很难顾及。

● 生产商希望中间商提高竞争力,而中间商却不愿意为此投入,此外缺乏计划、资金短缺、管理落后、现金周转不畅等低效率管理现象也让生产商失望。

● 生产商希望中间商增加库存,这对提高销售量非常重要,中间商却往往因为害怕占压资金而不愿意多库存,为解决这个问题,生产商不得不提高奖励中间商的额度。

● 由于市场多变,现有中间商常常跟不上形势,一旦中间商被证明无法完成规定的销售任务,生产商就会增加中间商或是撤换原来的中间商,这就造成了生产商与中间商之间的矛盾。

2. 渠道成员的心理状态和行为特征

产生上述矛盾的根本原因在于渠道成员处于服装行业市场价值链中的不同位置,因此同生产商在利益、功能等方面都存在不同。因此,服装生产商应该多站在中间商角度来思考,力争全面了解中间商的心理状态和行为特征。

● 渠道成员并不认为自己是生产商供应链中的一员,而认为自己是一个独立的市场,并且经过一些实践后,他们往往安于某种经营方式,执行实现自己目标所必需的职能,在自己可以自由决定的范围内制订自己的政策。

● 渠道成员首先是顾客的采购代理,其次才是生产商的销售代理,因此中间商对顾客愿意买的任何产品都十分感兴趣,而并非只对生产商的产品感兴趣。

● 渠道成员总是努力将其所经营的所有产品组合成一个品目系列,然后出售给顾客,其销售努力主要用于获取这类品种组合的订单,而不是单一的商品品目。

● 除非得到额外的奖励,否则渠道成员是不会为所出售的各种品牌分别进行销售记录的,而那些有关产品设计、定价、包装或促销计划的有用信息也常常被隐藏在中间商的非标准化记录中,有时还会故意对生产商隐瞒。

可见,渠道系统是由两种不同利益、目标和思考模式的组织构成的,维系渠道成员和生产商之间合作关系的纽带是对利益的追求。因此,对服装生产商而言,为了使整个系统有效运作,渠道管理工作中很重要的一部分就是不断地增强维系双方关系的利益纽带,针对渠道成员的需求持续提供有效激励。

3. 渠道成员的主要需求

有效的渠道激励源于对渠道成员需求的了解,因为只有这样才能使激励方式的选择更有针对性。如果不分析渠道成员的需求,随便采取一种激励手段,其

激励效果可能不会很好,有时甚至会起到负面效果。渠道成员的需求主要体现在以下方面:

（1）产品方面的需求

产品方面的需求包括产品的设计、品质、产品线组合等。

（2）进货政策方面的需求

进货政策方面的需求包括进货比例、最低进货数量、是否允许退换货等。

（3）价格体系方面的需求

价格体系方面的需求包括对顾客的统一零售价、给各级代理的价格、价格体系的维护、对破坏价格体系者的惩罚等。

（4）利润方面的需求

利润方面的需求包括单位利润、总体利润、返点的大小、返点的合理性、返点周期等。

（5）促销支持方面的需求

促销支持方面的需求包括广告支持、人员支持、卖场宣传、促销活动支持等。

（6）产品服务方面的需求

产品服务方面的需求包括相关配套服务以及产品质量出现问题后的服务保证等。

（7）运作体系方面的需求

运作体系方面的需求包括渠道信息系统、商务系统、物流配送及渠道资金支持等。

（8）沟通方面的需求

沟通方面的需求包括生产商是否诚实可靠、易于沟通,生产商能否及时提供市场和产品信息,生产商能否授予中间商决定有关产品销售政策的自由度,各种销售政策是否具有稳定性和连续性等。

（9）管理方面的需求

管理方面的需求包括生产商在市场控制、销售建议、销售培训等方面提供的支持;生产商的市场运作能力、先进管理方式、企业文化等方面对渠道成员的影响等。

（10）发展方面的需求

发展方面的需求是指渠道成员能否和生产商一起在某个行业、某个领域不断发展壮大。

渠道成员对上述十个方面的需求也是分层次的。首先是产品、进货方面的生存需求,其次是利润方面的需求,然后是服务、运作等保障体系的需求,最后是管理、发展的需求。只有当较低层次的需求得到满足后,渠道成员才会去追求更高层次的需求。在"较低"层次的需求得到满足后,"较高"层次的需要就成为起主要作用的因素,也就是激励的重点。因此服装生产商必须从不同层次上满足渠道成员的需求。首先要满足其生存需求,特别是在行业不景气时,生产商不能只看眼前利益,而是应当千方百计地帮助中间商渡过难关;其次是满足其发展的需求,让中间商在不断变化的竞争环境中和生产商一起成长、发展、壮大。

4. 了解渠道成员需求的途径

通过前面的分析,我们知道有效的渠道激励源于对渠道成员需求的了解。但是,追求需求的过程是连续动态的,整个激励过程也是连续动态的,那么在这个动态的过程中,服装生产商如何才能及时了解渠道成员的需求呢?

在理想状态下,每一个销售渠道的信息流应当能够为生产商提供有关渠道成员需求的必要信息;并且由于产生信息的很多来源都已经包含在渠道的信息流中,所以一般不会遗漏重要的信息。但事实上,大部分营销渠道的信息交流系统都没能通过正式的计划及详细的构造来提供全面及时的信息。因此,生产商不可能仅仅依靠现有的信息交流系统来获取有关渠道成员的需求与问题。服装生产商的渠道管理人员应当走出常规系统,利用多种其他方法来了解渠道成员的需求。比如,可以利用外部机构对渠道成员进行研究,对营销渠道进行审计;可以设立中间商顾问委员会来加强生产商与渠道成员之间的日常交流;可以建立与中间商每月固定的信息反馈机制;可以建立与中间商沟通信息的网络平台等。

总之,只有准确把握渠道成员的需求,才能制订有针对性的激励措施,从而推动渠道成员与生产商一起为生产商的长远利益而努力。

二、激励渠道成员的措施

在市场竞争日益激烈的今天,渠道奖励的内容更为广泛和全面。渠道激励政策已经不再局限于物质激励,而是多种措施的综合运用。一方面,可以通过直接给予渠道成员物质、金钱的奖励来激发渠道成员的积极性,从而实现生产商的销售目标;另一方面,可以通过间接激励来帮助渠道成员改善销售管理、提高销售效率,让渠道成员伴随生产商一起发展壮大。

(一)渠道奖励

渠道奖励是生产商对中间商最为直接的激励方式。渠道奖励包括物质奖励和精神奖励两方面。其中物质奖励主要体现为销售返利,是渠道激励的基础手段和根本内容;而精神奖励则包括年终优秀中间商评比、授予中间商荣誉等,精神激励的作用也不可低估,因为渠道成员同样有较高的精神需求。

销售返利就是生产商根据中间商所完成的销量(回款)或其他贡献定期给予中间商一定额度的利润补贴。它实际上是渠道利润的平衡和再分配过程,是生产商惯用的吸引和控制渠道成员的手法,并逐渐成为行业惯例。销售返利的类型有以下两种:

1. 销量返利

销量返利就是为直接刺激中间商的进货力度而设立的一种奖励。销量返利有下列三种常见形式,分别满足不同的激励需求:

- 按量考核:按累计进货量爬台阶返款,这种形式可以有效激励不同实力的中间商爬上更高的台阶。

- 销售竞赛:生产商在某一时期或某一地区抢占市场份额时,通常会在日常爬台阶返款的基础上开展销售竞赛活动,对在规定区域和时段内销量第一的中间商给予丰厚的奖励。

- 定额返利:在处理尾货或销售不畅的产品时,生产商可能会考虑增加一次性的定额返利的激励形式,针对某一产品设定中间商达到一定数量进货的奖励,定额返利虽然能够促进短期销售,但却有可能扰乱市场秩序,所以生产商在应用定额返利时应当慎重。

2. 过程返利

过程返利通过考察中间商市场运作的规范性以确保市场的健康培育,是保证销量稳步增长的必要手段。过程返利的考察内容通常包括:铺货率、销售氛围(即商品陈列生动化)、开户率、全品项进货、安全库存、指定区域销售、规范价格、专销(即不销售竞品)、积极配送、守约付款等。过程返利既可以提高中间商的利润,从而扩大销售,又能防止中间商的不规范运作。因此,服装生产商在制订返利政策时应当多用过程返利,少用销量返利。

(二)渠道支持

为渠道成员提供支持是指生产商为满足渠道成员的需求并帮助其解决问题所做的努力。如果能正确地使用这种支持,可以创造出更为主动的渠道成员群体。为渠道成员提供支持的项目可以划分为三类:合作性计划、伙伴或战略联盟、分销规划设计。尽管这三种方法都强调详尽的计划,但它们之间的繁杂程度大不一样。合作性计划相对来说是一种最简单的渠道成员支持项目,分销计划设计最为复杂,而伙伴或战略联盟则处于两者之间。

1. 合作性计划

在传统的松散渠道中,生产商与渠道成员间的合作性计划通常是最常用的渠道支持方法。合作性计划的种类繁多,比如帮助中间商建立进销存报表,做安全库存数和先进先出库存管理等。进销存报表的建立,可以帮助中间商了解某一周期的实际销货数量和利润;安全库存的建立,可以帮助中间商合理安排进货;先进先出的库存管理,可以减少即期品(即将过期的商品)出现。

同时,还可以通过帮助中间商管理其客户网来加强中间商的销售管理工作。帮助中间商建立客户档案,包括客户的店名、地址、电话,并根据客户的销售量将他们分成等级,并据此告诉中间商对待不同等级的客户应该采用不同的支持方式,从而更好地服务于不同性质的客户,提高客户的忠诚度。常见的合作性计划主要有:

(1)终端建设支持

- 为橱窗展示、陈列空间等所支付的费用。
- 对新商店成本和改进费用的支持。
- 对店面设计提供技术指导。
- 提供或协助制作展台、陈列架、店招等。
- 提供服装陈列展示技术。
- 提供陈列展示工具。
- 定期开展导购员培训等。

(2)销售活动支持

- 合作广告津贴。
- 支付销售人员的部分工资。
- 无约束回款的特权。
- 协助客户进行市场开拓。
- 向客户提供生产商动态、流行资讯、新品上市等信息。
- 指导改善顾客管理。
- 向客户提供服装产品知识、销售技巧培训等。

(3)促销支持

- 支持客户的店庆、节日促销等宣传促销活动。
- 各种促销津贴。

- 向客户发送POP、条幅、礼品等促销品或提供制作支持。
- 允许客户使用生产商制作的广告。
- 支持、协助客户举办的其他活动,如VIP会员活动、顾客联谊会等。

从生产商的角度来看,所有这些合作性项目的基本原理都涉及为渠道成员提供激励,以使其加倍努力地促销提供合作性计划项目的生产商的产品。但是生产商这样做并不总能确保成功,有时特定的合作性项目可能无法满足渠道成员的需求,或者它们的设计或实施非常糟糕。上述这些合作性支持项目对渠道成员并非普遍适用,对不同行业和不同类型的中间商应根据其各自需求来实施这些激励项目,这样才能取得应有的效果。例如对于终端零售商,他们可能更青睐合作广告津贴、各种促销津贴、对新商店成本和改进费用的支持等,其他合作性项目可能并不能打动他们的心扉;而对于经销商而言,他们可能更看重销售人员培训、无约束回款的特权、支付销售人员部分工资等。因此,在实施这些合作性项目时,应在充分调研的基础上,根据中间商的主导需求有的放矢地采取相应激励项目。

目前,国内服装生产商对渠道成员的激励大部分处于合作性计划这个层次,上述激励项目在对渠道成员激励中也多有应用,但国内服装生产商对渠道成员的激励大多计划性不强,主要凭借直觉、经验和模仿,不注重对渠道成员需求和问题的研究,采取的激励项目没有针对性,往往达不到应有的效果,有时甚至适得其反。并且,国内服装生产商在激励渠道成员方面往往注重于金钱和物资激励,关注于中间商的短期利益,而对渠道成员的精神激励和长久利益关注不够,因而其对渠道成员的激励效果也大打折扣。

2. 伙伴或战略联盟

伙伴或战略联盟还有一些其他名称,如分销伙伴关系、渠道伙伴、分销商伙伴、经销商伙伴、联销体等,这些术语指的是一种新型渠道关系,这种伙伴关系或战略联盟强调的是生产商与渠道成员间持续和相互的支持关系,其目的是建立更加主动的团队、网络或者渠道伙伴的联盟。在这种渠道伙伴关系或战略联盟中,传统的"我们－你们"的观念已被"我们"所取代。合作伙伴关系及战略联盟是在市场全球化、竞争全球化的大背景下,渠道成员间为了对付国内外日益激烈的竞争、为了取得市场份额和赢得竞争优势而采取强强联合、优势互补、寻求渠道成员整体利益最大化的结果。

(1)建立战略联盟的阶段

渠道成员间建立伙伴关系或战略联盟关系要经历三个阶段:

在第一阶段,生产商必须在定价及其他相关领域公布明确的政策条款。明确了政策条款之后,生产商可能提供的产品、渠道技术支持、渠道成员的角色任务等将更加明确,渠道成员将更有可能为获得经济回报而承担一定的责任。

在第二阶段,生产商要对现有中间商完成任务的能力进行评估。生产商应当特别注意为中间商提供一定的项目支持,以弥补其在某些领域的不足。例如,如果中间商训练有素的销售人员不足,生产商可以为它提供培训项目以增强其销售人员的技能;如果某个渠道成员在控制库存上面存在问题,生产商可以在这一领域为其提供专业咨询。总之,生产商的支持项目应当准确集中于中间商最需要的方面。

在第三阶段,生产商必须定时评估渠道政策的实用性。面对迅速变化的环境,没有任何渠道政策能长期不变而仍然有效。生产商必须对不断变化的市场情况做出及时反应,对现有的渠道策略、渠道成员情况了如指掌,以使自己的渠道关系能够应付任何情况的变化。

(2)建立战略联盟的原则

在营销渠道中建立伙伴关系或战略联盟关系应当遵循以下基本原则:

● 通过以双赢为结果的关系,使合作双方都能从彼此关系中获得利益。

● 必须尊重合作伙伴,理解合作方的企业文化(而不仅仅是他们的资产),对于双方承担的义务予以认同。

● 必须对合作伙伴诚实,做出的承诺必须能够实现。

● 必须在建立牢固的伙伴关系之前就确定特定的目标,如果伙伴关系漫无目的地发展,问题就会不可避免地发生。

● 建立长期的关系对双方都很重要,有些行动也许在短期内不能很快获益,但将在长期获益。

● 每一方必须花一定时间去理解对方的文化,了解对方的需求及其"内部工作方式",理解对方的不同优势所在。

● 双方交流的渠道必须畅通,合作双方必须能够方便地提出问题和讨论问题,以免这些问题发展成为双方冲突的起因。

● 每一方必须对伙伴关系的发展提供一定支持,每个生产商必须安排专门人员负责与伙伴经销商联系。

● 应当避免单方面的决策,最好的决策是由双方共同做出的,强迫对方接受自己的决策会使双方产生不信任感。

● 应当保持关系的连续性,合作方关键雇员的离职对伙伴关系的发展有一定的损害，因此保证职位的平稳交接是非常重要的。

通过在渠道成员间建立合作伙伴关系及战略联盟关系来对渠道成员进行激励，这对生产商的管理水平和渠道掌控能力有较高的要求。虽然建立这种关系有很大困难，但一旦建立起这种双赢的渠道伙伴关系，对每个渠道成员的好处不言而喻，如保持渠道成员稳定、提高渠道效率、节约交易成本、增强生产商竞争力、稳定市场份额、开拓市场等。因而服装生产商在对渠道成员提供支持时，应该将发展与渠道成员的合作伙伴关系及战略联盟关系作为一种努力方向。

3. 分销规划设计

建立具有高度主动精神的营销渠道队伍的最复杂方法就是分销规划的设计。分销规划设计远远超出了典型的伙伴关系或战略联盟的范围，因为它几乎涉及渠道关系中的所有方面。该方法的核心是建立一个有计划的、专业化管理的渠道。项目的建立需要生产商和渠道成员双方的合作，以便综合考虑两者的需求。成功的项目既可以为渠道成员提供垂直渠道所带来的优势，同时又能维持各成员间商务运作的独立性。

建立全面分销规划的第一步是由生产商对营销目标以及为达到该目标渠道成员应提供的支持种类和支持水平进行分析。另外，生产商还必须确定渠道成员的需求与问题。对营销目标的分析主要包括生产商能力、竞争、需求、成本—总量关系、法律因素、中间商能力以及一些参数(包括销售额、市场占有率、运营开支、投资回报率、顾客态度、偏好、购买意向等)。为达到营销目标中间商应提供的支持主要包括覆盖率、产品陈列、存货水平及组成、服务能力及水平、广告销售推广及个体推销支持、市场开发等。

完成以上分析后，生产商就可以制订详细的渠道政策了。几乎所有的政策都可以归纳为以下三类：向渠道成员提供价格让步、提供经济资助、提供一些保护措施。其中，价格让步又可分为折扣(交易折扣、数量折扣、现金折扣、预期补贴、预付运费、新产品、展示及广告补贴、季节性折扣等)和折扣替代品(展示材料、库存控制项目、培训项目、广告支持、管理咨询服务、销售包装、技术支持、销售及示范人员工资支付、广告及产品推广补贴等)。

分销规划设计是基于关系营销和供应链管理思想上的渠道成员激励支持项目，它强调的是渠道成员间的长期利益和互惠互利的合作关系，寻求渠道整体利益的最大化。由表3-2可以看出它与传统渠道的区别。

成功地实施分销规划设计需要生产商有跨组织协调管理能力，对生产商管

表3-2　传统渠道与分销规划在供应商—零售商关系方面的比较

特　性	传　统　渠　道	分销规划系统
联系方式	单个订单基础上的谈判	长期内合作制订的计划
所考虑的信息	供应商的销售陈述	零售商的商品信息
供应方参与人员	供应方地区销售人员	销售人员及主要地区和总部的管理人员
零售方参与人员	采购人员	各级管理人员,可能包括高级管理人员
供应商目标	每次都是大订单	可持续的互利关系
零售商目标	销售收益及价格增幅	计划的总利润
绩效评价的特征	以事件为中心,通常以销售量及其他短期表现为指标	写入计划的特定绩效标准

理水平有相当高的要求,并不是生产商想做就能做得到的,但这确实是生产商在发展壮大过程中必须努力的方向。

三、激励渠道成员的原则

服装生产商在制订渠道激励决策时,应遵循以下原则。

1.应避免激励过分或激励不足

当生产商给予中间商的优惠条件超过了商家合作与努力水平所需条件时,就出现激励过分,其结果是销量提高但利润下降;相反,当生产商给予中间商的条件过于苛刻,以至于不能激励中间商的努力时,则会出现激励不足,其结果是销量降低,利润减少。因此,服装生产商在制订渠道激励决策时必须把握好"度",避免激励过分或激励不足。

2.激励方法应适应市场变化

长期以来,我国服装生产商的渠道激励大多都是以销量为中心,以返利为手段,以鼓励中间商最大限度地销售产品为目的。这种激励措施的确曾经对鼓励中间商扩大销量发挥了重要作用。但是随着服装市场的日益成熟和竞争的不断升级,渠道激励逐渐开始从原来简单的销售奖励向全方位激励演变。许多生产商渐渐认识到,协助中间商完善分销网络、负责市场启动并提供及时的广告宣传支持、培训销售人员、建立健全售后服务体系等一系列实实在在的支持和服务,才是赢得中间商的关键所在。

3.销售奖励的评价标准应全面

销售奖励不能简单地以销量大小为评价标准,而应与中间商的市场管理、价格控制、信息反馈、顾客服务等过程表现相挂钩,否则就会成为市场窜货和乱价的诱因。我国一些家电生产商在这方面的做法就很值得服装生产商借鉴,例如格力在销售政策中推出了0.5%的"全年协议执行奖",美的推出了1%的"价格执行奖",海尔设立了"市场信誉奖励",松下万宝推出了"协力感谢金"等。

4.研究竞争对手,制订更有竞争力的激励方案

服装生产商要想获得市场,不仅要和竞争对手争夺最终顾客,还要和竞争对手争夺渠道资源。生产商在选择渠道成员的同时,渠道也在选择生产商。哪个生产商提供的条件优厚,渠道就选择与哪个生产商合作。在双方合作开始以后,就像生产商评估、调整中间商一样,中间商也会继续对比行业内其他生产商的合作条件。在利益的驱使下,中间商的忠诚度可能会发生改变。因为渠道政策是中间商普遍关注的问题,所以服装生产商要想吸引好的中间商,就必须在制订渠道激励政策时了解竞争对手的激励措施,进行比较分析,并结合自己的优势制订出更有竞争力的激励方案。

5.注意正激励与负激励相结合

生产商不但要激励渠道成员出色地完成任务,还要对中间商进行有效的约束和管理。如果没有利益上的控制,一切要求和承诺都是经不住考验的。所以生产商的激励不能仅表现为正面的奖励,还应该包括反面的制裁,也就是负激励。有了负激励的配合,正激励才能更好地发挥作用。

生产商对中间商的约束和管理主要体现在维护市场正常秩序上。比如,窜货就是销售实战中扰乱市场秩序、让生产商头痛不已的问题。窜货之所以控制不了,一个很重要的原因就是生产商对中间商心慈手软。殊不知,如果不对窜货的中间商进行处罚,由于中间商之间长时期结怨已深,很可能会引发中间商之间的窜货报复大战,使市场秩序更加混乱。因此,生产商必须痛下决心,采取必要的负激励手段控制窜货现象的发生。

- 生产商必须树立"市场秩序为上"的观点,没有稳定的市场秩序,再红火的销量也难以持久。

- 必须对违规的中间商按照相应的管理条例进行处罚,这是原则问题,必须无条件执行,否则管理条例就如同一张废纸,其他中间商也会纷纷仿效。

- 对于特别重要的中间商,对其公开处罚后还应当考虑给予其他形式的补偿,以便对其进行安抚。

- 对于那些屡教不改的中间商,长痛不如短痛,应当考虑在适当的时机将其清出渠道。

● 最后还应反思生产商的其他营销政策,分析有没有哪些制度是在变相鼓励中间商窜货,从根本上考虑修改渠道政策,以解决窜货问题。

综上所述,渠道激励是一项复杂的系统工程,在时效、形式、力度、频度、条件、执行等方面都显示出极大的变动性、灵活性和微妙性。如果激励得当,它可以推动渠道整体良性运行;而如果实施不当,出现激励过分、激励不足、激励失效等问题,它则可能变成渠道发展的阻力甚至破坏力。

第四章
服装营销渠道的流程管理

在产品在从生产商向顾客转移的过程中,渠道成员之间会发生各种各样的业务联系,这些业务联系就构成了渠道流程。分销渠道的功能必须通过渠道流程来完成,流程的效率决定着产出的效率。因此,渠道功能的实现有赖于对渠道主要流程的有效管理。

第一节　服装营销渠道的价格管理

价格是影响生产商、经销商、顾客和产品市场前途的重要因素。正确的价格政策和有效的价格控制是维护生产商利益、调动经销商积极性、吸引顾客购买、战胜竞争对手、开发巩固市场的关键。

一、价格政策的类型

1. 可变价格政策

可变价格政策即价格是根据交易双方的谈判结果而决定的。这种政策多在不同品牌竞争激烈而卖方又难以渗入市场的情况下使用。在这种情况下,买方处于有利地位并能够迫使卖方给予较优惠的价格。

2. 不可变价格政策

采取这种价格政策则没有谈判的余地。价格的差异是固定的,如对大量购买者给予较低的价格;对批发商、零售商或不同地点的经销商给予不同的价格。

3. 其他价格政策

(1)单一价格政策

单一价格政策是一种不变通的价格政策。定价不顾及购买数量、不论什么人购买、也不管货物送到什么地方,价格都是相同的。

(2)达量折扣

达量折扣即价格根据一次购买的数量多少而变化。

（3）累计达量折扣

累计达量折扣即根据一定时期内的总订货量给予经销商不同的折扣。

（4）商业折扣

对履行不同职能的经销商给予不同的折扣。如一批、二批、零售商因履行不同的经销职能而获得不同的折扣。

（5）统一送货价格

统一送货价格即最终价格是固定的，不考虑买者与卖者的距离，运费完全由卖者承担。

（6）可变送货价格

可变送货价格即产品的基本价格是相同的，运输费用是在基本价格之上另外相加。因此，对于不同地方的顾客来说，产品的最终价格要依他们距离卖方的远近而定。如果基本价格是确定的，运输费用是后来加上的，称为离岸价格；如果最终价格是确定的，其中包括运输费用，称为到岸价格。在离岸价格和到岸价格这两种方法之间还有许多折中方法，如基点定价（即以某城市为基点城市，然后在基准定价的基础上追加从该基点城市运往各个城市的运输费用）、地区定价（即在一个地区性的市场上制订统一的价格）等。

（7）统一零售价格

统一零售价格即生产商制订的零售商出售产品时必须执行的最终价格。这种价格通常印在产品标签或包装上。控制产品零售价格有以下好处：

● 如果没有固定的零售价格，经销商不会积极地进货，其经销范围也不会开阔，最终使生产商和顾客都受到损失。

● 如果同一产品在同一市场上有多种价格，必然会损害产品的声誉，顾客也会怀疑以较低价格出售的产品是否是真货。

● 多种零售价格增加了零售商之间冲突的可能性，那些不能以低价出售产品的零售商与那些能够这样做的零售商之间会发生争吵，最终分销系统会受到严重破坏。

● 如果价格制订得有利于顾客和生产商双方，那么统一的零售价将对大家有利。

二、价格体系的规划

生产商要防止因价格混乱而导致窜货，就既要抓源头，又要抓过程。抓源头就是指生产商要制订完善的价格政策，不给乱价窜货留下隐患；抓过程就是指生产商要对分销过程中各环节的价格进行管理。

(一)设计差别化价格结构

生产商销售价格体系设计的首要任务是决定差别化的价格结构。销售价格体系设计要解决的关键问题就是让利如何分配。所谓让利就是出厂价和最终零售价之间的差额。谁得到这些差额以及得到多少,就是价格体系设计所要解决的核心问题。差别化的价格结构主要包括以下两方面:

1. 按照渠道成员所在阶层确定折扣

生产商必须设计好销售渠道各环节的价格体系,即处理好出厂价、一批价、二批价、零售价之间的关系。由于销售渠道各环节的价格设计直接影响到中间商的利益,从而影响中间商的积极性,并决定着产品在市场上的前途,因此生产商必须重视。

2. 按照客户的重要程度确定折扣

按照现有客户销售实绩或潜在实力而将其分为A、B、C三个等级,分别确定不同的价格折扣率。例如,A级大客户价格折扣率是X%;B级客户价格折扣率是Y%;C级客户(小量进货者)依定价出货。

(二)设计价格体系的原则

1. 要设计好渠道各环节的级差

生产商在设计价格体系时必须处理好出厂价、一批价、二批价和零售价之间的关系,确保销售渠道各个层次、各个环节的成员都能获得相应利润。每一级别的利润设置不可过高,也不可过低。利润过高容易引发降价竞争,造成窜货;利润过低则调动不了中间商的积极性。

有的服装生产商为了迅速启动渠道,将几乎所有的资源集中在价差上,以迎合中间商的口味。虽然能够在即时销量上立竿见影,但是这种高开低走的价格策略其自身防范价格崩盘的能力非常薄弱。因为渠道价格在竞争条件下会由于竞相杀价而下跌甚至崩盘,而价格下降则意味着渠道的推力减少。要防止价格过快下跌,生产商在最初就要以前瞻性的视角来设计价差体系。生产商可以适当设计较低的价差空间,而加大销量返利和过程返利,并逐步将销量返利向过程返利转移,降低砸价空间,在有效防止价格下降的同时,将经销商的销量导向的经营思想转变成为市场导向的精耕经营方式,推动渠道运营模式向集约化演进。

2. 地区价格差异不应造成价格体系混乱

生产商针对不同的目标市场制订不同的价格有时是必要的，但必须掌握一个原则，那就是不同地区的价格差异不足以对价格体系造成混乱，价格差异的幅度应该控制在不能让经销商利用此价格差进行跨区窜货的范围之内。

3. 实行全国统一报价制

有的生产商为了防止因地区价格差异导致窜货，可实行全国统一报价制，即全国统一的经销商提货价，距离远的由生产商补贴运费。

4. 签订合同时要明确规定稳定价格的条款

这要求生产商在和经销商签订合同时就要在合同中载明级差价格体系，对各级价格进行规定和限制，并制订对违规行为的处理办法。对于不履行价格政策的经销商要及时给予处罚。对于有的生产商，还可以从经销商所交的预付款中提取一定比例作为稳定市场价格的保证金，如发现乱价行为则予以扣除。

5. 成熟产品可以实行"平进平出"的逆价销售体系

为了保持价格稳定，还有一种做法：生产商给经销商的供货价就是经销商的出货价，中间没有价差，经销商的利润完全取决于生产商返利。由于生产商供货价就是经销商的出货价，如果一级经销商违反了生产商的价格政策而低价出货，生产商将不予返利，这就意味着一级经销商不仅一分钱赚不到，还要自己承担降价部分的亏损，所以谁也不敢乱价。这样就使得产品在市场上价格基本稳定，防止了因各地价格不一引起的竞相窜货杀价等混乱现象，保证了经销商的利润，提高了其经营的积极性。

(三)销售返利的注意事项

服装生产商在制订销售返利政策时一定要注意返利标准的订立。如果标准制订得比较宽松，就失去了返利刺激销售的目的；如果返利太大，则可能造成价格下跌或者窜货等后果。因此，在返利政策的制订上一定要考虑周全、执行严格。

1. 关于返利的目标

用返利来激励经销商，生产商首先要弄清楚现阶段激励经销商所要达到的具体目标是什么。只有具体目标清楚，才能根据目标制订有针对性的返利方案。

（1）品牌导入期

在品牌导入期，返利的目标在于鼓励经销商铺货率、开户率、卖场生动化等指标的完善和经销商提货量的完成。

（2）品牌成长期

在品牌成长期,返利的目标在于打击竞品,加大专销、市情反馈、配送力度、促销执行效果等项目的奖励比例,同时辅以一定的销量奖励。

(3)品牌成熟期

在品牌成熟期,返利的目标在于维护渠道秩序,因此返利应以遵守区域销售、遵守价格规定和守约付款为主,销量奖励只起辅助作用。

2. 关于返利的形式

返利有返现金、返货款折扣、返物品、返优惠政策等常见形式。

- 返现金最受经销商欢迎,但对生产商不利,会加速生产商资金链的紧张。

- 返货款折扣,即将返利金额算出,并在来年的货款中扣除,这种方式对生产商有利,经销商也能接受,因此被广泛采用。

- 有些生产商返物品,即通过奖励物质(如奖励生活品、奖励旅游、奖励经营设备等)的形式来激励经销商,主要是希望不至于影响到价格体系,还可以改善经销商的经营条件,方便日后的发展和提高。

- 有些生产商返优惠政策,比如价格优惠、渠道费用支持、广告支持、促销支持等,这些也都是变相返利。

3. 关于返利的力度

返利应该多大力度才合适呢?由于不同生产商的品牌定位存在巨大差异,所以业界也没有定论。为使返利真正成为激励力量而不是破坏力量,生产商在制订返利政策时必须参照两条标准:一是行业的平均水平,二是不至于引起冲货。此外,生产商一般设置的是"梯级返利",即销量越大,返利越高。这里要提醒服装生产商的是,返利应当适当拉开差距,但也要兼顾公平,不能过分偏向大客户而轻视中小客户,同时还要注意上限的设置以及过程返利的实施。

4. 关于返利的频度

返利按照频度划分一般有阶段返利和年终返利两类。

(1)阶段返利

鼓励经销商在一定时间段内提升销售业绩,常见的有月度返利、季度返利、淡季奖励等。月度返利体现了快捷、立竿见影的特点,为一些中小经销商所青睐,但这种做法增大了生产商的财务管理难度,也容易导致短期行为;季度返利也追求快速兑现的承诺,让经销商看到希望并很快实现希望,有很强的成就感,且持续刺激,激励效果较好,但同样存在短期行为和结算难度大的问题,且不利于渠道的长远规划,没有整体感;对于季节性、流行性明显的服装产品,其淡季返利率通常较旺季要高。

（2）年终返利

鼓励经销商在合同年度内持续经营，并促使其积极热情地与生产商持续合作。年终返利有明确和模糊之分：明确的年终返利通常在生产商的年度销售政策中有明确规定，较多采用台阶返利形式；模糊的返利则在政策之外，由生产商自己掌握，返利率大小一般由生产商根据本年度的销售目标完成情况、赢利状况以及经销商经营本品牌产品的年度赢利状况等来确定。年终返利是绝大多数生产商惯常采用的返利方式，因为一年是一个完整的销售周期，生产商可以对经销商进行一个完整的考核，通过每年一次的年会对上一年的销售工作进行总结，兑现年终返利，同时对未来市场进行整体规划，制订新一年的销售目标和返利政策，所以它是一种与目标激励相结合的、全面、持久的激励方式，具有很强的生命力。

5. 关于返利的条件

很多服装生产商目前还采用的是销量返利的单一形式，这种形式简单易操作，在市场经济的初期的确起到了催化剂的作用，但随着市场经济走向成熟，生产商不得不关注价格体系和市场秩序的时候，这种结果导向的返利形式就显得越来越落伍了。

销量返利实质就是一种变相降价，它可以提高渠道成员的利润，无疑能促进经销商的销售热情。但生产商同时也要认识到，销量返利只能创造即时销量，从某种意义上讲，这种销量只是对明日市场需求的提前支取，是一种库存的转移。当然，这种做法的另一层意义是：可以挤占渠道资金，为竞争品牌的市场开发设下路障。但是销售返利（尤其是明返）还有严重的副作用，那就是可能为经销商实施低价越区销售（即窜货）酝酿机会。特别是当生产商的产品占领市场后，生产商销售工作的重点转向稳定市场，这时根据销量返利的激励政策就越来越明显地表现出其缺点：当各经销商无法在限定时间、限定区域内完成一定目标时，他们很自然地进行跨区窜货；经销商会提前透支返利，不惜以低价将产品销售出去，平进平出甚至低于进价批发，其结果是导致价格体系混乱甚至崩盘。

正因为简单的销量返利会助长短期行为，对市场发展不利，所以现在越来越多的生产商开始采用过程导向的综合指标（如目标销量完成、价格体系保持、市场秩序维护、品牌推广支持等）分解考核返利，即把返利总额分解到多个指标上分别给予考核，分别兑现返利，以弱化销量指标，强化市场维护和市场支持指标，旨在追求市场的良性、持续发展。并且，业界也在逐渐淡化返利的功能，强化经销商自身赢利能力的提高，这是未来渠道激励的发展趋势。

三、渠道价格的监管

在制订了完善的价格政策体系以后,生产商还要派业务员进行巡视和监督,及时掌握价格状况,对于违反价格政策的经销商要坚决给予惩罚,如罚款、货源减量、停止供货、扣留返利甚至取消其经销权等。

(一)价格体系混乱的原因

价格作为营销组合的一个重要因素,是竞争的重要手段。如果价格体系混乱,就可能扰乱整个市场秩序,影响产品的市场竞争力。造成生产商价格体系混乱的原因有的来自生产商,有的来自经销商。

1. 来自生产商方面的原因

（1）不同区域市场的价格政策不一致

有些生产商在制订不同地区市场的价格政策时,因考虑到不同目标市场的顾客购买力、竞争程度、生产商投入促销费用、甚至运输费用等方面的差异,而采取了不同的价格策略。这种价格策略如果得当,能够增强产品在各个目标市场的竞争力。但是如果这种价格策略使用不当,则可能会对市场秩序产生重大影响。有些经销商甚至营销人员就是利用了这种不同地区的价格差,将产品从低价格地区窜货至高价格地区销售。也有些服装生产商在开发新市场时往往给予经销商一些特惠的价格政策,而享受这些特惠价格政策的区域一旦管理不好,很快就变成脱缰野马,四处窜货。市场与市场之间只要存在价差,且价差超过货物运费时,窜货就不可避免。

针对不同目标市场制订不同价格有时是必要的,但必须掌握一个原则,那就是不同地区的价格差异不足以对市场价格体系造成混乱。价格差异的幅度应该控制在不能让经销商利用这种价格差在不同地区市场上窜货的范围以内。

（2）不同经销商的价格政策不一致

完善的价格体系应当包括对不同的经销商(如代理商、批发商、零售商)制订不同的价格政策,使每一个经销商都愿意经营本生产商的产品。但是,对任何一个经销商的差别对待都可能引起其他经销商的不满。例如,有的生产商给予销量大的经销商更加优惠的价格政策,如此就给这些经销商提供了窜货的条件;也有的生产商执行价格政策不严肃,存在"特权价"和"后门价",凭着与生产商高层的人际关系就可以拿到优惠价格,如此必然造成市场价格体系混乱。

（3）奖励、返利的不当使用

现在不少生产商不是以利润来调动经销商的积极性，而是对经销商施以重奖和年终返利。生产商这样做的目的是鼓励经销商多销售其产品。由于奖励和返利多少是根据销售量而定，因此经销商为多得返利和奖励，就千方百计地多销售产品。为此，他们不惜以低价将产品销售出去，甚至把奖励和年终返利中的一部分拿出来让利给下游经销商，其结果必然要导致价格体系混乱。

2. 来自经销商方面的原因

(1)为了争取客源利润

有经验的经销商不是从每一个产品上去赚钱，而是从每一批产品上去赚钱。因此，他将产品分为两类：一类是赚钱的，另一类是走量的。低价的畅销产品能带来更多的客户，客户采购其他非畅销产品能产生更高的利润。不少靠低价起家的批发大户甚至玩起了自有品牌。

(2)为了争夺市场

另一种情况是，经销商之间发生恶性竞争，故意侵占对方市场或故意降低价格把产品打入对方市场。

(3)为了维持客户

一些经销商把价格降得很低，甚至将生产商给予的部分扣点让给客户，其目的是为了维持客户，吸引客户继续从他手中进货。

(4)为了提高销量

有的经销商在自己的市场区域内销量不是很好，看到其他地区的经销商销量不错，就私自跨区域低价销售。

(二)稳定价格体系的方法

大多数服装生产商希望通过价格策略来维护品牌形象和质量信誉，而且他们相信稳定的价格对生产商和经销商的长期利益都有好处，因此他们不希望经销商对产品进行大幅降价，以免给生产商和经销商带来灾难性的价格战。当服装销售价格体系发生混乱之后，生产商必须在尊重市场规律的前提下对价格进行引导，这样才能治理成功。生产商要稳定价格体系，保证不乱价，可以有选择地综合采用以下几种价格引导方法。

1. 生产商统一定价

统一定价不单包括生产商统一制订终端零售价，还包括生产商统一制订对各级分销商的订货价格。这样由生产商来统一规定渠道各环节的价格似乎剥夺了分销商在定价问题上的参与决策权，很不公平。但是反过来说，超级目标(即共赢目标)对于整个渠道的良性竞争和共同发展是非常重要的,正是为了保护绝大多数渠道成员的利益,超级目标是不容被破坏的。因此,统一定价成为生产商避免渠道恶性价格竞争、保护多数渠道成员利益的良方,使经销商能够获得合理的利润水平。

但是,为了保护有实力的经销商的利益和推动渠道的良性竞争,在统一定价的前提下,给统一定价一定的弹性,也是统一定价中的重要调节手段。生产商可以在统一制订基准价格的基础上给经销商一定的价格弹性,允许他们在弹性范围内对价格进行变动。经销商可以根据规模不同、服务水平不同、抗风险能力强弱而各自选择不同的价格水平,可以在允许的价格弹性范围内进行价格调整,来刺激销售的增长,扩大自己的利益。但是一旦超出了该范围,就被视为违反生产商规定,将会受到相应的惩罚,如降低年终返利、扣除经销商交纳保证金等。这样做会保护大部分经销商的利益,使市场价格稳定。

在这种机制下,渠道成员为了保证自己的利益,一方面会努力提高自己的服务质量,同时也会促使渠道成员主动对竞争对手的价格进行监督,对于违反游戏规则的成员进行上报,让生产商根据其违反规定的程度给予一定惩罚,直至将该成员从渠道中逐出。

2. 签订不乱价协议

生产商内部业务员与生产商之间、客户与生产商之间应当签订不乱价协议,以便为今后处罚违规者提供法律依据。该协议是一种合同,一旦签订,就表示双方达成契约,如有违反就可以追究责任。

3. 合理制订区域目标销量

所谓合理的区域市场目标销量,应当着眼于市场的培育和稳定,应当以该阶段经销商通过精耕市场能完成的销量为佳。要想制订科学合理的销量任务,就必须进行周密的市场研究和科学的预测分析。生产商领导不仅要看销售绝对量的增长,还要看相对率的增长;不仅要看市场的难易程度,还要看市场的竞争状况;不仅要看产品进入市场的阶段,也要看宏观市场的变化以及竞争品牌和相关产业的冲击。

4. 建立科学的考核机制

生产商不能唯销量论英雄,而应加强对过程的考核和管理,加大对终端过程管理的考核比重。如果终端工作做得好,其销量自然会上升,只有精耕细作的销量才是持续稳定的销量。生产商只有协助经销商扎扎实实做好终端工作,才能在市场上站稳脚跟。

销量不是压出来的,压销量反而可能导致没有销量。在营销实践中,有些外企为了确保"精耕细作做市场"理念的实施,为了不给经销商过多的销量压力,往往对销售额不太要求,但对过程的考核却十分严格。这自然会损失一些销量,但由于有了一个持续健康发展的市场秩序,长期稳定的销量增长也就是自然而然的事了。

5. 使激励成为调控工具

因为奖励和返利是滞后兑现的,所以生产商就掌握了主动权。如果生产商运用得好,就可以使奖励和返利成为一种调控经销商的工具。只要经销商有乱价窜货行为,其奖励和年终返利将被全部取消,这对经销商也是很大的威慑。这样,生产商不仅没有使奖励和返利成为乱价的诱发剂,反而利用它抑制了窜货。

另外,生产商的激励措施也应由从单一的折扣、返利转向综合奖励,这主要是为了更公平、更公开地奖励客户的努力,倡导公平竞争。例如,可以根据综合指标(包括合同销量完成率、价格控制、销量增长率、销售盈利率、是否窜货等)来评定客户星级,将每个指标都分成五个等级,每个等级对应不同的分值,经过综合评价可得出总分值。根据总分数的高低将客户划分成若干星级,不同星级的客户将得到不同的物质和精神奖励。

6. 加强市场监督

生产商要及时掌握价格状况,加强对经销商的管理和控制,发现经销商违反价格规定要立即处理。生产商内部应当成立市场监督部,直接对销售总经理负责,其成员是来自一线的优秀业务员,负责监督地区业务员;而分区业务员则负责监督客户的客户,因为要想监督价格是否稳定,必须进行反向监督,即终端零售商→二级批发客户→一级批发客户→生产商。

7. 严格业务员管理

有些"业务高手"能耐很大,进入企业后短期销量会有大幅增长,但往往是以牺牲市场秩序作为代价的。因此,生产商在招聘销售人员时一定要把好关,要把对销售人员的考核放在第一位,同时对新进入生产商的销售人员要做好培训教育工作。

另外,也可以开展评选星级业务员活动。评选星级业务员的标准从单一的销量指标转向综合指标(如任务完成率、市场占有率、回款率、客户开发、社会资源开发、市场控制、同区业务员的协作等),根据综合考核评选星级,并根据星级实行物质和精神奖励,甚至职务晋升。

生产商在招聘中即使再谨慎,也难免掺杂个别"业务高手";管理制度再严格,也难免有少量营销人员"腐败变质"。这时生产商要对这些害群之马进行坚决、及时的处理,以保持营销队伍的纯洁。

8. 规范经销商管理

生产商应当减少在经销商选择上的随意性。对经销商的选择一定要有一套严格、科学的工作流程和工作程序,进行规范化管理,提高经销商选择的成功率。

不过,无论生产商怎样谨慎地选择经销商,有时也难免出错。因此,生产商可以先通过一段时间的试销来了解其运营情况和双方合作情况,然后再做决定。特别是在某个区域选择独家经销商时,试销可以大大减小因经销商选择不利带来的市场风险。

9. 扶持跨区域大经销商

如果区域之间的纵深空间太小,必然带来过激的竞争行为。生产商可以考虑扶持一些跨区域的大经销商,因为好的经销商也是一种战略资源,能够保证市场的持续与健康发展。他们与生产商的经营理念相吻合,商誉好,忠诚度高,能自觉按照生产商的要求规范运作市场,成为长期的合作伙伴,保证双赢。

很多人担心客户大了就会成为隐患。其实客户之间本来就存在优胜劣汰,市场发展的最终结果就是经销商规模越来越大,数目越来越少,任何个人和生产商都无法阻挡。在这个过程中,生产商是扶持还是打压,就决定了生产商未来在渠道中的位置。大经销商除了对价格管理很有帮助之外,对控制风险、长期合作等方面的好处也是显而易见的。

那么多大的客户算大?这个问题没有标准答案,取决于生产商的实力和客户目前的实力,两者要实力相当才好。另外,生产商还要加紧对终端网络的控制。如果生产商完全放弃了对经销网络终端的控制,管理经销商就成为一句空话,并且生产商还会受制于经销商,那时经销商"挟网络以令生产商"就不足为奇了。

发展大经销商并不容易,不少生产商走了弯路。他们企图人为地臆断谁能成为大经销商,然后用"行政"手法直接关掉一些小客户。而结果却是他们不愿意看到的,这些凭经验挑出来的客户根本无法接替原来客户的分销覆盖。

目前,某些渠道管理领先的生产商实行"按量作价"的方法,就是利用市场规律淘汰一部分小客户,而在这种淘汰过程中,大经销商自然接过了对方的分销覆盖任务。这种方法使分销商相对于零售商有了合理的价格空间,可以更好地执行覆盖任务。

10. 争取经销商的理解

在有些经销商看来,只有采取低价方式才能战胜竞争对手,取得销售量的提升,而高价格只能给竞争对手带来机会。要想彻底消除这些经销商的顾虑,只有对他们进行教育和培训,让他们明白降价并不是市场运作的唯一方法,相反降价会引起竞争对手的反应,造成该行业内发生价格战,结果会造成两败俱伤的局面,双方都会无利可图。

生产商在对渠道成员解说、培训的时候,应该向其讲清楚,降价策略或者说打价格战,早被许多成熟的生产商所摒弃,这是不理智、不成熟的表现。生产商和经销商之间要密切配合,将售后服务、促销活动做到位,经销商密切贯彻生产商的品牌运作政策,提升产品在顾客心目中的品位,做好终端店面形象和商品陈列,使顾客能够感受到并认同该产品价格高的道理,享受到高价位所带来的附加值和品味。这种做法未尝不比降价策略有效。

这就会给经销商带来一种启示,是打价格战而造成两败俱伤的局面合算,还是认真贯彻生产商的价格政策和营销策略更合算。

11. 健全客户关系管理系统

经销商实际上也是生产商的客户,利用客户关系管理系统对渠道成员进行管理,可以有效提高同渠道成员沟通的效率。

首先,生产商要对现有经销商进行分类,对不同类别采取不同的管理办法。根据其态度和能力分为可用的和不可用的,对于不可用的要坚决淘汰。生产商必须消除感情因素的影响,同时也不要顾虑淘汰经销商可能对销量造成的短期影响。生产商不必越做越大,但必须越做越好、越做越健康,而没有健康的分销渠道就不可能有健康的生产商,这个结论已经被无数现实所证明。

其次,将可用的经销商分为必须培训的和必须改造的。对于必须培训的,要让经销商无条件接受培训,反之则划入不可用之列予以淘汰;对于必须改造的,重点要帮助它们建立业务队伍,提升其信息功能和渠道管理功能。同时,在改造中还存在这种可能,就是根据其经营能力重新定义其业务区域或重新定义其细分市场。需要强调的是,对经销商的培训在当前具有举足轻重的作用,系统专业的培训是提升生产商分销渠道能力的最重要的手段。

再次,生产商要重新设计和定义客户档案的内容和作用。客户档案的内容要从客户资料卡、客户信用卡扩展到客户销售资料卡、客户价格管理卡、客户费用和利润管理卡、区域竞争对手资料卡、顾客意见反馈卡、下游分销商意见卡、客户策略卡等;通过全面、系统和专业的管理方法对客户进行全方位的管理;生产商还应将客户档案范围从总经销商扩大到所有分销商,建立全面的二批和零售商档案,并逐步从上游到下游全面完善,使生产商的管理幅度逐步从分销商向顾客延伸。

最后，生产商还应运用现代信息技术建立和处理客户信息和市场信息。目前，不少服装生产商的客户信息和市场信息之所以建立不起来，主要是不重视造成的，其次则是不知道收集什么信息，也不知道如何处理信息。只有建立起生产商自己的渠道信息管理系统，才能使客户信息和市场信息为生产商的营销任务服务。

以上简要介绍了几种帮助生产商稳定渠道价格的方法。生产商在对渠道实施价格控制的时候，尽量不要对经销商采取强硬的态度，以免造成两者之间的关系对立，给渠道成员之间的合作带来负面影响。尽可能采取解释劝说的方式，让经销商自己明白生产商实施价格控制的目的是为了保护渠道所有成员的利益，尽量争取他们的理解，促进经销商自觉遵守生产商制订的价格政策。

第二节　服装营销渠道的促销管理

大多数服装生产商并不直接将产品销售给最终顾客，他们必须依靠销售渠道的各个环节帮助其开展促销。但是由于销售渠道各环节是独立的经济实体，产品一旦到了各环节经销商的手中，生产商对产品如何销售的控制程度就下降了。因此，生产商整体促销战略的效果就取决于销售环节协调合作程度的高低。

一、渠道促销的类型

优质有效的渠道促销不仅可以加强商家与顾客的感情沟通，提升品牌的知名度及销售量，还可以调整市场供求关系，优化营销网络，打击竞争对手。但终端促销活动的实施在市场竞争中也有其短处，毕竟单靠促销难以为生产商建立品牌忠诚度和美誉度，无节制的促销活动甚至会降低品牌忠诚度，提高价格敏感度，难以获得经销商的支持，而且还会失去顾客的购买兴趣。从生产商的角度来讲，提升销量最直接有效的手段就是渠道促销。特别是在销售淡季、季末和年终，许多生产商的营销部门为了提高淡季销量及完成销售任务，都喜欢使用渠道促销来实现销售回款的目的。目前，生产商比较常用的渠道促销方式有搭配促销、限量赠送、销售折扣、陈列津贴、广告津贴、联合促销等。促销的对象可能是最终顾客或经销商，也可能是生产商内部员工，当然其最终目的是达成生产商的市场目标。

1. 拉式策略与推式策略

基本促销策略有拉式策略和推式策略两种。

（1）拉式策略

拉式策略是把最终顾客作为主要促销对象，首先设法引起潜在购买者对服装产品的需求和兴趣，如果促销奏效，顾客便会纷纷向中间商寻购这种产品，中间商看到这种产品需求量大，就会向生产商进货，即使利润较低他也愿意经营。有些生产商对其目标市场的促销几乎完全依赖广告这一形式，他们是在通过销售渠道拉动其产品，从而只能间接确保渠道环节的协作。这种拉式策略相信，通过建立顾客对某种产品强大的需求，生产商可以迫使渠道各环节自动地对生产商产品进行促销，原因很明显，这些环节的经销商是从他们的自身利益出发的。

虽然从长期来看，拉式策略有许多优点，但是如果生产商只靠拉式策略来进行促销，往往会造成生产商的广告落地率比较低。生产商在各种媒体上大打广告，而实际上由于中间商没能很好地在终端配合生产商的广告，其结果往往是高空猛烈轰炸而真正的顾客却没能很好地接收广告，数额巨大的广告费用就被浪费掉了。光靠它本身并不能确保足够强的来自渠道环节的支持。

（2）推式策略

生产商需要和渠道各环节直接进行接触，以制订出可行的渠道促销支持。这就引入了我们所说的推式策略。

所谓推式策略就是以中间商为主要促销对象，比如向经销商提供包括货品和广告等方面的支持以推动销售，进而通过他们的努力将产品销售给最终顾客。虽然推式策略这个词已得到广泛接受，但它实际上还是一个误称，因为其字面所包含的意思是生产商以强制力将促销方案灌输给渠道各环节。而事实上，推式策略的真正含义是，在制订和实施促销战略的过程中，生产商和渠道各环节之间的一种相互的努力与协作。从这个意义上讲，生产商不是在推动渠道各环节对其产品进行促销，而是着眼于对实施促销战略的参与及合作，这一做法对生产商和渠道成员双方都有利。

很多战略都要求渠道成员参与到生产商的产品促销中来。这就要求生产商在制订促销战略的时候必须把渠道中的所有成员都考虑进去，同时还要为他们提供一定的促销支持。生产商在出台新促销政策的时候，必须考虑到取得渠道成员的支持，使其能够心甘情愿地接受并积极地执行。

生产商在选择基本促销策略时应当考虑到生产商特性、产品特性、市场特性的差异。在此基础上综合利用拉式策略和推式策略，这样才能达到最佳的渠道促销效果。

2. 协作性广告

一些服装生产商为了提升自己的品牌知名度，往往会不遗余力地在各种媒体上做广告宣传。他们在广告战略方面靠的就是大面积的、铺天盖地的高空轰炸，在顾客心中强行留下印象。这种做法往往忽视了渠道终端的规范，对渠道成员的地方性广告支持不足，造成广告的终端落地率低。因此，生产商的广告策略不仅涉及媒体传播问题，还要考虑与渠道成员结合起来，让其成为生产商广告策略中的一员。对渠道成员来说，生产商应该适当提供一些地方性广告支持来保证整个广告战略的实施。

生产商向经销商提供地方性广告支持的模式一般是，经销商先做出广告方案和计划，生产商的地方业务员参与制订，然后由业务员提交生产商报审，生产商同意了该广告计划之后，经销商先自己垫付现金来做，广告做完之后将所做的广告凭据、发票、照片、录像带等资料提交生产商，由生产商审核无误之后给予报销。生产商总是希望至少能在一定程度上获得部分协作性广告的控制权，因为生产商都想把整个渠道成员的广告战略划入营销战略的一部分，并且生产商在授权给经销商做广告的时候总有一部分经销商会不按照生产商的统一规定来做，而是自作主张，有的甚至利用做广告的机会偷工减料，和生产商的业务人员串通一气虚报瞒报广告费用，一起欺骗生产商。对于这种现象，生产商应该加强广告审核程序的正规性，督促业务人员对地方性广告的监督和管理。

对于经销商手中的地方性广告，主要的选择媒体有地方性电视台、广播电台、地方性报纸、车体、墙体、条幅、路牌等。

地方性电视台的形式主要有图像、套播、游动字幕等。图像和套播广告，生产商一般不提倡经销商做，而是以省级为单位由生产商的区域分中心统一来操作。经销商可以适当做一些游动字幕来配合一些促销活动或用于新店开张。

报纸的广告形式可以分为硬广和软文。软文一般由生产商统一在全国或省级报纸上发布，地方经销商可以做硬广，在操作的时候必须考虑到报纸的发行量和版面，尽量选择发行量大的报纸，而广告版面也应尽可能选在新闻、体育、娱乐版。广告形式最好是通栏或报眉，豆腐块形式的报纸广告尽量不要采用，否则会影响品牌形象。

对于经销商来说，做得比较多的广告形式主要是路牌和车体广告。这种广告形式的优点是发布时间长，广告效果好，运作好的话对提升产品形象大有帮助。在选择路牌广告时要注意路牌所处的地理位置，尽可能处于繁华街道两侧或者十字路口,人流量要大,路牌面积也要足够大,以免行人路过时不能引起注意。当然好的地理位置其广告费用也会很高。有实力的服装生产商为了提高终端形象、提升品牌知名度,要求经销商必须在好的地理位置做路牌广告。经销商也应该不惜资金选择好的位置,不管生产商对所做的广告有无一定支持政策,都应花费一定资金来运作,这是经销商主动开拓市场的表现。在选择车体广告的时候,要尽可能选择好的路线,因为好的路线所接触的行人多,发布对象广泛,效果比较好。同时也要注意所选的车型和车体喷漆的效果。

3. 营业推广

对于经销商来说,最实用的营业推广方式就是开展销售促进活动。销售促进活动花费的营销成本少而且效果明显,如果活动搞好了,销售量在短期内会明显上升,能起到立竿见影的效果。对于新加盟的经销商来说,市场运作初期多采用销售促进活动,因为它是开发市场的有效手段,既可以节省流动资金又可以取得不错的效果。

但是,经销商的销售促进活动也不是可以随便乱搞的,以免因操作不当而影响生产商的促销计划和品牌形象。对于比较大型的销售促进活动,生产商可能会统一策划,每个大型促销活动都有其目的和主题,需要经销商的密切配合。一般每逢重大节假日,生产商都会要求所有的经销商必须按照生产商所策划的促销活动方案来统一进行。在此之前,生产商一般要在各种媒体上事先预热,各个分中心会根据生产商的策划方案并结合自己区域的情况来给各个经销商下达促销活动任务,实行全国上下一盘棋的原则。

因为销售促进活动费用低、见效快,一般生产商会要求经销商尽可能多地举行活动,有的甚至会要求最低次数。特别是大型商场,那里客流量大,购物比较集中,经销商应抓紧节假日的消费高峰,争取尽可能多地开展营业推广。

4. 终端形象

零售营销理论告诉我们,影响顾客购买的关键是品牌号召力,而增强品牌号召力最为直接有效的工具就是终端视觉形象。不论顾客是从哪一种渠道获得品牌或产品信息,最终与服装产品亲密接触、实现购买还是在零售终端。因此好的终端视觉形象不仅应在感官上给顾客以赏心悦目的享受,还要构成一种强烈的现场感召力,吸引顾客进入一种氛围,让顾客全身心地体验品牌魅力。很多服装生产商也意识到了这一点,他们提出一个口号叫"决胜终端"。

此处所指的终端形象包括商店设计、装修、橱窗、陈列展示、人体模特、道具、POP广告、产品宣传册、商标及吊牌等,是一个完整而系统的集合概念。不同的视觉语言会传递不同的文化理念和独特的品牌个性。

很多服装生产商会对经销商和零售商的终端实行统一的CI管理。CI包括MI（理念识别）、VI（视觉识别）和BI（行为识别）。对于经销商的店面形象，一般有实力的大型生产商都会统一规定店面的装修。经销商要严格按照生产商的终端装修手册来装修。特别是对连锁经营和专卖店的经销商，对此的要求更加严格。不但店面形象要求统一，而且生产商为了创造品牌形象，还会对经销商的销售人员进行统一的培训和管理，要求终端销售人员统一着装，规范对顾客的礼貌用语，实行微笑服务，接听电话时也要统一规范用语。另外，生产商还要对终端店员进行产品知识培训和销售技巧培训。

服装零售终端要想获得良好的视觉效果，还必须重视商品陈列的细节，比如服装与服装的搭配、服装与配饰的搭配、服装与道具的搭配等。配饰或道具不能仅仅突出"饰"的美化效果，还要与服装本身及陈列主题协调一致。否则就会变成配饰或道具的牵强堆积，无法体现陈列主题，也无法让顾客产生期望的感受与共鸣。另外，还应当注意灯光、色彩、音乐甚至香氛等手段的运用，以强调卖场的形式美和情调美，引发人们视觉、听觉、嗅觉、味觉、触觉的全新感受，进而认可陈设其中的服装。

对终端的管理还要重视对终端POP的摆放和张贴。有些经销商认为生产商所提供的宣传资料和张贴画毫无用处，根本就不重视，随便挂几张或张贴到某一不起眼的位置应付了事。尽管生产商花费大量的金钱和精力来制作这些POP，以配合产品的品牌运作和生产商的营销计划，但是在终端却没有得到实现。这主要是由于生产商没能同经销商沟通好，没有向其解说清楚其中的利益。只要经销商能够理解，按照生产商的要求来执行会对其销量和市场运作大有帮助，相信生产商的终端POP一定会如其所愿得到执行的。

二、渠道促销的规划

促销活动既是一门艺术，也是一门科学。生产商只有通过合理的促销规划才能为品牌发展不断积蓄动力。

（一）促销规划的影响因素

服装生产商在制订渠道促销规划时必须首先分析影响促销组合的因素，这样才能在不同情况下选择适当的促销组合。影响服装渠道促销组合的因素主要有以下几方面：

1. 促销目标

为了适应营销环境及生产商营销活动的不断变化，服装生产商在不同时期会有不同的促销目标，而不同促销手段对实现同一促销目标的成本效应是大不相同的。促销组合的制订一定要符合生产商的促销目标，才能收到理想的效果。按照时期长短不同，生产商的促销目标可分为长期目标和短期目标两类。长期目标主要涉及塑造品牌形象、提高市场覆盖面、提升渠道动力等方面；而短期目标则往往与在一定时期内提高销量、稳定既有顾客并吸引新顾客、及时清理滞销或过季存货、与竞争对手抗衡等相联系。

2. 基本促销策略

促销基本策略可分为推式策略和拉式策略。促销规划的制订在很大程度上受服装生产商选择推式策略还是拉式策略的影响。通常推式策略更多地使用人员推销和销售促进（主要是渠道激励），而拉式策略则较多利用广告和销售促进（主要是顾客激励）。

3. 产品生命周期阶段

对处于生命周期不同阶段的产品，促销的重点目标不同，所采用的促销方式也有所不同。表4-1列出了针对服装产品生命周期不同阶段可选用的促销方式。

表4-1　针对服装产品生命周期阶段的促销组合

创新阶段	模仿阶段	成熟阶段	衰退阶段
● 广告宣传和公共关系的效果最佳，宣传广泛，可快速提高知名度 ● 视觉促销和销售促进也有一定作用，可激发顾客购买	● 广告和公共关系仍要加强 ● 视觉促销要突出设计创意和氛围营造 ● 销售促进可相对减少	● 增加销售促进 ● 削减广告，只保留提示性的广告即可	● 视觉促销仍要注意 ● 某些销售促进仍可继续保留 ● 广告仅仅是提示 ● 公共关系则可完全停止

4. 促销预算

不同促销方式的费用相差较多，因此服装生产商在制订促销规划时应考虑各种方式的促销费用及生产商的促销预算额度，并结合其他有关因素综合考虑，采取经济而有效的促销组合形式。

(二)促销规划的决策流程

促销规划的制订是一项系统思考，图4-1显示了服装生产商决策促销组合的一般流程。

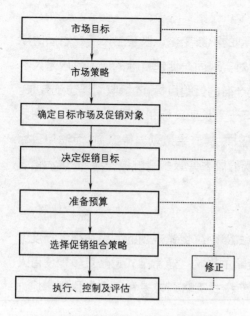

图4-1　服装生产商促销规划的决策流程

流程图内容：市场目标 → 市场策略 → 确定目标市场及促销对象 → 决定促销目标 → 准备预算 → 选择促销组合策略 → 执行、控制及评估（修正）

1. 明确市场目标、市场策略并确定目标市场及促销对象

促销的目的是要解决特定的营销问题，可能是关于顾客，也可能是关于渠道、产品或本生产商内部人员，因此首先必须明确市场目标、市场策略并确定目标市场及促销对象，在确定促销对象前必须明确回答下列问题：

- 生产商的市场目标、市场策略是什么？
- 市场的销售对象是谁？
- 顾客为何购买我们的产品？
- 产品的购买数量、购买频率及购买地点分别是怎样的？
- 主要的竞争对手有哪些？
- 顾客对本企业品牌及竞争者品牌的评价如何？

2. 决定促销目标

经评估后，生产商已能选择出促销希望解决的问题，按下来就可以决定促销目标。促销目标应当清楚界定生产商要达到什么目的、目标是多少以及期望目标对象做出什么样的反应等问题。

促销的任务就是要通过各种活动的设计来影响顾客的决策，进而完成上述目标。换言之，促销的工作是采用促销组合以达成期望结果，因此促销工作是一项帮助生产商解决各种营销问题的工作。例如，当顾客对品牌印象模糊时，促销目标是加深顾客对品牌形象的认知；当生产商要开设更多加盟店时，促销目标是吸引更多的经销商加盟进来；当处于季节性淡季或流行性淡季时，促销目标是增加销售。所以，促销的对象可能是最终顾客或经销商，也可能是生产商内部员工，当然其最终目的是达成生产商的市场目标。

3. 确定并分配预算

生产商的资源是有限的，因此促销预算也会受限制，生产商应当在有限的预算内选择最大效益的促销策略及方案。

确定促销预算的方法主要有以下几种：

- 边际分析法：边际分析法所依据的经济原则是，只要每花一元钱能创造大于一元钱的额外贡献,生产商就应该增加促销支出。

● 目标任务法:生产商首先会确定一组促销目标,而从事这些任务所必需的成本之和就是促销预算。

● 销售百分比法:生产商先预测未来一段时期内的销售额,然后根据事先定好的百分比确定预算。

在制订了促销预算之后,生产商还要决定有多少预算分配于某一具体促销方式,每一种促销方式所获得的预算应该如何划分到元素、商品、类别、地域等。

4. 选择促销组合策略

如前所述,为了能与渠道成员和顾客有效地进行信息沟通,服装生产商应当在综合考虑各种影响因素的基础上选择适当的促销组合。

5. 执行、控制及评估

渠道促销实施前一定要先规划好执行计划与控制计划。执行计划包括计划及预算的核准、目标受众的选择、促销信息的传播等。评估执行效果可用两种不同的方法来检验:一是比较促销组合实施前、实施中和实施后的销售量变化情况;二是从顾客样本中了解他们对活动的反应,以及追踪他们在促销后的行为。

(三)促销计划的种类

生产商应当根据自己的促销目标、经费预算、宣传媒体、渠道状况等,并在综合各个部门意见的基础上拟订促销计划。促销计划主要可分为以下几种:

1. 年度促销计划

一般而言,为了营造良好的卖场氛围并维护一致的品牌形象,服装生产商应以年度为计划基准,规划年度促销计划,并且以下列为重点:

(1)与当年度的营销策略结合

服装店与顾客接触最为亲密,每年推出不同主题的营销策略,可以使顾客对服装生产商形象的认知更为肯定。因此,将年度促销计划与营销策略相结合,可以使生产商的品牌形象更加鲜明,使顾客对品牌的好感度和忠诚度增加。同时结合营销策略也能使得生产商的资源运用更为集中,更具有延续效益。

(2)考虑淡旺季业绩差距

服装是一种季节性、流行性很强的商品,在不同季节或流行传播的不同阶段,服装产品的销售业绩必然会有不同比率的变化。服装生产商在制订年度经营计划时应考虑此特性,当然渠道促销的规划也必须考虑淡旺季的影响。淡季的促销活动除了会延缓业绩下降外,还可以尝试以形象类促销活动来增加顾客对品牌形象的认知;而旺季的促销活动因竞争较为激烈,通常以业绩达成为主要目标。

(3)节令特性的融合

节令包括法定假日(如五一、十一、春节等)和非法定假日(如情人节、母亲节、七夕、中秋节等)。这些节令在消费行为上有不同的特征,因此结合节令的习俗特性与商品搭配,甚至开发出与节令相关联的商品与促销主题,都可规划在年度促销计划中。

(4)编撰年度促销活动日程表

服装生产商可以以年度营销计划为策略始点,将整年度的促销活动以日程表的方式表达出来,其目的在于使生产商内部营销人员和渠道成员都能从战略高度充分掌握年度促销活动的重点,同时也能以整合性的营销策略来规划促销活动。

2. 主题式促销计划

所谓主题式促销计划是指具有特定目的或是主题性的促销计划,最常使用在门店开幕、周年庆、社会特定事件以及商圈活动中。

(1)门店开幕

门店开幕代表新终端的开发以及服务地区的延伸,是服装生产商的一件大事,开幕期间能吸引多少顾客往往会影响到未来门店的营运业绩,因此通常门店开幕期间会搭配促销活动,以吸引人潮并刺激购买欲望。门店的经营有赖于顾客的维系,因而顾客资料是相当重要的,所以在开幕期间的促销活动就得在此多费心思,不妨利用开幕促销留下顾客资料,以作为未来商圈精耕的基础。

(2)周年庆

门店既然有开幕,当然也有周年纪念,因此周年庆的促销活动就成为目前最常被炒作的话题。周年庆的促销活动有以生产商为主体的,也有以门店为主体的。虽然周年庆年年都有,若是能多加一点创意,多用点心,仍然可以走出刻板的模式,创造出新鲜感的话题。

(3)社会特定事件

服装店除了售卖商品外,就另一种层面而言,也是信息交流场所,所以服装店对于社会事件必须时时保持敏感度,平时与顾客接触时可当作闲聊话题,拉近彼此距离并建立感情。当遇到某一事件发生时,也可以举办促销活动,一则表示生产商关怀社会,一则刺激购买提高业绩。

3. 商圈活动

专卖店的经营具有区域性,因此对商圈顾客的掌握至关重要。即使服装生产商拥有多家店铺的规模利益,仍不能脱离商圈精耕的基本动作,因此商圈活动必然成为未来区域经营的重点。由于每一商圈的特性不同,商圈活动必须迎合商圈顾客的特性而规划。商圈活动以参与式的促销活动为佳。

4. 弥补业绩缺口的促销计划

业绩是生产商维持利润来源最主要的渠道,也代表着不同服装生产商的竞争力。因此应当以月为单位、以周为单位或以日为单位设立预警点,若发现到达预警点即应以促销活动来弥补业绩缺口。为了能够有效而准确地达到目的,平日应建立"促销主题库",这样需要时就能立刻找到合适的促销主题。至于预警点的设立标准,则会因各业态及生产商特性而有所差异,不妨以过去正常业绩趋势为参考值,例如,某门店在当日下午六点累积业绩通常为该日业绩的60%。参考生产商与业态特性来建立预警点参考值,这对于业绩的达成有较大帮助。当然设立预警点不能一成不变,必须随时参酌每一时点的各种因素,这样才能符合当时的效益。

5. 对抗性促销计划

经营本身是动态的,在激烈的市场竞争下,营业单位随时要有接受挑战的准备。服装业竞争的加速化是可以预期的,顾客长期笼罩在促销的诱惑之下,竞争对手的促销活动很可能使得本生产商的顾客流失,造成业绩下降,这时生产商就必须采取必要的对抗性促销活动予以抵抗反击。由于对抗性的促销活动通常较为紧急,可运用的时间较短,若能平日建立"促销主题库",在应对突发情况时就可以比较从容地加以灵活运用。

6. 渠道激励型促销计划

对于渠道成员,生产商可以通过对代理商给予贸易促销、终端促销、顾客促销、广告媒体支援以及各种补贴来弥补他们经济利益的不足,提高经销商的积极性,这种投入也非常有助于生产商对市场机会的把握和对渠道的掌控。

比如,在淡季或关键市场机会开展各种销售竞赛,可以迅速挤占渠道,把握市场的主动权;而当渠道某个环节囤货过多、渠道堵塞时,可以取消上游促销活动而在其下游增加促销,如此来疏通渠道。

再比如,针对经销商配送方面,可特别设定配送补贴政策,根据经销商实际配送发生的费用,按照统一标准给予补贴或报销。在提高经销商配送服务质量的同时,也潜移默化地转变了经销商的经营理念,这种补贴也鼓励经销商走出门去,积极开发客户,引导经销商从"坐商"向"行商"转变。

促销支援和津贴的运用非常灵活多变,针对性更强,有利于生产商整合营销,可以机动地给渠道加压和减压,从而达到渠道流转的平衡。在进行利差设计时,这部分资源在整个体系中占据的比率越重,则生产商对渠道的掌控能力就越强;但是必须注意综合平衡,毕竟基本价差和销量返利是一种显性利益,对渠道商的激励是直接的,也是立竿见影的。

三、渠道促销的监管

营销渠道越长,服装生产商对渠道的控制力就越差,很可能出现中间商对生产商的促销资源发放不到位、政策执行时有折扣等现象,同时他们还有可能改旗易帜,加入竞争对手的渠道。目前,我国的法律还不够健全,通过合同契约难以约束中间商。因此,服装生产商若想争取主动,必须对渠道成员的促销实施进行密切监控,同时尽可能多地掌握下游中间商资源,这样如果某中间商对生产商的合作与支持达不到要求,生产商就能比较容易地从中选择一个可替代的中间商。

生产商对渠道促销的监控可以从以下几方面展开。

1. 关于渠道促销的形式

渠道促销有变相降价或升价两种形式,以降价形式为主。降价主要表现为进货折扣(如现金折扣、数量折扣、功能折扣、季节折扣等)、赠品、抽奖、奖券、市场支持承诺(包括广告投入、终端促销、费用支持、人员支持等)以及其他促销措施,这些都是积极有效的渠道激励形式。

2. 关于渠道促销的时效

一般来说,新品上市、库存处理、旺季冲销量、淡季保市场等都需要进行渠道促销,这也是生产商的惯用做法。渠道促销具有适度超前的特性,特别是季节性促销抢量,更需要恰当掌握适度超前的时机。比如"五一"、"国庆"、"元旦"以及"春节"就是几个大的销售旺季,做好这几个时段的促销文章就显得尤为重要。

根据行业运作规律,渠道促销应该在终端销售旺季来临之前进行,因为商家要有一个旺季前备货的过程。旺季前抢得先机进行针对经销商的促销,就可以抢占渠道资金、仓库和陈列空间,挤压和排斥竞争对手,实现销量最大化并赢得竞争优势。

3. 关于渠道促销的力度和频率

渠道促销的力度以"有吸引力且不至于引发冲货"为原则。此外,促销的频率也有讲究,合理的频率应该以"库存得以消化、价格已经反弹"为原则。如果上一次促销使得渠道中囤积的商品已经得到有效消化,渠道商已经开始以原价进货,批发价已经恢复到未促销时的水平,则说明市场已经恢复良性,此时可以准备第二波促销动作。当然,生产商最好持续一段时间再进行促销,最好与淡旺季促销相吻合,因为渠道促销是透支未来销量,它往往造成销售价格下跌。如果促销过于频繁,库存未能很好消化,必然造成渠道积压严重,小则跌价窜货,大则低价甩卖,导致渠道崩盘。如果促销过于频繁,经销商也会形成促销依赖症,不促销不进货,逼着生产商一次次加大促销力度,直至不堪重负。

4. 关于渠道促销的区域连动

渠道促销还应该考虑到区域连动因素。也就是说,要考虑到某地区促销对其周边市场的冲击,包括价格冲击和市场秩序问题。要把一个大的区域市场当作一个整体市场来考虑,统筹安排,长远规划,这样才有利于整体市场的良性发展。所以,生产商在一个地区搞促销,最好能控制到不会对另一地区市场造成严重影响;如果控制不了,最好同时进行,也可以考虑以同样力度但以不同方式进行,以避免因雷同而影响促销效果。

5. 关于渠道促销的执行

渠道促销在执行过程中有很大的弹性,如果生产商的促销落实监控不到位,就很可能改变生产商促销的初衷,无法保证各层级商家及顾客的应得利益,进而影响渠道的良性发展。以折扣政策为例,生产商是希望刺激经销商大量进货享受折扣,并将折扣政策往下分解,让下游的批发商和零售商也享受折扣,以促进他们积极进货;但是如果执行不力或监控不力,经销商往往将折扣独享,囤积货物慢慢销售,这就违背了生产商开展渠道促销的初衷。另外,还有可能造成大商家利用促销产品的价格优势去冲击其他区域,搅乱其他市场,破坏价格体系,引发区域商家之间的冲突,最终影响品牌建设与发展。

对于赠品、奖券以及各种市场支持,也经常出现类似的情况。举例来说,顾客促销和广告等投入对市场的影响是长期的,但对即时销量作用不大,对中间商的激励最为薄弱,对渠道的即时宏观调控能力也非常有限。因此,这部分投入经常被渠道营销一线人员和中间商所忽视,甚至为了眼前利益还会将这部分资源"挪用"到贸易促销等见效快的项目中。但是,它恰恰是服装生产商永续发展最必要的资本性支出。当渠道价差因为竞争而逐渐消失时,渠道体系就会缺乏推动力,此时如果没有及时的针对顾客的品牌拉力衔接上来,生产商恐怕也只有死路一条。可见,塑造品牌是生产商获取市场的必经之路。

由于在目前市场环境下生产商与商家之间缺乏必要的诚信,短期行为严重,大经销商都不愿意透露下级网络的分布情况,对下级网络的价格情况更是守口如瓶,生怕生产商抢夺自己的网络、分解自己的资源。在这种情况下促销策划与执行管理就显得特别重要。

生产商单单把促销方案和促销政策发放给经销商还远远不够。在促销活动的执行过程中，作为区域管理者的生产商办事处必须发挥积极作用，做好执行指导和监控工作，防止促销政策截留，同时也要在考核、催款、搜集信息等方面发挥独特作用，以保证促销活动的有效执行。

6. 关于渠道促销的推进

当经销商遇到销售瓶颈的时候，在自身资源难以应对的情况下往往愿意向生产商求助，此时生产商应当主动帮助经销商考虑实际问题，并以实际的解决方法形成帮促政策，这对生产商双方都是非常有益的。

由于促销的结果直接体现在销量上，所以帮促工作也是冲量工作的重中之重。生产商可以成立一个"促销推进工作组"，其定位不外乎两点：一是管理，二是服务。由于具体执行促销工作的是分支机构或者经销商单位，因此该工作组的职能主要体现在监控、协调和服务等方面。

一般来说，展开一个促销活动，其执行阻碍往往来自费用的审核报销、礼品大小和数量核定以及活动方案的临时调整等方面。这就要求工作组的快速反应机制以及对市场信息的准确把握，工作组最好由营销副总级的高层亲自挂帅，使审批报销工作得以快速落实，促销调整得以快速执行。

总之，服装生产商需要针对不同的区域、不同的阶段及季节特点精心进行促销规划，并对渠道促销的执行过程进行有效监管，才能发挥其最大效益，实现分销最优化，并推动整体渠道的协调、健康发展。

第三节 服装营销渠道的物流管理

生产商物流包括的内容很多，按照功能和作业顺序可分为生产物流、供应物流、销售物流、回收物流、废弃物流等。本节仅就销售物流（或称渠道物流）进行简要介绍。

如果一个服装生产商的产品在市场上很畅销，其品牌运作也比较成功，只是由于物流配送系统跟不上而耽误了经销商的产品供应，那么生产商便会损失很大。久而久之，就会失去一部分市场份额，其客户也会转向其他品牌。不少生产商和渠道成员之间的关系紧张也是由于物流系统不健全造成经销商的货物供应不上，或者物流服务系统满足不了经销商的需求而引起的。由此可见，在渠道管理中,对销售物流的管理是非常重要的,它对于生产商营销目标的实现有相当大的影响。

一、销售物流结构的类型

销售物流是指在向顾客组织商品销售和提供服务的过程中所进行的物流活动。在生产商普遍把物流提高到战略管理高度的今天,生产商对物流的管理目的通常不只是为了降低物流成本,而是要对物流能力进行有效控制,使之成为生产商的核心竞争力。

销售物流对生产商竞争所起的支持作用是显而易见的。首先,销售物流要保证商品价值和使用价值向顾客的转移和实现,运输、仓储、配送中的任何一个环节出现问题都将影响整个供应链的总体表现;其次,销售物流是直接面对顾客的终端,销售物流能否保证商品及时、准确地送到顾客手上,直接关系到顾客对生产商服务的满意程度和生产商的市场形象;再次,销售物流是整个供应链的信息反馈点,销售物流作业好坏直接关系到生产安排和销售额表现。可见销售物流在生产商物流系统中占据重要的地位, 在很大程度上关系着生产商物流系统基本功能的实现。在生产商竞争日益激烈的市场环境下,销售物流已经成为重要的竞争手段之一。良好的运行、敏捷的反应、多样化的作业方式不仅是生产商减少库存、降低经营成本的前提,也是生产商抢占市场、维护信誉、提高品牌知名度和美誉度的可靠保证。

在销售物流作业中,一般有三种渠道安排:利用批发商服务的分层结构、以生产商或零售商为主导的直接结构和具有灵活性的混合结构。

1. 分层结构

在销售物流分层结构中,产品从起点到终点的流动是经过供应商、批发商、零售商,最后到达顾客手中的。典型的分层结构是利用散件货仓库和集装仓库进行的。散件货仓库接收许多供应商的大批量的装运量,然后把接收到的产品按客户需求对存货进行分类,以满足客户小批量、多品种、高频率的订货需求。集装仓库则是从不同供应商那里接收不同的产品, 然后通过集装大批量地把货物集运给客户。在这两种情况下,客户能够直接向整合仓库订货,而不需要分别向生产特定产品的每一个服装厂订货,减少了交易次数。批发商主要就是提供这种服务的,他们利用集中物流所产生的信息集中优势,对各店铺的商品销售动向进行分析,进而指导供应商和它的客户。图4-2显示的是包括产业配送或批发商的销售物流分层结构。

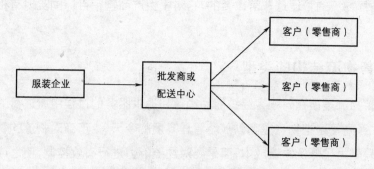

图4-2 销售物流的分层结构

分层结构利用批发商或配送中心对库存分门别类，获得与大批量运输相关的集装经济性，并且能根据客户的要求来迅速调配存货。人们需求偏好的个性化使得服装零售店必须储备品种越来越多的产品，他们难以向单一的供应商订购足够多的商品，因而享受不到整合运装的优惠。小批量托运的运输成本阻止了零售商的直接订货，因此需要利用批发商或配送中心向零售商提供适时而又经济的存货分类。

一般在下列情况下使用这种分层结构：

- 由于地理上的分隔需要综合配送的。
- 生产或销售有季节性的产品，需要仓库的存货来平衡和协调制造与需求中的时间差。
- 不确定性因素影响比较大的产品，其未来销售量和存货补给的不确定因素存在，因而需要存货满足顾客的要求。
- 需要进一步进行分拣、集并、组配和包装等服务的产品。

2.直接结构

直接结构是不经过中间批发商，而是从一个或有限个数量的中央仓库直接将产品运送到客户目的地的物流安排。直接系统通常不具有支持分层结构系统所必需的潜在物流数量界限的集装工作量。它通常采用价格杠杆和信息技术来迅速处理客户订货，减少了中间环节，如图4-3所示。

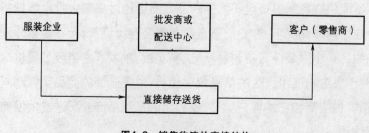

图4-3 销售物流的直接结构

直接结构的最大特点就是库存很少或没有库存。这种直接模式的竞争力来源于以下方面：

- 不必支持一个昂贵的批发商和零售商网络，从而避免了过多中间环节将价格标高。
- 避免了高储存成本。
- 避免了过时成品的大量储存。
- 赋予生产商维护、监控和更新客户数据库的能力。

直接配送减少了时间耽搁，克服了地理上与客户的分离，且无需建立配送中心，但它的潜力受到高运输成本和可能失去控制的限制。不过由于信息技术的进步，后一种限制已经在很大程度上得到了解决，比如通过建立信息系统，生产商就可以对物流过程中的订货状况、产品可得性、交货过程、运输、储存等进行全面跟踪。

3. 混合结构

为了提高销售物流的效率，生产商需要在服务优势和服务成本之间寻找一个平衡点。销售物流的混合结构就是分层结构和直接结构的组合，如图4-4所示。

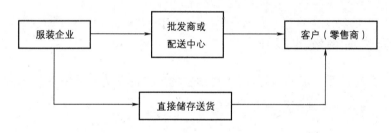

图4-4　销售物流的混合结构

大多数生产商的销售物流安排都是采用这种混合结构，他们将能够快速运动的产品置于前方仓库，而将其他高风险、高成本的产品直接配送给客户，以最大化地满足物流服务的战略目标。

在动态的、竞争性的环境中，产品的分类、顾客的供应量以及生产需求都在不断变化，灵活性成为提高销售物流能力的关键，对销售物流的管理也要求从以预估为基础转移到以反应为基础的理念上来。因此，在销售物流结构的安排中也应该体现出灵活性来，以适应销售物流服务需求中的变化，如图4-5所示。

生产商在采用这种灵活性混合结构时应处理好以下问题：

- 紧急物流处理：在销售物流计划的执行中，那些导致物流失败的偶发事件会引起紧急缺货情况的发生，此时需要做特别处理，启动特殊处理决策程序，

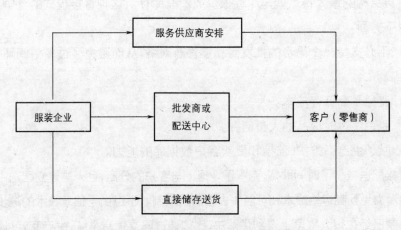

图4-5　销售物流的灵活性混合结构

以避免订单退回或取消该项目。

- 物流渠道配置优化：为了满足销售物流成本尽可能低的要求，应当优化供货渠道的配置，通过灵活运送方式迎合不同客户的服务期望。

- 充分利用第三方物流服务：通过与其他服务供应商的有效合作，可提高专业化水平和经济效益，节省资源投入，减少风险。

二、销售物流系统的规划

为了实现销售物流的目标，需要对销售物流的过程进行系统设计，使之更加合理化，从而获得渠道物流方面的竞争优势。

(一)销售物流系统的规划目标

销售物流系统规划的主要目标是，在服从生产商发展战略、保证销售目标实现的前提下，尽量进行较少的物流作业，以降低物流总作业成本。也就是说，销售物流系统首先应该满足生产商正常运营的要求，其次应该达到和生产商发展战略相适应的客户服务水平，最后要在维持适宜的客户服务水平的基础上，保证运输、仓储等物流总作业成本最低。生产商销售物流系统规划的目标其实是一个多目标组成的集合，主要表现在评价销售物流系统优劣的指标体系上。

(二)销售物流系统的规划原则

1. 服从生产商发展战略

生产商在进行销售物流系统规划时，必须要注意使之和生产商的远期发展战略、中期发展策略和近期发展目标相结合。

2. 眼前利益与长远利益相结合

生产商对物流系统的重视已经不仅仅着眼于物流系统建设带来的直接经济效益,许多生产商已经认识到物流系统的建设对于提高生产商自身的服务水平、竞争能力,巩固生产商的顾客群体,发展生产商市场有着不可替代的作用,因此进行规划时必须注意兼顾眼前利益与长远利益。

3. 管理职能化

职能化是指根据物流管理职能的划分,建立生产商销售物流管理平台,进而通过库存控制、仓库管理、订单管理、运输管理、成本管理等各项管理职能发挥对物流过程和行为的管理,实现专业化的经济性和管理的有效性。构建职能化的管理模式,实现专业化的物流管理,从物流方面为生产商利润的增加提供强有力的保证。

4. 快速反应

顾客的需求可能是规则的,也可能是不规则的。在竞争日益激烈的今天,生产商的销售物流系统应当能够对不规则的顾客需求做出快速反应。运用互联网和信息技术,形成一种以信息为中心的供需对应型的销售物流管理模式,通过对信息的共享,以快捷的速度及时捕捉市场信息,抓住市场机会。

5. 资源共享

资源共享包括有形资源共享和信息资源共享。生产商销售物流管理依靠信息中心可以迅速进行决策、指挥和信息反馈,为管理层将物流各要素进行有效组织提供基础。因此,建立生产商信息中心,通过销售物流管理信息系统,可以使管理层高效、直接地参与物流的全过程。信息管理模式打破了单个管理单元物流合理化的局限,通过对生产商资源的整合实现资源共享。

6. 高度弹性

销售物流系统中总是不可避免地存在无法预测的干扰因素,比如订单接收延误、生产中断、货物损坏或需求猛增等,它们会造成生产商的不良反应。因此,销售物流系统应具有高度的弹性,能够排除干扰,保证有效地为顾客服务。

7. 整体效率最优

销售物流管理是以系统整体最优为目的,通过对整个销售物流过程的最优化,实现整个价值链的增值。销售物流管理过程中采用的是订单驱动的数字化运作方式,要求生产商内部的组织机构、服装设计与生产、作业控制、成本管理等进行有效的集成,通过销售物流管理信息系统与内部数据库的无缝连接实现各种业务的协同、控制与管理。

8. 全面质量控制

有缺陷的产品或者质次的服务会减少商品的价值和使用价值。销售物流是防止劣质商品进入消费领域的最后一道"关口"。实行全面质量管理,将可以把流入消费领域的缺陷商品降低至零。

(三)销售物流系统的规划内容

1. 销售物流系统的结构

(1)销售物流系统的功能要素

销售物流系统的功能要素和物流系统的功能要素相同,都包括运输、仓储、包装、装卸搬运、流通加工、配送和物流信息处理等。销售物流系统中最主要的三个功能就是运输、仓储和信息处理。配送可以认为是末端运输,而包装、装卸搬运和流通加工功能都是在流通的过程中发生的,但不是每一个物流系统都需要进行的作业。

销售物流系统的功能结构取决于生产和流通模式。因此,在对系统进行规划时,主要应当对系统完成运输、仓储和信息处理三个功能的支持系统进行规划,同时还应注意到生产商的生产、销售计划等因素对销售物流系统功能的影响,全面考虑,使系统更适应生产商的发展。

在进行销售物流系统规划时,应该对生产商的整体发展战略、近期发展规划和生产、销售目标进行分析,在服从生产商发展战略、保证生产和销售目标实现的前提下,尽量进行较少的物流作业,降低物流总作业成本。生产商销售物流系统规划的主要内容一般包括顾客服务水平、配送中心布局规划、库存规划和运输管理四个方面。

(2)销售物流系统的构成要素

从物理构成的角度来看,可以认为生产商的销售物流系统由硬件和软件两部分组成。

硬件指的是销售物流系统的有形构成,主要包括以下方面:

- 物流设施:它是组织物流系统运行的基础物质条件,包括物流中心、配送中心、货运站场、仓库等。
- 物流装备:它是保证物流系统运行的条件,包括仓库货架、进出库设备、加工设备、运输设备、装卸机械等。
- 物流工具:它是物流系统运行的物质条件,包括包装工具、维护保养工具、办公设备等。

● 信息技术及网络：包括通信设备、传真设备、计算机及网络设备等。

软件指的是销售物流系统的指导战略、管理思想、评价指标体系和规章制度等无形构成。销售物流系统的规划内容不仅应该包括硬件组成部分，也应该包括软件组成部分。一般而言，软件部分的规划是硬件部分规划的前提条件，但是一旦硬件部分的规划完成并进入实施阶段，软件部分的实施将会受到硬件部分规划的制约，同时硬件规划会对软件部分的进一步规划产生极大影响，甚至使得生产商的战略目标发生变换。因此，硬件部分的规划必须严格满足软件部分规划的要求。

2. 销售物流系统的基本类型

（1）物流中心库存集中型

物流中心库存集中型是生产商具有代表性的物流系统类型。库存集中放置在与工厂相邻的物流中心，而配置在市场附近的配送中心则保有少量库存，根据出库情况由物流中心向配送中心补充。

（2）配送中心换载基地型

配送中心换载基地型模式是适应及时生产、及时配送的一种物流系统。换载基地属于没有库存的配送基地。零售店的订货信息传达到物流中心后，物流中心按照换载基地类别、零售店铺类别拣选出货物后，装入小型集装箱，用大型车辆将集装箱运送到换载中心，在换载中心将集装箱再换载到小型的集装箱运送车上进行配送。还有一种方式是在物流中心不按顾客类别分拣，直接送到换载基地分拣，换载基地具备高效率的分拣作业能力，这种换载基地属于通过型或者说分拣型配送中心。

（3）多频率小批量集中出库型

多频率小批量集中出库型模式是将大批量货物的物流业务与多品种小批量货物的物流业务分离开来，以提高多品种小批量货物分拣和出库等作业效率。其运作原理是，在区域物流中心进行多品种小批量货物分拣，然后将运送批量货物放在一起向顾客配送。

(四)销售物流系统的规划程序

销售物流系统的规划设计程序如图4-6所示。

● 分析生产商现行系统的优势和存在的问题，以及市场环境变化给生产商带来的发展机遇和竞争挑战，进行系统的战略设计。

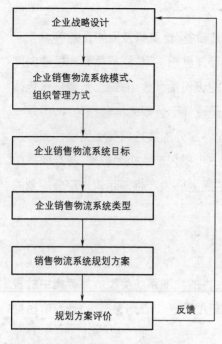

```
┌─────────────────┐
│   企业战略设计    │ ◄─────────┐
└────────┬────────┘           │
         ▼                    │
┌─────────────────┐           │
│ 企业销售物流系统模式、│          │
│   组织管理方式    │           │
└────────┬────────┘           │
         ▼                    │
┌─────────────────┐           │
│ 企业销售物流系统目标 │          │
└────────┬────────┘           │
         ▼                    │
┌─────────────────┐           │
│ 企业销售物流系统类型 │          │
└────────┬────────┘           │
         ▼                    │
┌─────────────────┐           │
│ 销售物流系统规划方案 │          │
└────────┬────────┘           │
         ▼                    │
┌─────────────────┐    反馈     │
│   规划方案评价    │───────────┘
└─────────────────┘
```

图4-6　销售物流系统的规划程序

- 根据生产商的战略设计,明确生产商物流系统的模式和组织管理方式,提出生产商的销售物流目标,综合考虑销售物流的各种基本类型的优缺点,确定适合生产商实际情况的销售物流系统类型。

- 根据确定的销售物流系统类型,分析物流配送网络的目标,应用定性或定量方法对物流配送网络进行规划,提出物流配送网络系统的设计方案,以及现行系统的技术和管理提升规划,并对系统运作过程进行优化管理和控制。

- 最后对系统进行绩效分析,并将评价结果反馈至系统新一轮的设计和实施过程中。

生产商销售物流系统的规划方案设计是整个销售物流系统设计中最关键、最重要的环节。如前所述,销售物流系统规划方案主要应该解决顾客服务水平、配送中心布局规划、库存规划和运输管理四个方面的问题。其中,顾客服务水平通过对生产商战略、生产商销售物流系统模式、组织管理方式和目标的决策可以得到解决;库存规划、运输管理一般是在销售物流系统的硬件规划完成以后具体考虑的问题;配送中心的布局规划则是销售物流系统规划方案中迫切需要解决的问题。

配送作为物流的一个重要环节,通过集中零散库存、增强库存调节功能、降低总库存水平来实现资源的优化配置,同时降低物流成本。配送作业包括进货、储存、分拣、流通加工、配货、配装、运输等,可见配送也是一项综合性的物流活动。配送中心则是以开展配送业务活动为核心的经济实体。一般可根据各地的实际情况分别采取自己建设或由专业物流生产商代理两种万式来建立配送中心。

配送网络一般是金字塔式结构,通常以物流中心作为金字塔的顶部,有单层与多层之分,如图4-7所示。

销售物流配送中心的布局是指配送中心在生产商销售区域内布置的个数、位置及规模。物流系统中配送中心的布局规划在实际中是一项重要的决策问题,配送中心选址是否合理将直接影响到销售物流系统的经营成本和服务质量。

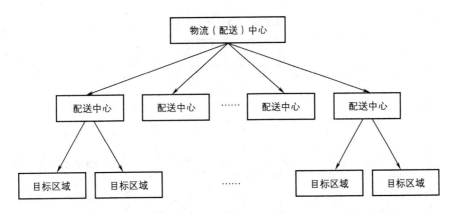

图4-7　配送网络示意图

　　配送中心的布局必须在充分调研的基础上综合考虑自身经营特点、商品特性及竞争形势、交通状况等因素,在分析现状并对未来变化进行预测的基础上,使销售物流系统的建设具有较强的柔性,以提高对市场变化的适应能力。

三、销售物流系统的监管

　　在生产商销售物流管理中,应将供应链管理的思想和方法融入其中,以突出营销渠道各成员之间的战略联盟式的紧密合作,从而降低营销渠道中实体分销总成本。另外,将系统概念和总成本法运用到销售物流管理中,对于提高生产商的物流水平大有裨益,因为物流系统的各个基本要素都是相关的,系统概念和总成本法可以综合各个基本要素使整个销售物流系统以最低的总成本向顾客提供所需要的服务类型和水平。图4-8展示了这种物流管理观点和销售物流系统的六个基本组成部分。

　　要为渠道成员提供满意的物流服务,首先要明确渠道成员期望的物流服务水平和服务类型,然后将渠道成员的期望和提供服务所需的成本进行综合权衡,选择双方都能接受的方式提供物流服务。

　　渠道成员当然期望生产商能保质、保量、保时地将产品配送到指定地点。生产商可以采取以下措施来提高销售物流的服务水平,提高渠道成员的满意度。

1. 做好产品需求预测工作

　　生产商应当尽可能做好产品的需求预测工作,为未来订单做好准备,这样就能有效缩短产品订货提前期,提高物流服务水平和市场响应敏捷度。因此,生产商应经常与渠道成员沟通产品需求信息,并利用生产商营销人员搜集相关市场信息,提高预测的准确性。

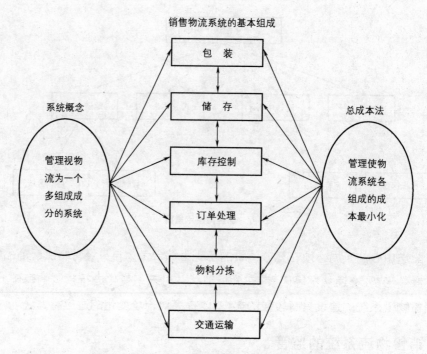

图4-8 基于系统概念和总成本法的销售物流管理观点

2. 建立库存产品预警机制

生产商应做好库存管理工作,建立库存产品预警机制,发现热销的短缺产品及时生产补充。合理的安全库存可以保证生产商有效应付市场需求的波动,提高客户服务水平。

3. 设立区域配送中心

如果有必要,生产商可以考虑改变现有直接从生产商送货的配送方式,在目标市场所在地设立区域配送中心。直接从生产商为客户进行配送有一些弊端,一是配送时间长,客户响应速度慢;二是配送成本高,无论客户订单大小都必须进行配送,而零担配送成本比整车配送成本高得多。如果在区域市场设立配送中心,通过合理布局可以取得很多优势。区域配送中心更接近客户,能迅速对客户需求做出反应,缩短配送时间,节约配送成本,提高客户服务水平。

4. 委托第三方物流

在能够降低成本、提高物流效率的前提下,可以委托第三方物流企业提供物流服务。

5. 建立扁平化的销售物流结构

传统的销售物流结构呈金字塔式,即"生产商→总经销商→一级批发商→

下级批发商→零售商→顾客"。但是，在供过于求、竞争激烈的市场环境下，传统的通路存在着许多不可克服的缺点：一是生产商难以有效地控制销售通路；二是多层结构有碍于效率的提高，且臃肿的通路不利于形成价格竞争优势；三是多层次的流通使得信息不能得到准确、及时的反馈；四是生产商的销售政策不能得到有效的执行落实。

因此，许多生产商正在或打算将销售渠道改为扁平化的结构，即缩短销售通路的长度，比如将多层次的批发环节变为一层批发，以增加生产商对通路的控制力。

6. 渠道重心由大城市向地县级下沉

当众多服装生产商为争夺大城市市场而激烈竞争时，一些服装生产商则已将销售渠道的重心转移到了地区、县级市场，在地县级市场上设立销售机构，着眼于地县级市场的开发。

生产商以大城市为销售重心，靠一个或几个经销商来辐射整个省级市场，受经销商销售网络宽度和深度的局限，容易出现市场空白点，造成市场机会的浪费。将销售重心下沉，在地区设立销售中心，则可能做好地区市场。销售渠道重心下沉是一个细化市场的过程，这种细化也反映在对经销商的选择上，销售机构下沉，客户也要下沉。生产商对经销商的政策也因此要发生变化，从重点扶持大客户转移到重点扶持地区级经销商。

7. 建设物流信息管理系统

信息系统是现代物流运作的基础，没有信息技术的支持，生产商的物流系统就不可能高效运作。不同服装生产商对信息系统的要求是不同的，关键要看生产商的发展重点和利润产生点。生产商也不一定非要一次性地将整个系统建立起来，可以根据生产商实际情况有侧重地开发信息系统，比如对于生产环节非常重视的服装生产商可以考虑开发ERP(企业资源计划)系统；而对于生产比较简单、营销比较重要的生产商可优先考虑开发DRP系统，加强销售物流的整体运作水平。

DRP(Distribution Requirement Planning)译为分销需求计划，是物料需求计划MRP(Material Requirement Planning)在流通领域应用的直接结果。DRP是商品资源优化配置的核心技术之一，它主要解决分销商品的供应计划和调度问题，它的基本目标就是合理进行分销商品资源配置，使之既能确保有效满足市场需求，又可使配置费用最低。

第四节 服装营销渠道的信息管理

信息管理是渠道管理的重要内容。可以说,渠道扁平化趋势的出现,一方面是由于降低交易成本的需要,另一方面则是由于生产商对信息的渴求而迫使其缩短渠道,以便更快更好地掌握信息。由于分销渠道涉及众多层次,并且延伸到市场的每一个角落,只有及时、准确地收集市场信息,才能为生产商的生产和营销决策提供真实可靠的依据。另外,渠道信息的流向是双向的,一方面生产商要及时将渠道相关政策传递给客户,以指导和支援客户的市场运作;另一方面要促使客户主动与生产商进行沟通,反映需求,提出合理化建议,化解隔阂。

一、渠道信息系统的构成

渠道信息系统由两个主要部分构成:一是信息自身的数据库,二是构成信息体系技术实体的硬件和网络工程。

数据库是指计算机网络里储存的或者可以被输入的信息。图4-9显示的是运用了高效用户反应技术(Efficient Consumer Response,ECR)的销售系统。由该图可以发现,系统内每一个层次上的数据都被收集起来,在一个层次上收集的数据可用于改善系统其他层次上的管理。这种在不同系统成员之间互换信息的做法,充分表明了系统内的交流和协调对于提高系统行为有效性的重要作用。硬件和网络工程则是指计算机系统、软件以及使信息在渠道成员间传递的相关技术。

高效用户反应系统(ECR)是指在渠道中持续地更新和补充存货,以便响应最终用户的需求。ECR将成为服装渠道未来运营的典范。ECR涉及服装生产商和零售商之间的合作,这一合作将加强零售的效率,提高存货和材料的流动效率以及渠道管理的效率。

使用高效用户反应系统可以消除无效成本,重新构造整个零售分销供应链。ECR涉及产品分类、促销和产品上市最优化三方面。它强调生产商和零售商之间的价值链。它促使传统的物流、销售和营销功能结合起来以达到最优效率和最优用户价值。ECR主要包括六项活动:综合的电子数据交换、持续的库存补充、计算机辅助订货、流转分销、按业务活动分配费用、分类管理。ECR的原理适用于任何行业。

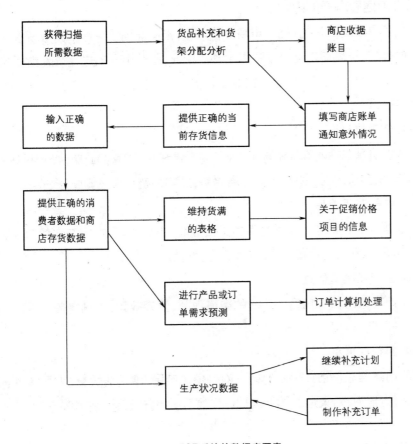

图4-9　ECR系统的数据库要素

不同的渠道成员都可以从ECR中受益。零售商可以提高销量,提高单位销售空间的销售效率,减少商店的辅助空间;批发商可以不断改进对零售商的服务(如承担存货管理、库存补充管理和分类计划等),将零售商从这些业务中解放出来,集中精力与顾客建立良好的关系。同样,生产商也能从ECR中受益,可以降低生产和分销成本,更加有效地使用促销资金。

二、渠道信息沟通的内容及途径

渠道信息系统将生产商各分支机构集成在一起,实现总部对分销渠道的整体规划和管理。它改变了传统的每天以传真或电子邮件逐级上报再逐级统计业务数据的管理模式,保证了数据信息的及时和准确,使管理者能够及时了解生产商全面的业务情况,快速应对市场变化,从而提升渠道整体能力,使生产商保持强大的运营能力和竞争力。

(一)渠道信息沟通的内容

信息是正确决策的保证。市场变化万千,谁能准确快速地掌握市场信息并做出及时反应,谁就能在竞争中赢得主动。因此,服装生产商应注意收集与销售有关的一切信息,加强与经销商、顾客及其他相关主体的沟通。渠道信息沟通的内容主要有以下四方面:

1. 宏观信息

宏观信息包括宏观经济环境、经济周期性变化、国家的政策法规、科技发展、服装行业及市场现状、服装行业发展趋势、顾客消费特点及倾向等。

2. 竞争对手信息

竞争对手信息包括竞争对手的渠道战略、市场份额、市场开发能力、目标市场定位、代理商的资金和人员、零售价格、促销活动等。

3. 生产商渠道信息

生产商渠道信息包括生产商的渠道现状、营销政策、市场覆盖范围、市场份额、配送网络、市场价格、市场机会和威胁等。

4. 经销商信息

经销商信息包括经销商的渠道网络覆盖范围、零售店数量、人员储备、销售能力、储运能力、对渠道的贡献、忠诚度、信用度、合作诚意、需求等。

(二)渠道信息沟通的途径

渠道信息沟通的途径多种多样,主要包括以下方式:

1. 内部报告制度

内部报告制度就是在销售信息部门牵头下,将生产商内部各管理部门的运作数据进行汇总分析,供管理层决策使用。服装生产商的设计开发部、财务部、生产管理部、销售部、人事部、仓管部等都有责任提供本部门的运作信息。

生产商内部报告制度可以采用定期召开内部工作会议的形式,传达各种信息,比如新产品上市、销售政策、市场信息反馈、及时调整销售策略、销售任务完成情况、库存水平、促销活动安排、市场费用规划等,在生产商内部进行广泛的信息沟通。

2. 建立客户数据库

从广义上来讲,客户是指每一个能影响生产商赢利的人,包括顾客和经销商。客户是生产商的宝贵财富,应当进行制度化管理。对于零售店、省级经销商、二级城市经销商以及顾客,生产商都要建立数据库资料,实行对数据的动态管理。这些客户数据需要由生产商的销售人员、市场人员进行认真的调查收集。客户数据库主要包括以下内容：

- 根据客户对生产商的忠诚度，可以划分为忠诚型客户、品牌转移型客户和投机型客户；根据客户的购买和销售数量，可以划分为重点客户、一般客户、散户；根据客户的信用程度，可以划分为不同的信用等级。

- 数据库还应包括经销商行业排名、零售店数量、网络覆盖范围、资金实力、市场开拓能力、营销经验、行业声誉、库存能力、运输能力、供货需求、销货能力、合作诚意、客户本人的情况等信息。

- 对于顾客，还要收集其生日、年龄、教育程度、职业、生活方式、消费偏好、家庭住址、家庭人口构成等数据。

此外，作为实施渠道政策的重要参考，客户数据库应随时进行更新，与销售同步。客户数量较多的生产商可考虑设立客户管理部。

3. 电话沟通

电话沟通是一种方便、快捷的信息传递方式。通过电话可以及时向经销商传达销售政策、调价通知、市场推广等信息，也能迅速得到市场反馈、顾客需求等信息。但是复杂的信息用电话沟通会增加费用开支。

4. 销售人员现场巡访

生产商的销售人员担负着区域市场的管理职责，负责向经销商传达销售政策，同时不定期地调查区域市场信息，如价格政策执行情况、竞争品牌动向、市场开拓情况等，并及时向生产商反馈信息。

5. 经销商会议

生产商可以定期举行包括省级经销商和重点二级城市经销商都要出席的经销商会议，在会议上对业绩好的经销商进行表扬和奖励，并进行以下方面的信息沟通：

- 生产商各项销售政策的出台，应事先听取经销商的意见，进行谈判协商，并在焦点问题上展开讨论。

- 经销商们可以互相介绍经验，进行管理培训，协调冲突，增进感情。

- 生产商和经销商合作开发市场，联合进行促销，增强产品销售信息反馈。

6. 建立鼓励经销商积极上报信息的机制

服装生产商对于信息的渴求是不言而喻的。虽然现在的各种信息系统如POS、ERP等可以帮助生产商实时得到销售信息，但是对于生产商而言，单纯的销售信息远远不够，来自经销商和终端零售商的对于未来消费趋势的预测是非常重要的。由于他们处于同顾客接触的最前沿，对于消费趋势有更深入、更准确的认识和体会,这种认识和体会正是生产商迫切需要的信息。因此,对于服装生产商而言,鼓励经销商积极主动地上传这些信息具有非常重要的战略意义。可以说,哪家服装生产商对消费趋势的掌握越深刻,在制订生产计划时就能更准确,在未来的竞争中就能拥有更明显的优势。

比如,服装生产商可以建立一种季会信息交流机制,每季邀请各地区一级代理商召开一次信息交流会,会上要求各地一级代理商对本地区下一季度的销售量和消费趋势变化做出预测,从而掌握各地区的未来消费变化,制订合适的生产计划。

由于服装生产商对于经销商一般缺乏直接的管理权,要求经销商单方面义务向生产商提供消费预测必然是经销商难以接受的,即使他们能够接受,预测的准确性也很难让人满意。因此,不妨对于预测能够达到满意效果的经销商给予一定的奖励(比如可以给予预测准确的经销商在下一季的订货中享受某种程度的折扣,或者在年终给予一定的奖励),这种奖励必须能够激发经销商认真完成预测工作。而这种机制一旦建立,可以预见的另外一个好处便是,经销商为了今后获得更加准确的预测结果,必然会在自己所辖地区内努力掌握更多更准确的第一手消费资料。虽然预测报告等内容完全可以通过网络等信息手段进行传递,但是这种面对面的交流方式收集到的信息量远远大于简单的数据包所能传递的信息量。面对面的交流便于拉近服装生产商同经销商的距离,对于生产商和经销商之间建立积极的伙伴型渠道关系大有帮助。

7. 互联网技术

互联网技术的迅猛发展为渠道信息交流提供了一个快速、准确的方式,而且大大降低了信息沟通的成本。通过互联网可以用以下方式进行渠道信息的收集和反馈:

(1)建设网站

• 服装生产商可以通过自己的网站发布销售政策、调价通知、促销计划等各种信息。

• 经销商可以通过登录网站进行谈判协商、给予建议、预先订货及其他信息反馈。

• 生产商还可以利用网站的交互特性直接与顾客进行沟通,顾客通过浏览生产商网站可以直接了解产品信息和询问关心的问题,同时生产商也可以简单快捷地收集顾客的意见反馈,以便更好地了解顾客、服务顾客。

(2)电子邮件

　　生产商和省级经销商的铺售人员可以利用电子邮件上报各种渠道信息,如终端日销量报表、竞争品牌情况、市场推广计划落实情况等,这样便于生产商及时调整决策。

三、渠道信息系统的规划

(一)渠道信息系统的规划目标

　　一般来说,生产商开发渠道信息系统(或称分销管理系统)的总体目标是:从生产商自身业务特点出发,整合销售业务流程,从销售管理网络化开始,建立一套面向全国的、基于Internet的集中式管理信息系统,从而将各个办事处、各个经销商及各级代理商、各个商品仓库有机地、顺畅地衔接起来,以使得生产商的运营信息传递得更快、资金流更加通畅、业务管理更加规范和便捷。

　　渠道信息系统要求能够根据服装销售的特点对经营过程中的重要环节进行管理,能够及时收集各办事处和网点的库存情况、销售信息、计划完成情况、客户信息、意见反馈等,使生产商高层领导和管理部门全面掌握和控制销售过程的动态,为生产商的商业决策提供可靠、准确、迅速和动态的信息。

　　渠道信息系统建设的最终目标是满足服装生产商的销售管理需求,增强生产商的市场竞争能力,提高生产的经济效益。具体来说,渠道信息系统的规划目标为:

　　●　利用现代信息和计算机技术建立起一个面向全国的、基于Internet的计算机网络信息平台以及计算机销售管理信息系统,以实现生产商内部各销售业务部门、驻外分支机构、客户之间信息的共享和及时交换;处理用户的分销管理、库存管理等销售管理业务,为总部及各管理部门提供及时、快速、全面、准确的数据信息。

　　●　将系统数据尽量归并,精简销售信息系统中不必要的分系统,减少系统间的数据迂回传输;实行数据的集中统一保存,并进行可靠的备份与恢复处理,以便在发生意外情况时使系统尽快恢复运行。

　　●　系统应具有开放的接口,以利于与其他系统的数据交换以及与未来的系统进行衔接。

　　●　通过该系统能够提供全面的信息及辅助决策支持功能,使生产商的中高管理层能够更加科学、高效地管理生产商的销售工作,并能全面掌握各销售部门的业务运作情况,对销售业务全程进行统一管理和监督。

　　●　系统应具有扩展能力,以满足用户业务不断扩展的需要。

(二)渠道信息系统的功能分析

在渠道信息系统中,销售业务数据由销售人员通过POS或PDA记录,然后上传到分部的数据库服务器中;仓库业务数据(分部和物流中心)由仓库人员通过PDA记录,然后用串口通信方式传到仓库部门的客户机中,再由仓库部门的客户机传到数据库服务器中。

渠道信息系统的功能主要包括基础数据管理功能、销售业务功能、仓库管理功能、应收付款管理功能、销售分析功能等。

1. 基础数据管理功能

基础数据管理功能主要包括客户的管理、供货商的管理、商品的管理、生产商组织(总部、分部、物流中心)的管理、生产商职能人员的管理、商品在库数据的管理、PDA的管理等。

此功能面向管理层,基础数据的维护是整个系统的基础。总部的管理层负责商品数据的维护、供货商数据的维护、生产商组织数据的维护、总部职能人员数据的维护;分部的管理层负责客户数据的维护、分部的职能人员数据的维护、分部的商品在库数据的维护、分部PDA数据的维护;物流中心管理层负责物流中心的职能人员数据的维护、物流中心商品在库数据的维护、物流中心PDA数据的维护。

基础数据管理的具体功能如下:

- 对商品数据进行增加、减少、修改的维护。
- 对客户数据进行增加、减少、修改的维护。
- 对供货商数据进行增加、减少、修改的维护。
- 对生产商组织数据进行增加、减少、修改的维护。
- 对职能人员数据进行增加、减少、修改的维护。
- 对商品在库数据进行增加、减少、修改的维护。
- 对PDA数据进行增加、减少、修改的维护。

2. 销售业务管理功能

销售业务管理功能主要包括经销订货、经销退货、代销订货、代销退货的管理。此功能面向分部的销售人员。销售业务管理的具体功能如下:

- 对商品数据的查询,包括商品介绍和商品在库数量的查询。
- 对客户订货数据的记录。
- 对客户退货数据的记录。

3. 仓库管理功能

仓库管理功能主要包括分部仓库管理功能、物流中心仓库管理功能、总部商品管理功能。此功能使管理人员能够准确把握商品的出入库情况和在库商品的数量。仓库管理的具体功能如下：

(1)分部仓库管理功能

- 客户订购商品和向其他分部调货商品的出库数据的记录。
- 客户退货商品和向总部商品管理部门所请求商品的入库数据的记录。
- 定期对商品在库数量进行核对,并记录盘库数据。
- 商品出、入、盘库后商品在库数量的变更。
- 根据商品在库数量的预警设置,向总部仓库管理部门提交补货申请。

(2)物流中心的仓库管理功能

- 向其他分部配货的出库数据的记录。
- 采购商品的入库数据的记录。
- 定期对商品在库数量进行核对,并记录盘库数据。
- 商品出、入、盘库后在库数量的变更。
- 根据商品在库数量的预警设置,向总部仓库管理部门提交补货申请。

(3)总部的商品管理功能

- 根据物流中心的补货申请和物流中心及各分部商品的在库数量情况进行商品采购。
- 根据各分部的补货申请和物流中心及各分部的商品在库情况确定配货方案。

4. 应收付款管理功能

应收付款管理功能模块包括应付款管理和应收款管理。应付款管理处理对供货方的货款支付。对于应收款管理,可以在每月的固定日期向客户发送该日期之前一个月内所订购商品的货款请求单,这个固定日期与每个客户协商确定;对每一个客户都协商好一个固定的回款日期,以客户回款的情况作为评定客户信誉度的一个依据。

5. 销售分析功能

(1)分部的销售分析功能

- 按月份和季度对销售记录进行统计。
- 统计每种商品的销售情况,根据商品的销售金额进行统计并排序,分析商品的市场需求情况。
- 统计每个经销商的销售情况,根据销售金额进行统计并排序,分析经销商对生产商的影响程度。

- 对每个销售人员的销售业绩进行统计,根据销售金额进行统计并排序。

（2）总部的销售分析功能

- 根据选择的期间,统计每个分部的销售金额。

- 对每个销售人员的销售业绩进行统计,根据销售金额进行统计并排序。

- 统计每种商品的销售情况,根据商品的销售金额进行统计并排序,分析商品的市场需求情况。

- 按月度、季度、年度统计全企业的销售情况,进行销售分析和预测。

(三)渠道信息系统的结构设计

生产商分销管理网络化实现的基础在于生产商内联网的建立，因为只有生产商内部信息实现了共享,才可能全面、有效地利用市场返回的外部信息。生产商内部的Intranet不仅是现有生产商内部、生产商与市场之间的信息交流方式,它还为生产商的管理和经营模式的重整和发展带来了新的机会。为了实现生产商跨地域实时统一管理并能够方便地扩展系统的目标，采用基于Internet/Intranet的技术体系是一种简单实用的方法。通过Intranet构建生产商内部网,作为生产商内部信息交换处理的平台,同时生产商的内部系统通过防火墙与Internet连接,实现了生产商信息与外部信息的交互。

四、信息系统对营销渠道的影响

信息的收集、生成、管理和交流对于渠道的效率和有效性是很关键的。在当今的市场中,新的信息技术对渠道结构和渠道行为产生了革命性影响,同时渠道功能的执行成本也会受其影响。

1. 信息系统与渠道结构

渠道的产出由五个要素构成,即批量大小、等候时间、空间的便利性、产品种类、服务支持。显然,计算机信息系统会对其产生极大的影响。由于信息系统影响了渠道产出组合,而渠道组合又是执行渠道功能的结果,渠道功能在不同成员之间的分配和执行以及成员间的协作关系不同会导致不同的渠道结构。因此,只要研究信息系统对营销流程或渠道功能的影响,便可明白其对渠道结构的影响。下面我们用表4-2说明在信息系统影响下渠道功能的变化。

表4-2说明,计算机信息系统不仅通过改变渠道功能的分配、执行和渠道成员之间的协作从而改变渠道结构,信息系统还会改变渠道功能的执行成本,这也是影响渠道结构的一个重要因素。从现实来看,渠道信息系统的影响表现为渠道

表 4 -2　信息系统对渠道功能流程的影响

渠道功能	使 用 信 息 系 统 所 引 起 的 变 化
实物占有	● 快捷交货会减少整个渠道的存货 ● 零售终端的存货减少(含仓储量) ● 网上购物使零售商存货更具有针对性
所有权	● 由于订货系统,零售商存货所有权要求降低 ● 由于 POS 系统的采用,生产商和分销商的存货所有权要求也会降低
促销	● 利用人口或购买行为数据库能更精确地针对细分市场进行促销 ● 可以更迅捷地了解市场,从而决定促销方案
谈判	● 自动化办公系统减少了文书工作时间,使采购者有更多的时间进行交易谈判 ● 零售商和生产商利用 POS 系统进行合理定价和制订交易条款
融资	● 由于实物占有和所有权在整个渠道系统的降低,因此融资必要性降低
信息交换	● 由于网络、POS 等系统使渠道成员间的信息交换更快更准,且信息成本也降低了
风险承担	● POS 的运用有利于形成更好的预测,减少了存货风险 ● 快速反应技术使风险库存减少
订货	● 自动化的再订购意味着物流过程中人为的因素减少,并且订货效率提高
付款	● 电子付款系统使付款程序自动化,同时也减少了文书工作

结构的扁平化。

2.信息系统与渠道行为

分销渠道中信息系统的利用和发展极大地改变了渠道成员间相互作用的方式,同时也使渠道成员获得了提高效率从而获利的机会,对渠道行为产生了巨大的影响。

(1)信息系统与渠道权力

有研究表明,渠道信息系统会使零售终端相对于生产商的权力增强,而使批发商的权力相对减弱。这有两方面的原因,一是零售终端能直接解读市场营销组合所导致的顾客行为的变化,二是零售终端能直接察觉各竞争对手行为的变化,这样零售终端便成为市场窗口或信息专家, 大概这也是零售品牌繁荣的一个重要原因。

(2)信息系统与渠道冲突

渠道信息系统所造成的冲突主要是由于各成员对现实的感知不同以及各成员目标不同所造成的。据美国的一项调查研究表明,几乎各个层次的渠道成员都认为自己从渠道信息系统中获得的利益最小。另外,生产商往往认为信息系统使渠道权力向零售商转移, 而零售商则倾向于认为渠道权力向生产商转移。这表明,各级渠道成员对相同问题的认识并不一致,这种都认为自己会吃亏的主观认识必将导致相互争权争利行为的发生。不过,渠道成员最终会在长期的磨合中改变认识,从而在信息系统的运用过程中加强合作,形成稳定而互惠的关系。

(3)信息系统与渠道合作

渠道信息系统的运用动摇了渠道系统的一些传统假设,也开辟了渠道成员合作的机会。但是,只有当渠道系统中的成员不再追逐各自的狭隘利益,而是关注整个渠道体系的整体利益时,信息系统的好处才能在各成员间得以体现。随着信息系统在渠道中得到广泛的利用,渠道成员也开始慢慢地意识到,追求渠道系统的超级目标是实现各成员子目标的前提。

第五章
服装营销渠道的关系管理

营销渠道有不同的划分方法,因而有不同的类型和策略。但从根本上来讲,营销渠道是基于关系建立起来的。营销渠道成员之间的关系,主要表现为主导权或合作关系。这两种关系实质上反映的是一种控制权关系。其中,营销渠道的主导权争夺体现着渠道成员之间的控制与被控制的关系;营销渠道成员之间的合作反映的是渠道成员之间的权利平等或战略联盟关系。随着市场竞争的不断加剧,越来越多的生产商意识到,今天的市场竞争已经不再是单个企业的竞争,而是整个价值链上企业的竞争。因此,越来越多的企业希望从营销渠道主导权的争夺中摆脱出来,加强渠道成员之间的合作,有的生产商还致力于建立长期稳定的伙伴型渠道关系,以使企业获得持续的竞争优势。

第一节　服装营销渠道的冲突管理

在营销渠道建成以后,渠道冲突是不可避免的,这一点也被营销学者和生产商所认可。在竞争日益激烈的今天,渠道冲突无论是从数量还是从激烈程度上来看,非但没有减轻,反而大有愈演愈烈之势。渠道冲突是摆在服装生产商面前的一个严峻问题,这就要求服装生产商分析各类渠道冲突的成因,并找出有效的解决措施。

一、渠道冲突的成因

近年来对渠道冲突的研究表明,许多原因都能导致渠道冲突。但是从本质上说,这些原因都可以归纳入下列基本原因中的一种或几种。

(一)渠道成员之间的相互依赖性

渠道成员之间的相互依赖性是渠道冲突形成的客观基础。渠道成员之间的相互依赖性是指成员之间的一种相互作用,其中一个成员任务的完成有赖于其他成员任务的成功进行。当渠道成员各自目标间的相互依赖加强时,必然会相应增加成员间的相互协作、信息沟通和保证行动的相互调整,而这些又会导致大量的不确定性因素。

渠道成员之间的相互依赖性是专业化和社会分工的结果。面对日益复杂的市场环境和高精技术的要求,渠道成员几乎不可能独立完成渠道目标,而只能扮演分工以后的较为专业化的某一具体角色。于是渠道目标的实现,甚至各成员工作的完成,都是渠道成员相互合作、协调行动的结果。因此,为了实现渠道目标,成员彼此之间必须相互依赖。

渠道成员之间的相互依赖性之所以成为渠道冲突的基础,是因为相互依赖即意味着某成员对其他成员拥有一定的权力,如正式的职权、对某项资源的控制权、某方面的专业知识或其他的权力。渠道冲突与权力的使用是分不开的,冲突的产生往往是一方滥用权力的结果。如图5-1所示,按照成员之间相互依赖的程度,可以把渠道成员间的依赖关系分为三种形式:间接依赖、单向依赖和双向依赖。

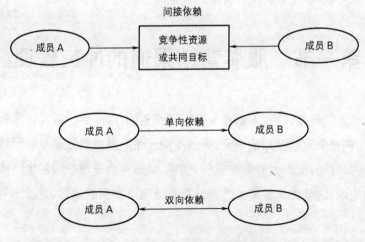

图5-1 不同形式的渠道成员依赖关系

1. 间接依赖

间接依赖是指渠道成员双方之间并没有直接关系,而是通过第三者的作用才发生关系,比如双方共同依赖于渠道的竞争性资源、一定的共同目标、一定的人力、物力、时间等,双方都不具有控制对方的权力。例如,生产商设在两个不同地区的分销商或分支机构,彼此之间似乎没有任何关系,但是双方却通过渠道资源和渠道目标发生了依赖关系。

如果渠道成员双方是通过渠道目标发生依赖，那么双方的利益具有一定的一致性，因而引起冲突的可能性较小，当然也不排除因使用手段上的分歧而发生冲突；如果渠道成员双方共同依赖于渠道资源，则必然引起分配性矛盾，即当渠道资源总量一定时，分配比例是此消彼长的，那么产生渠道冲突的可能性就比较大，也难于管理。

2. 单向依赖

单向依赖是指某一渠道成员单方面依赖于另一成员，或是其中一方的产出是另一方的投入。如果为了实现自己的目标，渠道成员A单方面依赖于成员B，而成员B又对成员A无所求，这时双方极易发生冲突。因为，渠道成员B对成员A具有绝对的权力，而成员A却没有任何权力，权力的不对等是渠道成员间单向依赖的最大特点。比如，分销商对某方面具有专长的专家的依赖——知识的依赖；对于生产商提供产品质量的依赖——质量上的工作依赖；渠道下游成员对于上游成员在时间、业务上的依赖——顺序的依赖等。一般来说，单向依赖更容易引起冲突，对它的管理也应视情况不同而选择不同的办法。

3. 双向依赖

双向依赖是指渠道成员双方之间存在着一种逻辑循环的关系，即双方的产出互为双方的投入。于是，渠道成员双方在权力上是对等的，可互相影响、控制对方的行为，渠道成员权力的对等性也就成为双向依赖的最大特征。比如，生产商与分销商之间的关系。

双向依赖的冲突潜势最大，但它同时也具有减少冲突的趋势，这是因为渠道成员双方为了各自利益会在相互作用的过程中进行协调。双向依赖所导致渠道冲突的管理关键就在于以上两种趋势的可能性，即充分利用其共同利益的一面，相互作用，共同努力，以形成一种"良性循环"，实现共同受益的双赢目标。

(二)渠道成员之间的彼此差异性

渠道冲突产生的直接原因可以归结为渠道成员彼此之间的差异性。具有一定依赖关系的渠道双方的差异性越大，就越难达成一致的协议。但是相互依赖的关系又使得双方不能不顾及彼此之间的差异性，这些差异性必然伴随一定的意见分歧，并导致渠道冲突的最后发生。在渠道成员间主要存在以下几种差异性：

1. 信息差异

信息差异是指渠道成员所获得的信息及所了解的事实之间的差异。任何一项决策都要经过信息收集、可行性方案设计和方案选择几个阶段。其中，信息收集是决策活动的第一步。但由于各种原因,渠道成员之间所获得信息很可能存在各种差异。

（1）信息的来源不同

营销渠道中既有自上而下的信息,如上级生产商、批发商向下级批发商、零售商的信息传递;也有自下而上的信息,如下级批发商、零售商向上级批发商、生产商的信息传递;还有同级之间传递的信息,如同级生产商、批发商、零售商的信息传递。这其中有正式渠道的信息,也有非正式渠道的信息。不同来源的信息往往存在很大的差异,如果渠道成员之间不进行沟通交流,信息差异就将永远存在。

（2）信息的不对称性

信息的不对称性是指有些渠道成员拥有或掌握着某些"私有信息",这些信息只有他们自己了解,其他成员则无从知晓。这些"私有信息"可能是由于这个成员的特殊地位所致,也可能是由于这个成员具有某方面的专业知识、技术专长而获得。

（3）信息传递中的偏差遗漏

信息在渠道成员间传递时往往会经过比较多的层次,每个层次的成员都会对信息做自己的处理、筛选和解释,且在处理的方法、手段和选用上都存在差别,因此,在传递过程中难免会发生各种信息偏差和信息遗漏。

2. 认识差异

认识差异,即使渠道各方收集的信息完全相同,渠道成员由于各种原因也会有不同的结论,因为成员之间存在认识上的差异,这些认识上的差异性必然伴随着结论分歧,导致渠道中矛盾冲突的发生。一般而言,认识的差异往往源于大、小生产商对于管理的不同理解,由于各自的管理层难以就某些问题达成共识,冲突也在所难免。

（1）渠道成员的背景不同

渠道成员有着各自不同的背景和价值观念,当他们加入渠道时,原来的背景不可避免地会影响他们思考问题的方式,从而导致认识上的差异。

（2）渠道成员的企业文化不同

在发展过程中,渠道中的各企业会形成自己独立的、互不相同的企业文化,而不同成员对于同一问题的认识必然会受到其企业文化的影响。

（3）渠道成员的地位不同

渠道各方所处的地位不同,使得不同成员看待问题的角度也会有所不同。一般认为,渠道领导者是从全局的、整体的利益出发思考问题,而其他各级成员往往是从各自的、局部的利益出发做出判断。

（4）渠道成员的观念不同

由于各成员的经验和期望是不一样的,每个成员看待或思考问题的方式也就不同。他们认为自己的观念与其他成员的观念是平等的,但他们却很少意识到其他成员可能对同一事物持相反的观念。如果渠道成员没有学会从其他成员的角度来看待问题,那么渠道冲突就会发生。

3. 目标差异

虽然渠道中每个成员的管理层都希望通过结成渠道共同体来加速其目标的实现,但每个企业事实上都是独立的法人,均有自己的目标,各成员的目标可能会部分重叠,但也可能与其他成员的目标相反。当渠道中相互依赖的成员间其各自目标不一致时,就会产生渠道冲突。渠道成员间存在目标差异的原因主要包括以下几种:

（1）目标差异是由渠道的组织结构决定的

渠道是由一定水平和垂直分工而形成的具有一定功能的组织结构,处于渠道组织结构中不同位置的成员执行不同的渠道职能,有各自不同的目标和任务。正如服装生产商负责产品的设计生产,批发商、零售商保证产品的销售,这是由专业化分工形成的,因此渠道成员各有不同的目标也是必然的。

（2）目标差异是由渠道各级成员的本位主义造成的

为保证渠道整体目标的实现,渠道领导者给各成员确定了不同层次的目标。但有的成员只从自己的利益出发,片面强调自己的目标,忽视了渠道的整体目标和其他成员的目标,从而造成与其他成员的间的目标差异,导致冲突的发生。

（3）目标差异是由渠道成员为达到目标所采用的方法造成的

即使成员之间的目标相容,但他们所使用的方法仍可能产生矛盾。比如,所有成员都认为业务规模扩张是必须的,但就如何扩大规模却存在不同意见,生产商会要求更好的零售位置和更多的展示空间,而零售商则认为生产商的广告宣传是更好地实现目标的手段,像这样为增加销售所采取的不一致的战术也会产生冲突。

4. 角色差异

渠道中的每个成员都充当着不同的角色,他们会按照各自的角色要求而行动,不同成员的角色差异也会引起冲突。

（1）角色期望与成员的角色定位不明

模棱两可的角色定位会导致渠道成员之间的冲突。并且,矛盾也会在方法与角色改变时发生。因此,当角色发生变化时,必须就各成员的行为达成一致,否则冲突还是会发生。

(2)角色期望与成员的行为相矛盾

有时虽然成员的定位清晰了,但渠道成员的预期行为却与角色的定位相去甚远。渠道中的角色定义是代表了该成员预期贡献的期望,当他没有充分行使其职能或没有出现预期的表现时,将会使其他成员对该企业行为的预期产生困难。

(3)角色期望不相容

角色期望不相容有两种情况:一种情况是角色期望相互排斥,当渠道成员对其业务经营范围未达成共识时,或者当业务领域有部分重叠(即若干企业争抢同一业务领域或目标市场)时,冲突就会产生;另一种情况是角色不能同时实现,比如渠道领导者往往有着信息、决策、管理成员间关系等多方面角色,但其时间是有限的,显然这些角色不能同时实现。

(三)渠道内在机制不完善

渠道的内在机制不完善往往成为渠道冲突形成的推动力。

1. 信息沟通不完善

相互依赖的渠道成员之间存在差异,如果能够进行有效的信息交流,那么冲突的机会就会大大降低。然而,任何渠道中都存在大量不利于信息沟通的因素,比如成员对于信息选择性的关注、信息在传递中被过分扭曲、成员间参考背景的差异、成员在渠道中所处地位的差异、成员间沟通技巧的贫乏等,这些因素无形中增加了渠道成员间产生冲突的可能性。

在信息沟通和信息反馈中存在的问题同样会加剧成员间矛盾冲突的可能性。例如,如果生产商认为产品销售完全依赖分销商,会使其无法确切掌握终端用户的需求信息;而分销商出于自身利益往往只向生产商反馈对自己有利的信息,通过夸大市场疲软的程度来掩盖其自身销售能力的不足,或是将责任归咎于产品设计等因素;分销商还常常抱怨生产商不重视他们的意见,或不能及时对分销商的建议做出反应。

2. 资源发生稀缺

任何渠道都要依靠渠道内外环境所提供的资源而存在,如果资源发生稀缺,那么渠道活动就会受其制约,当两个或两个以上的渠道成员同时依赖于渠道的稀缺资源时,成员间极有可能因为资源分配而发生冲突。

3. 奖励制度不健全

为了激发渠道成员的积极性,渠道内部往往会制订相关的奖励或惩罚制度,将渠道成员的行为与渠道最终绩效结合起来。但是这种看似理所应当的制度有时却恰恰充当了渠道冲突的推动力之一,尤其是当奖励制度针对个体成员而非渠道整体绩效时,更容易导致冲突的产生。原因很容易理解,虽然渠道个体成员的行为是完全独立的,但事实上渠道成员之间是相互依赖、相互联系的,如果奖励制度针对个体成员而非渠道整体绩效,某个成员就会认为,在必要时可以牺牲其他成员的利益来实现其自身目标,那么渠道成员间冲突的产生也就不可避免了。

生产商在与分销商签订经销合约时,通常会规定一个年度目标,年末时根据完成量与目标量的比较来决定年终奖励的多少。有些生产商为了确保完成年初提出的经营目标,在年终时盲目加量,超过了分销商的实际消化能力,导致分销商在完不成任务的情况下向其周边地区低价倾销,迫使其他分销商也只能效仿。这样一来,整个渠道就会出现无序销售,一些不道德的分销商甚至抓住年终奖的高折扣,不顾其他成员的利益,倒贴差价赔本销售,他在拿到了年终奖后就脱离了这个渠道,把原本有序的市场搅得混乱不堪。

4. 竞争机制管理不当

很多管理者认为,作为激励手段,在渠道管理中必须引入大量的竞争机制,只有这样才能刺激成员进步,从而使渠道整体效率得以提升。因此,几乎每个渠道成员都感到了一定的竞争压力和生存危机。但是,结果却常常事与愿违,渠道成员之间的竞争往往导致成员间冲突的增加,而工作效率却并未明显上升,并且相互依赖的成员之间的不良竞争却反而使得渠道效率下降了。

比如,在同一地区内分销同一品牌服装产品的经销商之间,竞争是无法避免的,协调各分销商的竞争关系才能有利于该地区营销渠道的有序发展。但是如果竞争机制管理不善,反而会加剧各分销商的破坏性竞争行为,这不仅降低了品牌形象,也损害了渠道成员间的关系,对该地区渠道的健康发展极为不利。

5. 特定事件是引发冲突的导火线

某些渠道冲突的发生往往与特定事件有关,这一特定事件通常被称为"导火线"。引发渠道冲突的导火线可能是一件很简单的事情,也可能是一句话,但它反映了产生冲突的成员之间在长期相互作用过程中所积累下来的被忽视的紧张或敌意。

(四)渠道外部环境的变化

渠道外部环境的变化也会促进渠道内部矛盾冲突的发生。随着竞争的加剧以及渠道环境中不确定性和复杂性的增加,渠道及其各成员间的压力也越来越大,这必然会在渠道中产生一定的冲突。此外,在全球化的大趋势下,国际环境对生产商的影响越来越重要,文化差异引发的冲突也是不容忽视的。

二、渠道冲突的形式

从心理学的角度来看,冲突是指个体由于不兼容的目标认识或情感而引起的相互作用的一种紧张状态。行为学则把冲突定义为一种过程,这种过程始于一方感觉到另一方对自己所关心的事情产生消极影响或将要产生消极影响。

基于以上心理学上对冲突的定义,渠道冲突常常被认为是这样一种状态:一个渠道成员意识到另一个渠道成员正在阻挠或干扰自己实现目标或有效运作,或者一个渠道成员意识到另一个渠道成员正在从事某种伤害、威胁其利益或以损害其利益为代价获取稀缺资源的活动。Louis W.Stern(1996)在更大程度上把渠道冲突看做是渠道成员间的敌对意识或敌对情绪,是渠道成员间不可协调或敌对的状态,源于渠道成员间相互依存的关系。简而言之,渠道冲突就是市场营销中分销渠道成员之间的冲突。

在渠道管理中,根据冲突涉及的对象范畴不同,通常将其分为三类:水平冲突、垂直冲突、多渠道冲突。

1. 水平冲突

水平冲突也称横向冲突,是指某生产商的渠道系统内处于同一层次的不同中间商之间的冲突。水平性冲突往往发生在划分区域分销的渠道系统内,表现形式多为跨区域销售(即冲货或窜货)、压价销售、不按规定提供售后服务或提供销售促进等。

2. 垂直冲突

垂直冲突也称纵向冲突,是指同一渠道中不同层次渠道成员之间的冲突。比如服装生产商与分销商之间、总代理与批发商之间的冲突等,表现形式多为信贷条件的不同、进货价格的差异、提供服务的差异等。

当生产商决定对其渠道结构进行扁平化改革时,渠道经理希望将一些原来的一级批发商改为其他一级批发商的下级,而这种调整措施往往会导致某些渠道成员的反对和阻挠。这种发生在渠道结构变革和调整过程中的、不同层级渠道成员间的不合作也属于垂直冲突。

3. 多渠道冲突

多渠道冲突也称交叉冲突，当某服装生产商拥有两条或两条以上的分销渠道向同一市场销售产品时，在其渠道管理过程中可能会出现不同渠道形式下不同成员之间的冲突。比如直接渠道与间接渠道形式中成员之间的冲突，代理分销与经销分销形式中渠道成员之间的冲突等，表现形式多为销售网络紊乱、区域划分不清、价格不同等。

三、渠道冲突的管理

在现代市场经济条件下，生产商由于受财力、人力资源等条件制约，很难采用零级渠道的分销模式，一般情况下都会采用多级渠道的分销策略。由于各分销成员分属于不同的利益主体，因此，再完善的渠道设计和再规范的渠道管理也无法避免渠道成员之间以及渠道成员和生产商之间的矛盾和冲突。冲突处理也就成为营销渠道管理的日常性管理工作。对于渠道冲突，生产商首先应正视冲突存在的客观必然性，其次应本着共同发展、长期合作的原则对冲突进行处理。

(一)建立冲突预警机制

渠道冲突往往是在经过酝酿阶段变得明显之后才被发现。这种"亡羊补牢"的方法令人很不满意，因为冲突潜在的消极影响已经初露端倪并且可能已经恶化了。因此，渠道管理者最好能够建立渠道冲突预警机制，通过正规的方法或经常性的市场分析来提前发现潜在冲突。

渠道管理者可以通过调查其他渠道成员的感知及行为来帮助自己发现潜在冲突。为了使其更具有实际价值，这项调查必须持续、定期进行。如今互联网及电子邮件的广泛应用使得这种调查能够通过电子手段更快更便利地进行。

发现冲突的调研工作也可以由独立的调查企业进行。独立的调查企业不仅具有策划、执行这种调研的专门知识，其独立性也有助于避免偏见。

营销渠道审计也是一种发现渠道成员潜在冲突的有效手段。渠道审计是指对特定成员与其他成员间的主要关系进行定期而规范的审查。通过审查各种关系，潜在冲突更容易被发觉。例如，审查的主要内容是生产商提供给零售商的促销支持，结果证明生产商与零售商对现场促销材料使用价值的看法大相径庭。生产商将它看作对零售商非常重要而有价值的销售支持；零售商则认为它用处不大，他们要解决的首要问题是"如何让顾客先走进商店"。显然，这种基于促销策略的感知差异将成为冲突的隐患，而渠道审计的预警功能能够使生产商做出适当调整从而避免冲突。

经销商顾问委员会或渠道成员委员会也是发现潜在渠道冲突的一种可行方法。这些机构由生产商的高层管理者代表以及选举出的经销商主管组成,他们定期讨论渠道内的各种问题及对策。尽管渠道冲突不是他们讨论的主要问题,但他们还是会涉及容易被忽视的渠道成员间的冲突隐患。

总之,所有发现营销渠道冲突的方法都遵循一个共同原则——渠道管理者要想防患于未然,必须想方设法发现冲突或冲突的隐患。渠道管理者可能认为通过正规的方法或步骤(如评估渠道成员感知的问卷调研或营销渠道审查)来发现冲突不切实际,也许他们认为那样做开支太大。其实,只要管理者密切关注市场态势并分析渠道冲突的可能性,还是比较容易察觉冲突隐患的,关键是要对市场信息保持足够的敏感。

(二)渠道冲突的管理过程

渠道管理者应该正视冲突作为渠道合作的副产品而存在的合理性,积极做好冲突的管理工作,预防和化解渠道冲突,确保渠道健康高效运作。对于冲突的管理,既不要有杜绝冲突的幻想,也不要对冲突产生过分的恐惧心理,更不可消极对待冲突,对于发生在渠道成员间的冲突现象不管不理,而贻误了解决冲突的最佳时机。

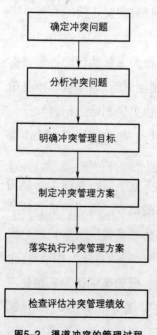

图5-2　渠道冲突的管理过程

渠道冲突的管理是指分析和研究渠道合作关系,对及时预防与化解渠道冲突的工作加以计划、协调和控制的过程。渠道冲突的管理过程一般由下列步骤构成,如图5-2所示。

1. 确定冲突问题

在此期间,应做好以下几方面的工作:一是要端正对渠道冲突的认识,理解冲突存在的客观性和不可避免性,树立冲突管理的思想和意识;二是要区分潜在的冲突问题与现实的冲突问题;三是要区分建设性冲突和病态性冲突;四是要区分可以调和的冲突问题与不可调和的冲突问题;五是要分清冲突的现象与冲突的本质;六是要仔细区分竞争与冲突。

建立起相关冲突问题的研究分析制度,构架起相关冲突管理的信息系统,是确定冲突问题的依托和条件。

2. 分析冲突问题

分析冲突问题主要涉及两方面的内容：一是分析产生冲突的原因，二是分析冲突可能产生的影响。对冲突的原因分析有利于找到有效解决冲突问题的方法和措施，而对冲突的影响分析则有利于界定冲突的性质，有利于冲突资源的配置利用。

3. 明确冲突管理目标

渠道冲突管理目标一般可分为预防性目标、缓解性目标、化解性目标和无冲突目标四类。预防性目标是指预防冲突发生和预防冲突恶化的目标；缓解性目标是指降低冲突水平的管理目标；化解性目标是指消除和解决冲突问题的目标；无冲突目标可能是扩张性的，即通过并购而使渠道成员之间的合作关系变为渠道成员的归属关系，也可能是紧缩性的，即中断与某一渠道成员的合作关系，甚至放弃该渠道系统，根除产生冲突的基础和条件。

4. 制订冲突管理方案

渠道冲突管理方案应该包含实现冲突管理目标的策略、实施的有关工作流程、制度与资源配置、评估和检测标准等内容。

5. 落实执行冲突管理方案

在此阶段主要是选择适当的人员，在适当的时机全面推行和落实管理方案。在该阶段应保证相关资源配置到位，采取相应的激励和控制措施，以确保方案执行。

6. 检查评估冲突管理绩效

在此阶段主要是做好冲突管理的检查和效果评估工作，以找出工作差距，进一步完善冲突管理措施，提高冲突管理水平。

在理论上，根据渠道中存在的冲突问题确立渠道冲突管理目标，这似乎并不困难。然而，事实并非如此，渠道冲突管理目标的确立是一项十分繁杂而关键的工作，在日常的渠道管理活动中，管理人员遇到的冲突往往很多，但并不是所有的冲突都需要解决，因为冲突过少或过多都不是好事，关键是在多少之间进行权衡。在众多的冲突问题中，真正需要解决或值得管理的只占少数，相当多的冲突问题可以由冲突主体自行解决或任其自生自灭。

渠道管理者应将发生冲突的少数成员和经常发生的问题当作管理的重点。对渠道的整体发展目标而言，冲突的影响作用有主次大小之分，只要抓住主要的矛盾和中心问题，便可极大提高冲突管理的效率。在众多的冲突问题中找出冲突的主要矛盾并确立冲突管理目标,这需要经过大量的调查分析和论证。一旦渠道冲突管理目标的确立出现失误或偏差,不仅会导致冲突管理的无效,更会给渠道的发展带来难以确定的损失。

(三)渠道冲突解决策略的类型

一般而言,渠道冲突将降低渠道的销售效率,但是渠道冲突也可能带来渠道的改进机会。因此,为了有效地管理渠道冲突,管理者必须首先识别渠道冲突的威胁,并结合其对生产商利润的影响来采取行动,如图5-3所示。

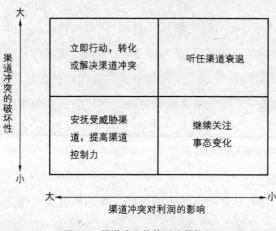

图5-3　渠道冲突的管理决策框架

渠道冲突的管理策略不仅取决于冲突发生的原因,而且取决于试图管理冲突的渠道成员之间的权力分配。渠道冲突的解决策略可分为信息密集型和信息保护型两类。

1. 信息密集型策略

所谓信息密集型策略是指通过渠道成员间充分的信息沟通实现信息共享,从而达到预防和化解渠道冲突的目的。此策略的核心思想是通过渠道成员间的充分沟通来加强彼此的信任,建立和维护彼此间的良好合作关系,从而达到减少冲突机会、弱化和降低冲突成因及冲突水平等预防和化解冲突的目的。

将信息密集型策略应用于预防冲突的实施方法很多,下面列举几种常用方法:

(1)邀请渠道成员参与经营规划的指定

这种做法是将渠道成员吸纳到生产商管理决策的制订过程中来,让渠道成员参与生产商的现状分析、制订目标和行动计划,甚至参与计划的调整和执行。生产商可能会改变原有的决策制订过程,甚至不得不对其政策计划加以折中以满足渠道成员的要求,获得他们的支持。通过这种做法,可以使生产商的稳定性免受威胁,并使得渠道成员更容易相互接纳,建立起传递信息的日常渠道。

(2)渠道成员间通过交换人员或互派人员来加强沟通

这种做法涉及在一段时间内双边职员的相互流动。比如,沃尔玛和宝洁之间人员的封闭式联络,或者国内不少生产商派人员到分销商处帮助其理货等。由于深入到对方机构里工作,可以加强相互了解,当相互交换人员回到各自的工作岗位后,更容易从对方的角度去考虑问题,因此有利于加强彼此的理解、信任和合作。

但是,这种互换行为有可能泄露生产商的秘密,因此需要对相关人员进行特别的指导。不过与这种泄露机密的风险相比,由于被派去的人员可以带回渠道网络的信息以及他们对渠道运作的见解,还能够得到锻炼和培训,因此这种做法还是值得的。

(3)渠道成员间共享信息和成果

如果渠道成员之间能够共同分享某一方所拥有的技术信息,则可以加强彼此的合作关系。这种信息共享的方法需要彼此愿意将信息与他人分享,并且要求信息的流动要通畅。

(4)建立会员制度

通过建立会员制度,可以加强彼此间的定期沟通和意见反馈,以此来化解和预防渠道成员间的冲突。

总之,信息密集型策略的应用是以信任和合作为条件的,而这种策略的有效应用又能起到进一步加强渠道成员之间信任和合作的效果。信任和合作是成功解决渠道冲突的必要条件,但并非充分条件。一旦发生渠道成员之间的冲突,应用信息密集型策略的生产商通常采取协商和说明两种方式来解决渠道冲突。

2. 信息保护型策略

所谓信息保护型策略是指冲突双方不是通过协商、说服等充分沟通的方式来达成彼此谅解和理解,并最终达成共识解决冲突,而是各持己见、互不相让,需要第三方介入来解决冲突的策略。这种策略的核心思想是渠道成员对各自的信息加以保护,不与其他成员共享。这种策略的具体方式主要有调解、仲裁和诉讼三种。

(1)调解

在利用调解方式解决渠道冲突时,冲突双方需要由彼此都认可的第三方来帮助他们达成共识。调解人一般会对情况有一个全新的看法,并能发现局内人所不能发现的机会。在调解过程中,调解者会引导冲突双方寻求彼此能接受的可行性方案,帮助冲突双方达成共识。

调解通常是这样一个过程:澄清冲突双方争议的问题→寻找双方达成协议的条件→规劝双方达成协议→监督协议的执行。调解有利于使冲突双方有更多的沟通和理解,也是较为友善的方式,对双方的关系不至于有太多的消极影响,并且调解方所提出的协议不但能化解冲突,还有可能是冲突双方以后进行交易的最好准则。

当然,调解也可能会失败,比如冲突双方没有接受第三方善意的调解方案,或者冲突双方没能按照调解的结果执行。这就意味着冲突双方的努力已不能达成任何冲突解决方案了。如果是这样,冲突双方就可能被迫采取仲裁或诉讼的方式来解决争端。

(2)仲裁

仲裁能够代替调解,它可以是强制的或自愿的。强制性制裁是指双方按法律规定服从于第三方,由它做出最终的综合性决定,而自愿仲裁则是指双方自愿服从第三方,由它做出最终的综合性决定。

(3)诉讼

冲突双方也可以通过诉讼的方式来解决冲突。诉讼需要花费大量经费,也可能旷日持久,但却不失为解决冲突的最为有力的方式。但在一般情况下,冲突双方都倾向于采用仲裁而不是诉讼的方式去解决争端,这是因为与法庭审判相比,仲裁有许多优越性,例如可以尽快解决冲突、不会泄露商业秘密、较少的成本支出以及由于仲裁者具有较专业的贸易背景, 所以冲突双方可能会得到更满意的解决方案等。

一般来说,当经销商对生产商的依赖性较强时,信息保护型的解决方法是较好的选择;反之,当经销商的依赖性较弱时,信息密集型的解决方法就是更好的选择。但是总的来说,生产商应尽可能地使用信息密集型的冲突解决策略,因为这样可以使渠道关系更为长久,也能使渠道成员的态度更趋于合作。

(四)运用渠道权力解决冲突的途径

1. 运用渠道权力解决冲突

冲突往往与干预太多有关,而干预的基础就是权力。因此,能否恰当地行使权力将直接关系到能否有效地控制冲突发生。一个渠道成员拥有权力,只能说明他拥有产生影响的潜在能力。当他想真正改变另一个渠道成员的行为时,就必须运用各种策略去影响他,即在运用权力时要采取一定的交流方式。应用渠道权力解决冲突问题主要有以下几种方式:

(1)合理使用渠道权力

渠道权力可分为胁迫权力和非胁迫权力两大类。一般来说,使用非胁迫权力有利于建立信任和加强合作,而使用胁迫权力往往会导致不满甚至冲突。因此,在权力的使用上,要慎用胁迫权力,多用非胁迫权力。

(2)利用渠道权力预防冲突发生

生产商可以利用奖励权力来减少渠道成员利益之间的差异,也可以利用法定权力来约束利益冲突,还可以利用专家权力实现利益共享,利用声誉权力满足其他成员的心理追求。这些权力的使用都有利于防止渠道冲突的发生。

(3)运用渠道权力化解渠道冲突

一旦冲突发生,渠道权力也可以起到化解冲突的作用。比如,在同一区域使用多个代理商会引发利益冲突,致使这些分销商为了争取相同的目标客户而进行激烈的竞争。由于生产商对于采取密集分销策略具有法定权,生产商可以运用这种权力来协调与分销商或代理商之间的利益冲突。生产商还可以通过增加功能性折扣或销售奖励等方法行使奖励权,以化解分销商的利益之争。

2. 通过软性策略来强化渠道控制力

对于生产商而言,渠道管理的目标并不仅限于提升渠道效率,生产商还必须思考如何平衡渠道系统中的各种力量为我所用,强化自己的控制权,从而获得渠道成员的合作与支持,在渠道控制中拥有主动权。生产商可以采用的基本手段主要包括沟通、利润控制、库存控制和营销方案控制、掌握尽可能多的下级中间商等。

(1)沟通

沟通是指生产商的业务代表或其他人员要经常拜访中间商,特别是直接供货的中间商。很多大型生产商的一个成功经验就是定期拜访中间商,其作用之一是加深了私人感情以及中间商与生产商的感情;作用之二是使中间商对生产商的政策更为理解,减少对一些问题的分歧,并通过中间商了解市场信息;作用之三是对中间商进行业务指导;作用之四是增大中间商进入其他生产商销售渠道的壁垒。

我国是一个受儒家教育影响很深的国家,生产商与中间商保持良好的关系,业务代表与中间商的相关人员保持良好的私人关系,非常有助于双方在业务方面的合作与支持。但是必须注意的是,业务代表又不能与中间商保持太密切的关系,否则很可能损害生产商的计划执行与企业利益。

我国的服装销售中间商大都由个体户发展而来,自身文化素质不高,管理水平相对落后。随着市场竞争的加剧,他们迫切需要提高自己的文化和管理水平,而优秀的服装生产商正好具备这方面的优势,可以让业务代表经常对其进行辅导,运用专家力量增强对中间商的影响力和控制力。

（2）利润控制

利润取决于销量和差价,并且与这两项正相关。如果中间商加入某销售渠道后,既没有达到行业平均利润水平,又没有较高的预期利润,那么他必然会有怨言,长此以往就有可能会选择退出该渠道。因此,最重要的是要想办法帮助其扩大销量。对此一般有两类办法:一类是生产商帮助其分销产品,比如可以帮助其发展下游客户;另一类就是激发中间商的销售积极性并提高其销售能力,比如生产商可以帮助其制订分销方案等。

（3）库存控制和促销方案控制

库存的多少一方面反映了中间商对某服装品牌的重视程度和积极程度,另一方面又与促销方案、销售季节、中间商的库存成本等因素有关。促销方案力度大、市场销售旺季、中间商的库存成本低都会促使其扩大库存,而其中促销方案力度的大小是重要因素。促销方案力度大,中间商销售积极性高,就会使商品周转较快,在新的促销方案的作用下,又会使其增大库存。当然,如果处于市场淡季,则应尽量减少中间商的库存,因为此时商品周转慢,库存成本很高,不利于发展生产商与中间商的关系。但是如果生产商为中间商较大的库存进行一定补偿,这时增大库存又是可行的。总之,对库存进行适当控制,也就在一定程度上控制了中间商,但是要以尽量不损害中间商利益为前提。

（4）掌握尽量多的下游中间商甚至是零售商

目前我国的法律不健全,通过合同契约很难约束中间商,因此服装生产商若想争取主动,必须尽可能多地掌握下游中间商以及未来可作为替代的其他中间商的信息,这样在遇到特殊情况时就可以对其更换,而不会受其制约。

要想别人依赖你,首先你不能依赖别人。所以,服装生产商应同时与多家分销商合作,给自己多留些后路。此外,生产商还要记住:最重要的分销工作永远还是留给自己做。在思考生产商应该承担多少分销工作这个问题时,生产商要考虑的不仅仅是效率问题,对于那些有助于建立并维护生产商在渠道中地位的分销工作,生产商应该紧抓不放。只有这样,生产商才能避免形成对别人的依赖,从而又有足够的权力迫使其他渠道成员同心协力,提升渠道整体的效率,获得其应有的甚至更高的回报。

3. 渠道领袖的领导

渠道管理的关键就是在渠道成员中找到具有开阔思维和全局眼光的渠道领袖。如果一个渠道成员取得了领导地位并赢得了其他成员的信任,便奠定了减少冲突和更快解决冲突的基础。合作是处理矛盾的目标,需要由渠道领袖走出第一步,主动做出合作的努力。渠道领袖一般会为中间商的营业人员提供培训,为生产商提供市场信息反馈、帮助开展促销活动以及提供经济上的援助,帮助中间商和生产商相互交换意见,这些也是促进合作所必需的。

促进合作通常是消除冲突的方法,渠道领袖必须首先意识到,渠道是一个体系,一个成员的行动常常会增进或阻碍其他成员达到目标。渠道领袖应当对渠道中的潜在矛盾保持足够的敏感,注意渠道成员之间的行为线索,从他们相互交往中发现诸如相互抱怨、延迟付款、推迟完成订货计划等问题。渠道领袖对成员的日常观察可以衡量他们之间的彼此满意度,还可以收集到渠道管理的改进意见。

第二节 服装营销的渠道关系管理

随着关系营销理论的发展,对渠道关系的研究也经历了从传统的交易型渠道关系向关系型渠道关系的转变,渠道成员也更加重视长期关系所带来的利益和渠道竞争优势。

一、渠道关系的理论

学者们对营销渠道的理论研究主要经历了三个阶段:营销渠道效率和效益研究、营销渠道的行为研究、营销渠道的关系研究。本书把营销渠道效率和效益研究以及行为研究归为传统的渠道关系理论,把关系营销下的渠道关系研究作为新的渠道关系理论。

1. 传统的渠道关系理论

在传统的交易型渠道关系研究中,学者们更重视渠道结构以及渠道行为的研究。渠道结构研究首先是以渠道的效率和效益为重点,营销学者利用经济理论分析营销渠道产生、结构演变、渠道设计等问题,而对营销渠道中的行为变量缺乏相应的研究;以权力和冲突行为为研究重点的学者,将渠道看作渠道成员间既有合作又有竞争的联合体。进一步研究表明,传统的渠道关系存在如下缺陷:

- 传统的交易型渠道关系中,生产商从交易的角度理解其与经销商的关系,往往缺乏完整的、系统化的经销商甄选标准和过程。
- 对于经销商业绩考核主要着眼于销量。
- 在整个渠道链中,各利益主体单独做出价格、促销等决策,缺乏必要的协调和支援。

- 生产商与中间商之间缺少系统化的、有效的信息反馈和处理机制。

- 生产商着重于产品销售,忽视了市场管理,销售人员主要扮演订单承接人的角色。

- 虽然意识到了组织间合作的必要性,但是渠道成员以利益为主要目标,合作常以失败告终。

- 权力和冲突理论的研究并没有给予改善渠道关系行之有效的办法。

- 因为权力和依赖不均衡,渠道关系具有单边性。

2. 关系营销下的渠道关系理论

关系营销是为了满足生产商和相关利益者的目标而进行的识别、建立、维持、促进其与顾客的关系,并在必要时终止关系的过程。关系营销的核心是关系,所以从关系的角度对关系营销进行更深层次的理解具有一定意义。

关系的定义是事物与事物之间以及事物内部要素之间的客观联系。关系本身具有双边特征,强调关系主体的平等性和双向性。关系双方也就是关系形成的主体,以共性特征为基础,通过关系媒介(实物媒介、信息媒介和情感媒介)的传递和交往来建立关系。单方建立关系的愿望必须得到另一方的回应,关系才有可能成立。关系双方是平等的,建立关系并不是目的,关系的维系是非常重要的。这涉及两个概念——态度和适应,态度由感情、意图和愿望组成,在关系中提供了动机和激情;适应是处理关系变化的能力,在关系中表现为关系技巧和处理能力。适应意味着妥协、调整、磨合、协商和合作,适应形成关系惯性,使关系双方享受到最大关系利益。关系的良好发展意味着两个要素以互利的方式很好地、适当地结合起来,而不是以互害的方式发生冲突和恶性竞争。从对关系的研究,可以清晰地归纳出:关系强调一种双边性,关系双方是平等、互利的,并在沟通、协商、改变的过程中适应、发展,不断巩固关系。

因此,从关系的角度解析关系营销,认为关系营销的本质特征是以双向为原则的信息沟通,以协同为基础的战略过程,以互惠互利为目标的营销活动,以反馈为职能的管理系统,即合作、双赢、控制。简而言之,关系营销最基本的特征在于其双向性。

针对传统的交易型营销渠道的不足,许多学者均对新型的、顺应环境变化的营销渠道理论提出了自己的看法和见解。随着关系营销理论的发展,一些欧美营销管理学家对营销渠道的认识和管理逐渐深入,并把关系和联盟作为渠道关系理论的重心进行研究,研究主要集中于渠道联盟的实质、目的和绩效,连续性、忠

诚、双向沟通及日常互动行为与渠道联盟,选择合作者和环境,渠道关系的生命周期等。其优点在于:

- 它弥补了传统营销渠道的不足,更加注重关系利益。
- 认为联盟与合作是未来渠道关系的发展趋势,承诺和信任是渠道联盟的实质。
- 指出承诺、信任、忠诚是双方行为,意识到了单边行为的低效,主张通过双向沟通和日常互动行为建立双边关系,关系双方是平等互利的。
- 选择具有互补能力的生产商作为渠道关系的目标对象。
- 信息作为影响渠道关系的重要因素受到关注。

不过要注意的是,不能简单地将联盟视为渠道关系的最好形式,因为不同的关系—利益追求会形成不同的关系类型和关系成本,所以生产商应当根据实际情况阶段性地发展渠道关系,类型不应单一,这样才能取得最好的渠道效益。

二、渠道关系的内涵

渠道关系是指组织间关系而不是组织内关系,它发生于不同的法人之间。渠道关系有四种不同的形态:横向关系、纵向关系、类型间关系和多渠道关系。渠道关系一般是指纵向渠道关系,即同一渠道、不同层次企业之间的关系,比如生产商、批发商和零售商之间的关系。本节主要研究的也是这种纵向渠道关系。

渠道关系并非完全没有人情味的僵化的、纯商业化的关系,相反,它是人群之间,更确切地说,类似于社会团体之间的一种交互关系,因而具有一切社会体系都具备的特征。渠道成员之间可能彼此投缘或憎恶、敬慕或鄙夷、怀疑或畏惧,也可能相互合作或排斥、彼此忠诚或背叛。总之,渠道关系不仅是一种经济关系,还是一种人际关系。尽管它以烦琐的、正统的协议形式或法律契约形式出现,但这并不能抹杀它的人情味和人际关系因素。因此,服装生产商应该把渠道成员不仅仅作为商业实体,更作为人本身来看待,真正与他们建立起一种信任、关心其切身利益的良好关系。

关于服装生产商和渠道成员的关系,在我国市场营销发展和成熟过程中有过不同的认识。归纳起来主要有三种:第一种是把渠道成员当对手,第二种是把渠道成员当客户,第三种则认为生产商和渠道成员是双赢的合作伙伴关系。

很多销售经理反映,与经销商的业务谈判是一场艰苦的战役:分销商对产品百般挑剔,对利润空间要求很高,谈到市场支持更是狮子大开口,但就是死活不承诺销量;而生产商一方面要尽可能压量,另一方面要千方百计少压缩渠道的利润空间,少投入市场费用。这样,生产商把渠道成员当作对手,双方都在考虑怎么从对方的手中多拿一点,而不考虑自己能为对方做些什么。生产商和渠道成员经常是道高一尺魔高一丈,斗得不可开交,最终两败俱伤。

随着市场规模的扩大和竞争的加剧,渠道优势逐渐大于生产商优势,生产商越来越重视渠道分销,甚至将分销商看成自己内部的客户。在这种关系背景下,满足客户需求就成了生产商的渠道工作重点。在了解渠道成员的经营目标和需求的基础上,生产商采用了一系列激励手段来鼓励经销商做好销售:提供适销对路的优质产品;给予渠道成员独家经营权或者其他一些特许权;保证渠道成员的赢利空间;进行广告宣传,拉动最终用户,帮助渠道成员出货;还有很多像保证供货时间、提供售后服务等对渠道成员的激励手段。这些激励手段确实在一定程度上调动了经销商的积极性,但也使有些客户被惯坏了,特别是一些大经销商经常仗着自己手上的渠道资源不断向生产商要求这样那样的优惠,不答应就停止进货,就扰乱市场秩序。因此,在渠道激励的具体战术上,生产商可以把渠道成员当成客户,从了解客户、贴近客户的角度把握激励的细节;但是,在整个渠道管理的战略上,生产商绝不能一味地把渠道成员当成纯粹的客户,否则生产商为了满足客户不断升级的需求就只有不断进行妥协。

营销大师菲利普·科特勒曾指出:"生产商必须放弃短期的交易导向目标,建立长期的关系导向目标。"一些优秀生产商早已注意到这个问题,在信任和共识的基础上建立了战略合作伙伴关系。例如,可口可乐提出了"与渠道共创财富"的理念,可口可乐向麦当劳提供操作方便、不占空间的汽水机,并经常主动为其策划一些促销活动或公益活动吸引顾客上门,可口可乐在麦当劳的每次促销活动里都扮演相当重要的角色;宝洁与分销商的合作也是建立在战略伙伴关系基础上的合作,宝洁在分销商的基础设施、管理水平和员工素质方面投入了大量的资金和时间,虽然宝洁的分销商基本上都代理着其他竞争对手的产品,但是他们总是把与宝洁的合作视为最重要的项目。

可见,成功生产商与渠道成员的关系应当是战略伙伴关系,而非纯粹的客户关系。这种渠道关系本质上是渠道成员之间的一种合作或联盟。

三、渠道关系的类型

根据生产商与渠道成员之间的关系紧密程度及关系性质不同,可将其分为以下类型。

1. 松散型渠道关系

松散型渠道关系模式在中小服装生产商中是最常见的。松散型渠道关系即整个渠道由各个相互独立的成员组成，没有哪一个成员拥有足以支配其他成员的能力，每个成员只关心自身的最大利益，他们只是依据合同履行自己的义务：服装生产商负责及时供货，分销商负责出售商品并从中获得佣金和额外利润。渠道关系在成员间持续不断的相互讨价还价中得以维系。

尽管松散型渠道关系在一些人眼中纯粹是自然形成的，成员之间根本谈不上什么合作，然而，存在的就是合理的。松散型渠道关系的积极方面是进退灵活，可根据局势的变化选择合作对象；它促使生产商不断创新，增强自身实力；更重要的是，刚刚进入市场的中小服装生产商加入这种关系网络更为现实。

不过要注意的是，任何服装生产商只要想做大，就必须克服这种松散的市场联络方式，积极地去构筑更稳定、更持久、更可靠的关系网络，因为松散型渠道关系本质上体现的是小生产商那种狭隘的经营观念。另外，处于松散型渠道关系网络中的每个成员特别应当注意以下几点内容：

- 松散型渠道关系最大的不足莫过于该模式并不具有组织系统的实质，而只是在特定时间、特定地点针对特定商品所形成的即时性交易关系，渠道成员之间的关系不具有长期性和战略性，无法充分利用渠道的积累资源。
- 由于缺乏有效的监控机制，渠道的安全性完全依赖于成员的道德自律，而在市场经济条件下，这种自律的安全系数实在是太小了。
- 渠道成员最关心的是自身利益能否实现、商品能否卖得出去或者能否卖高价，这是其加入渠道的动力之源，而较少考虑渠道整体利益和其他成员利益，由于缺少长期合作意识，成员间普遍缺乏信任以及对渠道的忠诚。
- 渠道成员间尚没有形成明确的分工协作关系，这将导致广告、资金、经验、品牌、人员等渠道资源无法有效共享，可能会出现投入大、收效微的结果。

2. 共生型渠道关系

很多生产商从自身资源储备和经营战略角度考虑，在市场上寻求合作伙伴，以取长补短，发挥市场经营的协同作用，从而形成共生型渠道关系。所谓共生型渠道关系，是指两家或两家以上企业通过联合开发新的市场机会而形成的渠道关系，其目的是通过联合来发挥资源的协同作用或是规避风险。

这种渠道关系具有以下特点：

- 相对于松散型渠道关系，共生型网络成员的合作基础更牢靠一些。
- 双方必须各自拥有对方所不具备的优势，以己之长来求他人之长并避己之短,否则这种关系即使建立起来也不会长久。

- 双方地位应是平等的,不存在支配与被支配关系。
- 合作双方有共同的需求。

3. 管理型渠道关系

所谓管理型渠道关系是指由一个或少数几个实力强大、具有良好品牌声誉的大型服装生产商通过强有力的管理将众多分销商聚集在一起而形成的渠道关系。与松散型渠道关系相比,这一模式在渠道分工协作、资源共享等方面具有优势:

- 发展和维系这种渠道关系的关键是必须有一个能够承担"管理者"职能的核心企业,由它出面构建合作机制,使众多中间商愿意接受它的领导或指导,并愿意遵守"管理者"牵头制订的渠道规则。因此,核心企业是否具有领袖魅力至关重要;其他成员只有看到实惠才会愿意追随。领袖不是自封的,而是凭借其自身强大的力量,如规模、品牌、技术、信誉等使众多成员自觉认同。同时,领袖并非实行终身制,任何有实力的成员都可以成为领袖。
- 只要核心企业能够为大家带来充分的利润,那么渠道成员之间的关系稳定性就会比较强,并且成员也都愿意为渠道的持续发展注入激情、信任和忠诚。
- 在管理型渠道关系中,利润不再是渠道成员唯一的追求目标,若想使这一关系网络获得发展,还必须关注渠道整体利益及其他成员的利益。
- 根据市场情况及合作伙伴的性质,核心企业可以给予相应的信息、资金、技术、设备、人员、管理等方面的支援,当然,这种资源也可以由其他成员流向核心企业。对于非核心企业来说,加入这种渠道可以享受到很多好处,比如更及时、更充分地获得俏货的供给和生产商的技术支持、服务支持、价格优惠及品牌共享,更重要的是通过协作不断提升自身能力。

不过这种渠道关系同样也具有几点不利因素:

- 由于整个渠道是围绕核心企业组建起来的,一旦核心企业出现经营危机,将会影响成员对渠道的信任和忠诚、涣散合作精神,其他企业可能因此而受到拖累,甚至遭受灭顶之灾。
- 核心企业有可能凌驾于非核心企业之上,要求其他成员按照他的意志行事。而后者无法与之抗衡,只能服从。
- 由于渠道成员的地位不同,所以收益也是不均匀的。对一些弱小成员而言,生产商开出的某些优惠恐怕就享受不到,相反可能还要承担更多义务。例如,由于进货少,折扣就比较高,得不到店面支持等,当遇到生产商清货的时候,由于小本经营,这些弱小成员往往难以承受损失。

4. 企业型渠道关系

企业型渠道关系是指通过建立自己的销售分企业、办事处或通过实施产供销一体化战略而形成的渠道关系。企业型渠道关系作为渠道关系中最紧密的一种,是生产商、经销商以产权为纽带,通过企业内部的管理组织及管理制度而建立起来的。相对于松散型和管理型渠道关系而言,企业型渠道关系根基更为牢靠。

企业型渠道关系的构建途径主要有两种：第一种是由生产商投资建立销售企业或驻各地办事处,各分企业和办事处直接对总企业负责,总企业对其实施严密控制,拥有绝对产权；第二种是生产商通过兼并、合并等资本经营方式将相关企业或机构纳入自己的销售体系之内,比如大型服装生产商兼并批发、零售企业,相对于前者,这种类型具有强大的信息、融资功能。

很多例子表明,自设网络的确给某些服装生产商带来了丰厚的利润,宣传了企业整体形象。但交易内部化一定能节省成本吗？摆脱零售商是利大还是弊大,这个问题还要视生产商具体情况而定。

5. 契约型渠道关系

契约型渠道关系是指在商品流通过程中，参与商品分销的各渠道成员通过不同形式的契约来确定彼此的分工协作与权利义务关系而形成的一种渠道关系。契约型渠道关系日渐成为渠道建设中引人注目的焦点，在长期的商业实践中，涌现出了多种形式的契约模式。

在契约型组织模式中,特许经营方式最为典型。1865年,美国胜家缝纫机生产商首创特许经营式分销网络。后来由于麦当劳和肯德基的加入,使特许经营获得了极强的生命力,迅速拓展到世界各个角落。特许经营是指特许者将自己所拥有的商标、商号、专利和专有技术、经营模式等以合同形式授予被特许者使用,后者按合同规定在特许者统一的业务模式下进行经营，并向特许者支付相应的费用。作为一种以品牌、管理为核心,以契约规定严格运作的高级营销形式,实行特许经营的生产商可以享受到如下好处：

- 低成本、大规模扩张。
- 知名度迅速提升。
- 短时间内建立起庞大的分销网络。
- 联合采购,集体行销,取得规模经济优势。

- 快速的物流系统、信息流系统和资金流系统是特许经营降低成本的法宝。

特许经营销售网络是欧美国家发展最快、最重要的一种销售网络,它也日益受到我国服装生产商的重视。这种模式最能体现契约型关系模式的特点,因为特许人和被特许人之间的特许协议法律效力最为明显。

四、渠道关系的管理

渠道成员关系依层次可分为垂直关系、水平关系和交叉关系。这些关系会发生各种各样的问题,主要是利益上的冲突,解决这些问题也就成了渠道关系管理的重点。

1. 垂直关系管理

垂直关系指处于渠道不同层次的成员之间的关系,如生产商和分销商之间、批发商和零售商之间的关系。主要表现在以下几方面:

(1)回款

服装生产商当然希望他的分销商或代理商能尽快回款,以加快资金周转,缓解生产商财务上的压力;而分销商则希望尽量延迟付款,以使自己承担的风险最低。对此,服装生产商可以根据分销商回款的速度制订不同的折扣点,或者在合同中对及时回款者规定激励额度,并对预先付款的分销商提供较大的折扣空间。另外,也可以在年终汇总时,根据分销商的回款情况采取综合评估,并给予相应返点的激励措施。

(2)折扣率

服装生产商通常会规定在各种情况下给分销商的折扣比率。从生产商的角度来说,为了尽可能实现自己的利润目标,给分销商的折扣率越低越好;但分销商出于自己的经营目的自然希望利润最大化,因而要求生产商给予更优惠的条件和更高的折扣率。对此,服装生产商要加强与分销商的沟通交流,说服分销商与生产商达成共识,为产品的市场推广共同努力。另外,生产商在制订折扣率时还要保留一定的灵活空间,以便在市场竞争环境发生变化时,能相应变动,保持竞争优势。

(3)激励政策

为了提高分销渠道中各中间商的积极性,服装生产商可制订适当的激励政策。首先要对市场进行分析和预测,找出分销商的利益点;同时要注意到分销商之间的差异,通过客观、公平的评估制订出有效的激励政策;并且对于例外情况还要有灵活处理的空间。

（4）淡旺季的产品供应

服装生产商应当合理有效地安排生产和市场后勤系统，在旺季保证对分销商的供应，同时调整供货周期，并与分销商共同制订周密的供货和库存计划；在转入淡季时，生产商应采取各种手段说服分销商进货，确保一进入旺季产品能迅速占领市场。

（5）市场推广支持

服装生产商在做市场推广时，都希望得到分销商的合作与支持。但分销商则希望生产商不仅能对最终顾客做大量的广告宣传，而且在与分销商联合做广告宣传时能提供优惠条件或激励措施。对此，服装生产商一方面要鼓励分销商进行广告宣传，提高分销渠道的拉力作用，另一方面对合作进行的广告宣传可给予一定的资助，比如以折扣或返点的形式分担其一部分费用，或派人协助等。

（6）分销渠道调整

有时服装生产商需要对现有分销渠道做出适当调整，增加或减少中间商数目。这可能会引起现有分销商的不满或导致分销商的忠诚度下降。为此，生产商在增加分销渠道时，既要保证现有分销商的利益，稳定长期建立起来的合作关系，又要鼓励新的分销商努力发展，尽可能扩大分销网络。当生产商减少中间商时，要尽可能保留与原来分销商良好的关系，以备将来发展之需，同时要与现有分销商进行充分沟通，使其了解生产商目前的政策和发展方向，稳定市场，巩固分销商对生产商的忠诚度。

2. 水平关系管理

水平关系指同一层次的渠道成员之间的关系。水平关系管理主要面临的问题是：

（1）价格混乱

由于同级分销商之间的激烈竞争而引起竞相压价，造成渠道价格不一，使下一级分销商和最终顾客无所适从。为了避免这种混乱，生产商应尽可能制订统一的价格体系，在合同中明确规定适当的浮动价格范围，增加零售建议价，对执行较好的分销商给予奖励，对违反者采取惩罚措施，对已出现问题的地区增派人力进行解释说明和市场监管。

（2）促销方式各异

分销商由于各自的实力和经营目的不同，往往会采取形式各异的促销方式。有时甚至擅自更改预定的促销方式和促销内容，造成市场的混乱局面。对此，服装生产商应制订统一的促销活动，对参与活动的分销商要规定其促销方式和内容,并派人员协助其展开促销活动,这样既可避免出现混乱,也可保证促销活动的协调一致。

(3)窜货现象

有些分销商为了发展自己的分销网络,会侵蚀其他同级分销商的下游成员或经营区域,造成整体市场的恶性竞争和混乱局面。为了避免窜货,服装生产商必须严格界定各分销商的经营区域,同时在保持市场稳定的前提下,根据生产商的发展战略有意识地培养或限制某些分销商的发展。

3. 交叉关系管理

交叉关系是指不同层级、不同类型的渠道成员之间的关系。服装生产商通常会通过不同类型的渠道来销售其产品,这种关系所面临的主要问题有:

(1)从属关系发生变化

由于竞争的原因,分销渠道中各级中间商的地位可能会发生很大变化,例如二级分销商上升为一级分销商,零售商上升为分销商,或者按照相反的顺序变化。这种转变会给生产商带来较大的影响。为此,服装生产商必须全面掌握分销渠道的动态,使之朝向有利于生产商的方向发展。生产商应有意识地培养对自己有利的分销商,协助他们发展,从而建立起由生产商自己主导的销售网络。

(2)下游成员的变动

有时一些高层次分销商的下游成员会发生互换或转移,这可能是正常竞争的结果,也可能是不正当竞争的结果,而后者会对市场产生不利影响。对此,生产商应采取有力措施对不正当竞争进行遏制,避免分销渠道中的内耗和恶性竞争。

(3)价格不统一

一般的,服装生产商给予分销商、代理商和直营机构的出厂价是各不相同的,这就造成了最终市场零售价的混乱,使顾客无所适从,不仅影响了产品的销价和形象,而且造成了中间商之间的冲突。对此,生产商需要对不同市场的分销渠道进行合理设计,可根据不同的职权范围制订相应的价格,并根据订货量和分销商的合作程度确定适当的价格浮动范围,以保证价格体系的全面和完善。

第三节　关系型的营销渠道策略

在市场竞争日趋激烈和渠道地位显著提升的环境下,渠道不再是一个简单的压倒竞争对手并把产品卖出去的通道,服装生产商应当把渠道建设纳入企业战略来进行思考，要从注重短期市场业绩转向一种既注重短期更注重长期市场业绩的系统思考。构建关系型的营销渠道,从选择合作伙伴到渠道治理都要进行大量的工作。

一、互动驱动模式的建立

共同的目标和价值观是建立长期渠道关系的基础。应当根据双方的需求和实力来识别双方建立关系的动机,并经过磨合、协商和适应形成共同的利益和价值观。

1. 识别动机

(1)上游成员建立长期渠道关系的动机

- 通过长期渠道关系以较低的成本达到更好的市场覆盖率。

- 促使分销商在现有的或新的市场中更好地代表生产商。

- 通过与分销商建立长期关系使产品在达到最终顾客方面做得更好。

- 通过与分销商建立长期关系谋求建立针对未来竞争者的进入壁垒。

- 通过与少数大型批发商建立长期关系寻求重新平衡权力的途径与通往市场的途径。

(2)下游成员建立长期渠道关系的动机

- 与上游成员一样,通过长期关系寻求利润并带来持久的竞争优势。

- 通过长期渠道关系,更好地为顾客服务,减少财务成本与机会成本。

- 寻求建立难以仿效的牢固关系,并用这种方式来达到阻止竞争者进入其各自业务领域的目的。

- 从根本上讲,长期渠道关系的动机是战略性的和经济性的。

比较上下游成员建立渠道关系的预期可以发现，双方均有通过建立长期战略关系来降低成本、寻求利润、获得难以模仿的竞争优势的愿望和初始动机,而且双方的动机是战略性和经济性的。

2. 建立承诺

今天的承诺意味着明天的合作。想在渠道关系中建立承诺的渠道成员必须从与未来伙伴做长久交易的预期开始;其次,承诺必须是相互的,否则承诺的价值就等于零,因此双方必须对渠道关系承担责任;此外,还必须要学会如何衡量承诺,了解承诺是否真实。

3. 决定互动驱动类型

最后,生产商要根据互动基础的要求决定互动的驱动类型,根据渠道关系的亲密程度可以分为松散型、共生型、公司型、管理型、契约型,详细介绍请见本章第二节中"渠道关系的类型"部分。

二、成员的双向选择

市场的成功需要强有力的渠道成员——那些能有效履行分销职责、实现渠道设计思路的成员。所以,选择渠道成员是一项很重要的任务,应避免随意性和偶然性。建立关系型营销渠道就像选择婚姻对象,确定关系前要清楚彼此的品性、理念等。

1. 生产商的选择

早在20世纪50年代初,就曾有人尝试制订一套渠道成员的评选标准。许多学者进行研究制订出了若干不同的标准,但实质都是相同的,一般可分为三大项:销售及市场因素、产品及服务因素、风险及其他不确定因素。当然,随着市场环境的变化,具体的标准也会变化,比如中间商的声誉、管理能力及态度等就占了很重要的位置,特别是建立关系型营销渠道,这些因素尤其重要。详细内容参见第三章第一节中"渠道成员选择的指标体系"部分。

2. 中间商的选择

需要明确的一点是,选择是双向的,不仅服装生产商在挑选中间商,中间商也在挑选服装品牌。一般来说,生产商刚开始经营渠道时,必须要给中间商较高的差价,因为这时的销量是不确定的。日后随着销量的上升可以逐渐降低单位商品的差价。不过短期利润并不是中间商决定是否加入渠道的唯一因素,中间商还要考虑生产商未来的发展状况,如果中间商认为未来会有大的销量或高的利润,即使短期利润不高,他也可能会考虑加入。另外,风险也是中间商主要考虑的因素之一,如果利润高同时风险也很高,中间商也不一定加入;如果利润低但风险低,中间商也有可能加入。

一般来说,中间商选择服装生产商时主要考虑这样一些因素:

* 生产商的真正财力。
* 品牌的号召力和影响力。
* 生产商的品牌宣传是否有效。
* 详细考察样板市场。
* 经销商市场范围与生产商产品预计销售范围的一致程度。
* 有无稳定的价格体系。
* 有无有效的防窜货措施。

- 生产商的财务政策。
- 生产商的市场服务状况。
- 生产商的渠道结构。
- 对生产商企业文化及管理方式的认同。

总之,渠道成员的选择是双向的,上下游成员都会根据自身发展和环境变化的需要选择适合自己的合作伙伴。

三、双边依赖策略

20世纪80年代以来,当代企业正经历着一场深刻的转变:经济的全球化和信息化加剧了市场变化,市场竞争日趋激烈;以知识经济和网络经济为核心的新经济的出现,正在改变着经济活动的过程和方式;顾客需求越来越多样化,市场细分的小众化趋势日益明显;在创造价值的增值链中,供应者、生产商、销售者、顾客及相关利益群体的联系越来越紧密;变化着的社会价值观念(如环境与生存、个性化和一体化等)不断影响着生产商的决策和运作。

在这样的背景下,企业孤立经营的传统格局正在被打破,生产商进入了从孤立生产向协作经营、从生产型向关系型、从独立发展向互联合作的大转变时期。在现代企业的生存原则中,"排他"已被"合作"所取代。因为企业管理者知道,排他的竞争只考虑自己的利益,只能依赖自己的资源,这不仅会加大竞争成本,而且还很难发挥自己的优势。同时,任何一个企业的资源都是有限的,而通过企业间的合作可以带来1+1>2的联盟协同效益,使单个企业的局部优势发展壮大为全面的竞争优势,实现资源的最优综合利用。因此,现代企业要想获得竞争优势,就不能只是简单地提供各种产品和服务,而必须懂得如何把自己的核心能力和技术专长恰当地同其他企业的各种可依赖的竞争资源结合起来,从而弥补自身的不足和局限。因此,当代企业竞争战略的重点在于与相关的社会集团或群体建立起互利互惠的合作关系,也就是说,企业的竞争正进入利益共享的竞争——合作时代,即竞合时代,而你死我活的竞争只会破坏市场。

(一)依赖性的确定与衡量

美国社会学家爱默森(Emerson,1962)指出:B对A的依赖与B对A所介入和控制的目标的激发性投入成正比,而与B由A-B关系以外的途径达到其目标的容易程度成反比。这说明,A越是能直接影响B的目标实现,B正常运转所需要的A以外的替代来源越少,A对B的权力就越大。

在爱默森的结论中,有两个方面是值得注意的:

● A对B目标实现的影响力越大,则B对A的依赖性越大,则A的权力就越大,这里的目标包括显性目标(如报酬),也包括隐性目标(如在关系中得到的心理满足)。

● B能否从A以外的来源获得对其实现目标非常有价值的资源决定了它对A的依赖程度,可替代的来源越少,它对A的依赖性就越大,A对B的权力也就越大。

由此可以看出,较高的效用和替代的稀缺性是构成渠道依赖关系、进而构成渠道权力关系的两个不可缺少的要素。从这个思路出发,可以从以下两方面来衡量一个渠道成员对另一个渠道成员的依赖程度:

● 对一个渠道成员向另一个渠道成员所提供的效用进行评估,即评估效用提供者所提供利益的多少和重要性,一个可以替代的指标是估计效用提供方在其渠道伙伴的销售额和利润中所占的比例,这个比例越高,则后者对前者的依赖越大。

● 对提供效用的渠道成员的稀缺性进行评估,主要考虑两个因素,一是可以提供类似效用的竞争者的多少,二是渠道伙伴转向竞争者的难易程度,渠道伙伴的转换成本越高,则渠道伙伴对效用提供者的依赖越大。

(二)增强双边依赖的策略

1. 增加对特定关系的投资

关系专用性投资是指渠道伙伴向特定渠道关系进行的投入,这种投资所形成的资产是针对特定渠道伙伴的,一旦转换渠道伙伴,这些专用性资产都将成为沉没成本,无法用作他用。因此,增加关系专用性投资,可以提高渠道转换壁垒。

关系专用性投资在一定程度上锁定了渠道成员之间的关系。这种投资往往只能在特定的合作安排中发挥最大效率,否则这种资产的价值就会降低。可见,关系专用性资产投资对关系双方维护某种特定的合作关系是一种激励,而且投资越大,这种激励的力量也越大。关系专用性投资为双方合作投下了一定程度的有形证据,能增强合作双方对未来合作的信心,使他们能相信对方的合作诚意,而且关系专用性资产投入越大,就越能强化对方对合作的信心,越能增加相互的信任。例如,生产商对销售商的销售人员就产品特性、产品知识、陈列技巧、推销技巧等所做的培训,这种培训是销售商非常需要的。

2. 发展自身的稀缺性

发展自身的稀缺性是一种更富有创造性的策略,通过使自己变得更加稀缺来增强对方对自己的依赖。发展自身稀缺性的一个有效途径是增强自己在某一领域的专业能力,使自己具备其他竞争者(自己的替代者)所不具备的专长。

(1)生产商的策略

关于生产商增强企业能力的理论已经有很多,也阐述得比较透彻,这里不作详细分析。笔者认为,唯有品牌力和产品力才是服装生产商与竞争对手抗衡的砝码和利器。如今"卖服装就是卖品牌"已成为品牌服装生产商和多数服装经销者的共识,品牌建设得力,营销渠道也会受益匪浅。因此,服装生产商应根据收集到的顾客资料全力以赴地进行品牌建设和产品设计,以自己的品牌能力和产品能力与有效率的终端进行合作,并通过专业化的品牌能力和产品能力的提升来稳定这种关系。

(2)中间商的策略

在生产商发展的初期,商品就是通过众多批发商的分销网络输送到各地,批发商在自身发展的同时更有力地支持了生产商的迅速崛起。不过现在,批发商面临来自生产商和零售终端的双重压力,曾经的辉煌一去不复返,摆在批发商面前的是困境和困惑。但这并不意味着批发商已经无路可走。批发商的核心价值就在于能够为生产商及零售终端提供不可替代的信息、物流、资金、增值服务,为生产商和终端分担经营风险。批发商的存在价值及"缓冲区"的意义是不可低估的。

批发商要形成自己的优势,应当从以下几方面努力:

● 批发商要基于产业价值链来确定自己的角色位置及价值创造区域,发现和挖掘价值链中其他成员的现实和潜在需求,然后创造条件去满足其需求,在为客户提供专业化服务的过程中实现自己的价值。

● 批发商要从传统的中间商转向渠道专业服务商和渠道流通商,批发商的职业化与专业化是其未来持续存在和发展的必由之路。

● 批发商要致力于培育和开发自己的核心专长与技能,要提升内在管理能力和员工队伍管理能力。

● 批发商要学会从单一地依附某一生产商资源转向整合渠道资源和经营渠道资源,并持续提高资源整合能力。

目前,我国大多数的批发商对于系统的信息管理还不够重视。如果批发商能拥有一套高质量的系统档案,不仅说明该批发商在内部管理上的正规,也证明其市场操作的基本功较为扎实。随着批发商内部管理的专业化、精细化,详尽科学的档案管理系统将是批发商努力提升的基础之一。当然,在目前阶段批发商的档案系统没必要像生产商那样庞大,应侧重于适用性,大致包括以下四类内容:

● 区域市场的基础资料:包括区域概况、行政关系、人口、城市及其下属的县乡镇村数量、当地主导经济概况、人均收入及其消费概况等批发商所属区域的基本状况,这些资料可从各地市统计数据中找到。

- 行业市场的基础资料:包括行业在本地的发展概况、市场总容量、发展趋势、目前已有的竞争者、行业发展趋势等。这些资料通过省市一级的行业协会或是工商部门的统计数据可以查到。结合当地的消费特性,分析出本行业在当地的未来发展趋势,为生产商的未来发展及宣传重点作依据和参考,这也是计算市场容量的重要依据。对品牌的进一步分析,则需要批发商收集各生产商的产品卖点、广告宣传重点、广告传播方式、主要促销手段等方面的资料。

- 客户基础资料:包括本区域内各种商业通路终端的总体情况、批发商目前的覆盖率、下线客户资料等。这些资料要靠业务人员在日常工作中不断收集更新。基础的客户档案不但能让批发商更加有效地掌握客户组成状况,还能将整合出来的资料变换成资源,在和新生产商谈判时,一整套充分翔实的客户资料能更加有效地说明批发商的实力和市场基础以及对这个市场所拥有的管理能力。此外,通过档案中的客户能力、仓储情况等资料,还能计算出在旺季时的分流备货能力,提升更多的备货量,这也是考核批发商内部管理水平的重要依据。

- 市场运作资料:包括某产品的铺货及销量情况等。每个产品的通路结构和比重都是有所区别的,批发商应分门别类地对每个产品的通路结构状况做出分析,并及时进行调整。

从零售商的角度来说,只有提升自身的经营管理能力,降低物流及管理、库存成本,保证高效运营,才能真正形成自己的比较优势。

四、双边治理策略

如果以渠道双方是否共同参与渠道关系的决策为基础,我们可以区分出单边和双边治理机制。单边治理表现为一方把自己的决策通知对方,要求对方执行,不管对方是否理解该决策并乐意接受;而在双边治理的情况下,渠道双方接受建立关系的初始条件,并对关系发展过程中出现的新问题进行磋商,在此基础上寻求双方认可的解决途径。

以前,市场方案大多是服装生产商闭门造车炮制出来的,而且生产商的方案往往是针对整个市场的,在执行时中间商往往会根据实际情境权变,将其裁剪成符合当地顾客需求的计划,这虽无可厚非,但中间商对于方案本身的竞争专业性与执行技巧性的认识以及这些战术性策略该如何与生产商的总战略保持一致是很难理解透彻的,这样就无法确保方案执行的效率和效果。因此,在制订重要的战略战术时,服装生产商应邀请关键的中间商共同参与决策,这种做法有以下好处：

- 可以让商家在制订方案时就能理解方案初衷。

- 可以加强沟通、群策群力、博采众长，在最大限度上消除信息不对称，从一开始就保证方案的可行性与操作性，毕竟商家对市场一线的情况最为了解。

- 可以制订出兼顾双方利益的方案，以获得民心，提高商家对方案执行的积极性。

总之，服装生产商应当树立与其他渠道成员风雨同舟、荣辱与共、共同发展、共同进步的理念，以"双赢"、"信任"为核心。在具体操作上，可以将其他渠道成员纳入自己的培训体系、分配体系、销售体系、服务体系、信息化建设体系及管理体系；在流程上，可以共同建立整套一致的、整合的流程和组织，这些流程和组织应有益于了解所有的客户需求，适于快速的变化。

在这方面，宝洁公司的做法非常值得借鉴。宝洁在每一个地区通常发展少数几个分销商，通过分销商对下级批发商、零售商进行管理。分销商与批发商的区别在于，分销商与宝洁签订协议，双方明确权利、义务和责任，并进行合理分工。分销商的选择标准主要包括：规模、财务状况、商誉、销售额及增长速度、仓储能力、运输能力及客户网络，网络中必须包括一定数量和一定层次的二级批发商和零售商，并且能够较为完善地覆盖一个区域城市。分销商确定以后，宝洁将协助其制订销售计划和促销设计，乃至于派驻销售经理直接在分销商公司内办公。宝洁公司和分销商的职能分工如下表所示。

宝洁公司和分销商的职能分工

渠道主要职能	宝洁	经销商	说　　明
商业计划制订	主持	参与	宝洁的销售经理直接进驻各地的主要批发商公司内，他们负责制订销售目标、计划并评估经销商业绩
库存管理	主持	参与	宝洁已经在经销商身上投资建立经销商商业系统，该系统有助于经销商更有效的管理库存
仓储提供		负责	宝洁的产品和促销品全部存储在经销商的仓库内
零售覆盖	参与	主持	宝洁零售覆盖大部分由经销商完成，即由经销商去拓展并管理二级批发商和零售商
实体分配		负责	与宝洁合作的经销商都是当地实力雄厚的批发商，他们不但拥有自己的仓库，而且拥有一定的运输能力，可以负责产品运输
信用提供		负责	对于下级批发商和零售商的信用均由经销商提供
促销设计	负责		所有宝洁产品的促销活动都由宝洁自己设计
促销执行	参与	主持	对于促销活动的执行，宝洁只提供指导，具体操作由经销商完成

宝洁作为一个实力强大的生产商，其营销渠道的建设获得了极大成功。当然，很多中小服装生产商不具备这样的实力和规模，还是应当认真审视自身优势，抓住市场机遇，建立适合自身发展的渠道关系。

五、沟通、承诺与信任

它们是渠道顺畅的润滑剂,贯穿于合作的始终。沟通是指生产商与中间商之间的双向沟通,承诺是指渠道成员间的对称性承诺,信任是指渠道成员间的相互信任。沟通、承诺与信任之间又是相互强化的。

1. 沟通

沟通对信息具有积极的作用，这是因为沟通有助于解决争议和取得一致意见。渠道成员之间信息沟通的频率和质量对双方相互理解对方的目标并采取协调行动有着重要作用。沟通及沟通策略在看似稳定的渠道关系中可能是一个被掩盖的问题。这有些像个人间的友谊,朋友间好的感情基础往往会由于疏于交流和沟通而被破坏。沟通不能限于双方的高层,管理者与基层员工的沟通同样重要。沟通本质上是言和行的统一，生产商的高层可以就双方的沟通目标达成共识,而采取的具体措施主要存在于基层员工日常性、惯例性的工作内容之中。建立关系型营销渠道后,双方在很多内部信息,诸如库存、生产计划、销售等方面相互开放,经销商可随时了解生产商库存等情况,下订单只需按一下确认键就一步到位,不仅交易成本大幅下降,更具革命性意义的是,沟通效率与效果的改善也是不言而喻的。

2. 承诺

承诺意味着一种长期目光,加上保持关系的强烈愿望,加上做出牺牲以保持和发展关系的意愿。承诺除非是相互的、对称性的,否则承诺等于零。当一方怀疑自己对关系的承诺比另一方更多时,感觉承诺过多的一方会担心被剥夺,并在关系中觉察到更多的冲突,所以承诺过多的一方或早或晚会退缩,将关系拉到承诺相当的水平。

对称性承诺的特征通常表现为很多方面,如双方希望长期开展业务、能捍卫对方的利益、能共同协作解决问题,对对方的忠诚度较强、对对方的错误有一定的容忍性、愿意为合作关系进行长期投资等。

承诺又可以分为两种:情感承诺和计算承诺。情感承诺是双方希望维持关系的程度,它是对对方的正面评价。计算承诺是企业出于无奈而与对方维持关系的动机,表现为对利益的极端关注。对称性承诺关系以口头和文字出现,通过实际行动来实现,任何一方的欺骗行为在绝大多数的时候是不奏效的,因为对自身利益的高度关注使得双方都能洞察到对方的行为。但这并不是说,对称的承诺必然表现为双方的斤斤计较(计算承诺),真正的对称性承诺是双方认同共同的信念,对未来怀有共同的期待(情感承诺)。

3. 信任

信任的定义最初来自于社会心理学的人际信任观点,后来才逐渐被引入到其他学科,如经济学、管理学和营销学等。信任虽然容易感知,但对其定义却非常困难。在渠道中,对一个渠道成员的信任是建立在渠道成员一方确信另一方是诚实的(遵守诺言、完成义务、真诚)基础上。也就是说,信任的存在有赖于一方对另一方的可靠性和忠诚性的看法。

经济满足会增进信任。经济满足是对渠道关系产生的经济报酬的积极的、情感性(情绪性的)的反应。渠道成员的经济满足不能直接用金钱来计算,因为同样的金额可能使某个渠道成员满意而使另一个渠道成员感到失望。他们会将结果与一些基准,比如他们认为可能的、平等的结果,他们的期望或是他们将资源用做其他最佳途径的期望收益等的比较产生反应。这样,经济满足感,而不仅仅是经济收入,就成了增加信任的主要因素。渠道成员在财务方面运行越好,各方就越满意,他们对关系投入的也就越多,因此增强了相互的信任。

另外,信任与非经济满足也有关。如果渠道成员相互尊敬、相互关心、相互妥协,那么他们会感到交易是一个带来快乐的过程,并带来对未来合作的期望。在人与人之间存在的某些心理现象,在组织与组织之间照样存在。渠道成员间的有些行为看似与交易无关,但可能因此改善了生产商与中间商的心理状态从而增进了上下游成员的相互信任,比如交流信息、提供高质量的帮助以及提出请求等,可以有效地提高非经济满足感。

六、关系危机的识别与控制

企业营销活动的发生总是伴随着渠道关系主体与外部环境的交流以及渠道关系主体之间的利益调整。渠道关系主体双方的利益取向会发生变化,如果这种变化不能得到及时有效的控制,就会导致关系双方的利益冲突。当这些冲突发展到一定程度并对渠道声誉、渠道经营活动和渠道内部管理造成强大压力和负面影响时,就会演变成各种类型的渠道关系危机。

渠道危机的酝酿过程是动态的,绝大多数危机在开始阶段表现为隐性,这就对渠道危机的管理工作造成了极大的干扰。因此,渠道危机的管理工作一定要从事前的预控和预警入手，这样才能对各类潜在的或处于萌芽状态的危机进行有效遏制，达到化解危机甚至化为转机的效果。

1. 渠道关系危机的类型

渠道关系危机根据产生的原因主要有以下四种：

- 环境变化导致生产商战略调整、营销目标变化、关系基础改变所引起的关系危机。
- 渠道关系主体实力变化导致的关系依赖程度变化所产生的关系危机。
- 渠道关系主体互动中信息流通不畅所引起的关系危机。
- 渠道关系主体违背信任和承诺所引起的信用危机。

针对渠道关系主体自身实力的变化产生的关系危机，应主要加强自身能力，包括人员管理、部门协调、改变策略等；针对信息流通不畅而产生的危机，应建立沟通平台，通过互动管理的信息通路建设有效地对渠道关系实施控制；针对信用危机，需加强渠道运营成本预控与信用管理，进行信用风险防范。

2. 建立渠道危机预警机制

对付渠道危机最好的办法就是防患于未然，做好防范和前期管理工作。事实上，在生产商渠道出现复杂动荡局面之前都会有一些先兆，比如渠道销售额和利润波动、渠道成本持续攀升、生产商对渠道的辐射能力和控制能力减弱、危险客户的出现等。因此，生产商不仅要认真研究与渠道有关的各种关系，还要研究营销和竞争等方面的战略可能产生的影响，以保证在渠道出现动荡之前能避开风险，把握机遇，按照既定的目标发展。为此，生产商应当重视渠道危机预警机制的建立，事先避免危机爆发。

（1）组建渠道危机预警管理小组

服装生产商的危机预警管理小组应当由生产商营销部、市场部、生产部、行政部、公关部经理组成，主要负责生产商渠道危机预警监测、预警反馈、预警预控及预控评估等工作。小组成员必须具有足够的服装行业营销经验、管理资历，熟悉服装销售渠道中的主要问题，同时具有善于沟通、严谨细致、处乱不惊、高度亲和力等素质，以便于通览全局、迅速做出决策、分配资源并直接进行项目的实施。

（2）建立危机预警监测体系

实际上就是找到可能导致危机的潜在错误，并评估其可能造成的风险和影响。这个发现危机和评估危机的过程，除了要考虑政策法规因素外，还应针对渠道所有关系群体来做。任何一个与渠道有关系的群体，都有可能成为渠道危机的来源。

渠道危机预警监测内容主要包括：

- 经济环境及政策环境监测。
- 渠道绩效监测。
- 渠道关系监测。
- 渠道危机管理能力监测。

（3）制订危机应急反应计划

- 建立处理危机的联络网。
- 时刻准备在危机发生时将公众利益置于首位。
- 尽可能掌控一切变数。
- 掌握对外报道的主动权。
- 及时应答。
- 调查危机真相并做好危机善后工作。

当然，关系危机产生的原因是多方面的，既受可控因素的影响也受不可控因素的影响，渠道成员必须从多角度出发，寻找产生关系危机的根源和最佳解决方式。但是，一旦关系危机恶化到不可控制的地步，对渠道关系主体造成破坏性影响时，应该及时终止关系，避免造成更大的损失。

第六章
服装营销渠道的绩效管理

服装生产商在建立营销渠道之后绝不能放任其自由运行。由于营销环境的变化、竞争对手采取新策略、生产商自身资源条件和竞争地位的变化等众多原因,再加上渠道长期运作中也会积淀下来一些惰性因素,所以,服装生产商必须对整个渠道系统或部分渠道环节进行定期或不定期的评估,并在此基础上进行必要的调整和优化,以提高分销渠道绩效,增进渠道成员活力。

由于营销渠道系统是由不同成员构成的,渠道整体绩效取决于组成要素(生产商、批发商、零售商)的绩效以及它们之间的关系。因此,要完整评价一条营销渠道的绩效,必须进行整体绩效评价以及各个成员绩效评价,其中渠道的整体绩效评价最重要。

第一节　渠道评估在渠道管理中的地位

渠道管理的目的在于提高效率,而效率的体现需要用一系列指标体系来评价,即渠道评估体系。

一、渠道评估概述

1. 渠道评估是过程与结果并重的评估体系

可以毫不夸张地说,短期行为和短线行为在生产商销售过程中十分普遍。生产商面临着两难的选择:如果生产商不关注销售业绩,那么生产商生存就会遇到威胁,而过分关注销售业绩又会使销售中的不规范行为丛生,甚至难以控制,进而对生产商的发展造成巨大威胁。利与弊两方面对于生产商来说是很清楚的,但是,根治起来却不那么简单,这就是渠道评估来源的主要原因之一。

渠道评估不仅关注最终结果,而且把历史销售业绩作为重要反馈信息来指导渠道评估指标的设定,剖析哪些工作或活动有利于生产商营销目标的实现,并通过定期的、制度性的评估予以强化,真正实现结果与过程并重。

2. 渠道评估是一个信息反馈过程

渠道评估主要包括三项工作,即评估指标体系的设定、评估指标体系的实施控制、评估指标体系的结果评估,如图6-1所示。

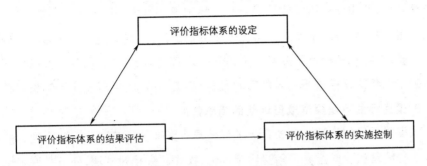

图6-1　渠道评估中关于指标体系的工作

评估指标体系的设定通常包括需要制订哪些评估指标、这些评估指标的权重(即相对重要程度)、各个评估指标的大小。生产商需要哪些评估指标取决于生产商的营销目标,各指标的权重取决于生产商在某期间的目标取向或目标所在,而具体指标的大小则依销售区域、客户、时间跨度等而定。

评估指标体系的实施控制是保证渠道指标体系得以贯彻实施的具体措施。如果实施控制得当,就能得到预期的营销目标,相应评估体系的结果评估所需要的数据也就自然而然能够得到。

评估指标体系的结果评估主要是对既定营销目标的完成情况进行优劣评判。评估结果是评估指标体系的重要参考依据,它将作为渠道评估过程的反馈信息重新被纳入到渠道评估体系中去。

由此可见,渠道评估指标体系是一个完整的信息反馈过程,三个环节相互支持、互为前提、互为基础。

二、渠道评估的误区

不少企业管理者对渠道评估还存在一些片面认识或误区。

1. 渠道评估不是销售业绩评估

认为渠道评估就是销售业绩评估,这是渠道管理中最常见的误解,其原因就是随着渠道管理范围的扩大和管理科学化的要求,销售业绩评估在渠道管理工作中的重要性日显提升。尽管销售业绩评估是渠道评估中不可或缺的重要组成,但它并不是渠道评估的全部。

渠道评估从考虑生产商长远的营销目标开始,按区域、时间、人员等确定评估标准，一段时间后对渠道的运行情况进行评估，并且这种评估应当是经常性、制度性的，评估结果被作为一种反馈信息用于对渠道的管理或规划进行修正。而销售业绩评估可以简单划分为销售组织业绩评估、销售团队业绩评估和销售人员业绩评估，侧重于一段时间后针对某个特定评估对象进行评判或考核。从这个角度来看，销售业绩评估是对过去已发生事情的评判，而渠道评估更多的是通过一套完整、系统的指标体系使管理人员及时了解渠道运行情况，并在此基础上对渠道的结构和策略等进行必要的调整，以提高渠道效益，完成既定的销售目标。

2. 渠道评估不是渠道成员评估的简单叠加

以渠道成员作为评估对象最大的优势是令渠道评估简洁化。一个独立的渠道成员的经营状况既容易了解又容易评估，操作起来相对便捷，而且在许多情况下渠道成员的绩效也的确在一定程度上反映了该成员所处分销渠道的绩效情况。但是，它毕竟只是渠道评估的一部分。渠道中的渠道成员和渠道范围边界一般都不相同，一条渠道由多个、多种类型的成员系统构成，因此一般情况下，对各个成员绩效的独立分析并不能反映整条渠道的绩效情况。整条渠道的绩效也并不是各个成员绩效的简单叠加。

渠道评估体系是就整条渠道效率的评估，得出整条渠道的绩效情况，从而取得调整渠道体系和改善渠道效率的重要依据。

三、渠道评估在渠道管理中的重要地位

渠道评估在渠道管理中占有重要地位，对现有销售渠道进行评估是销售渠道管理的重要内容。

1. 有助于保持企业竞争力

很多生产商由过去的生产驱动转向市场与销售驱动，先建销售网络，再开工厂，渠道在市场中的地位日益重要。渠道将在未来的市场竞争中起决定性作用。

然而，并不是构建好渠道网络就万事大吉了。生产商经常会面对这样的问题：渠道运行效率是否已经达到了预定的目标？渠道成员是否符合要求？是否可以通过改进而使渠道绩效进一步提高？渠道建设是一个长期的、复杂的进程，需要处理方方面面的关系，随时会遇到冲突与挑战。而且渠道外部的环境也是随时变化的，生产商不可能一劳永逸，以不变应万变。因此，为了适应环境的变化，保持企业竞争力的持久，需要随时对渠道状况和渠道绩效进行评估。

2. 有助于提高销售管理效率

渠道管理的最终目的是在特定的约束条件下寻求最优。通过设定合理的渠

道评估体系可以帮助管理者更好地实施渠道管理工作，有效地支持生产商营销目标的实现。

首先，通过渠道评估，生产商的渠道管理人员能够准确地了解销售渠道的各个方面及其运行状况，能准确地认识到生产商目前的状态与理想状态的差别，在此基础上对销售渠道的结构和政策进行必要的调整和修改，提高渠道的绩效，增进销售渠道的活力。

其次，渠道评估有利于引导和激励渠道成员认同组织目标，约束和监督渠道成员的行为，以确保组织目标得以实现。渠道评估体系详细地介绍了指标的具体情况与分解情况，特别是指标的构成及影响因素，这样渠道成员就会很明了生产商的目标，明确哪些工作最具效率和效益，进而帮助渠道成员更快、更好地完成既定目标。

3. 联络渠道客户的有效武器

通过渠道评估指标的设定与分解所获得的信息可以加强生产商与渠道成员的关系，帮助渠道成员开拓生意，从而从源头上保证生产商目标的实现。

只有渠道成员业务目标的达成才可能保证生产商销售目标的达成。生产商如果只是简单地把产品出售给渠道成员，很可能会造成渠道成员手中积压大量的库存。通过渠道评估体系，生产商可以帮助渠道成员分析现状和差距，制订合理的竞争战略，做好向下级渠道成员的服务，帮助他们开展市场推广工作。

总之，渠道评估是有效提高渠道效率、提升市场速度、达到渠道建设终极目标的有效保证。

第二节　服装营销渠道的整体绩效评估

如果站在服装生产商的角度对其分销渠道的效率进行评估，就是整条渠道效率的评估，或者叫营销渠道的整体绩效评估。将整条渠道作为评估对象可以在以下几方面获益：一是有意识地将分销渠道作为一种资产来经营，使其保值和增值，避免短期赢利、长期降低渠道价值的事件发生；二是在生产商并购、联合、重组过程中，便于将分销渠道作为资产评估，增加自己的股本份额；三是在制订和调整分销渠道策略时，以增加渠道长期价值为目的，评估自然成为渠道调整和改进的依据之一。此外，将整条渠道作为评估对象，可以更准确地得出整条渠道的绩效情况，从而取得改善渠道效率的重要依据；此方法的应用也不受渠道类型的限制,使用范围广泛,既可以用来评价直销渠道,又可以用来评价中间商;并且可以将渠道成员的评估作为一种补充和调整渠道成员的参考。

一、营销渠道整体绩效的概念

许多研究营销渠道的文献都会涉及营销渠道绩效这个概念。如果从服装生产商的管理决策角度来给出营销渠道绩效的定义,所谓营销渠道整体绩效包括:

- 渠道系统中生产商居于主导地位,各成员通过信息协调和共享,在渠道基础设施、人力资源和技术开发等内外资源的支持下,通过物流管理、生产操作、市场营销、顾客服务、信息开发等活动增加和创造的价值总和。

- 为达到上述目标,渠道系统中企业实施的各项管理决策,即过程绩效。

上述定义中的"价值总和"由四个部分组成:顾客价值、财务绩效、渠道运行状态和渠道价值。顾客价值是外部顾客通过购买产品或接受服务获得的价值;财务绩效是指营销渠道在使目标顾客满意的同时,营销主体获取的经济利益;渠道运行状态是指渠道成员的功能配合、衔接关系和积极性发挥等方面情况的综合;渠道价值作为整体生产商价值评估的重要组成部分,设计时考虑其增值目标会使渠道系统具有稳定性、长期性和忠诚性。

二、营销渠道整体绩效的评估标准

营销渠道的评估标准主要有三个,即经济性标准、控制性标准和适应性标准。

1. 经济性标准

在三项标准中,经济性标准最重要。因为,生产商是追求利润而不是追求分销渠道的控制性和适应性。通过比较本企业的分销渠道与其他企业同类产品的分销渠道,可以判定本企业的分销渠道是否具有经济性。这种比较也可用于本企业不同分销渠道之间的比较、同一分销渠道不同成员的比较以及现实分销渠道与备选分销渠道方案之间的比较。

2. 控制性标准

营销渠道优劣的又一表现就是渠道成员是否朝着生产商所设定的方向努力,因而生产商对渠道成员及整个渠道是否有控制能力,使之符合生产商整体发展战略,就成为渠道评估的一个重要标准。

3. 适应性标准

任何一种有效的营销渠道均是适应当时的市场、竞争、企业及产品特点而设立的。同样,在对现有渠道进行评估时,仍然需要考虑渠道的市场适应性和竞争适应性。

三、营销渠道整体绩效的评价框架

根据对营销渠道整体绩效的概念分析，可以得到营销渠道整体绩效的评价体系，该评价体系由四个一级指标构成：顾客价值、财务绩效、渠道运行状态和渠道价值。每项一级指标又被细化为更加具体的二级、三级评价指标，最终构成了一个可操作的评价指标体系结构，如表6-1所示。

表6-1 营销渠道整体绩效评价指标体系

一级指标	二级指标	三 级 指 标
顾客价值	柔性	产品柔性、时间柔性、数量柔性
	可靠性	失去销售百分比、准时交货率、顾客抱怨率
	价格	同比平均价格优势、平均单品促销率
	质量	保修退货比率、顾客抱怨时间
财务绩效	销售	销售额、市场渗透率、销售趋势
	市场占有率	全部市场占有率、可达市场占有率、相对市场占有率
	渠道费用	直接人员费用、流通费用、管理费用
	赢利能力	销售利润率、费用利润率、净资产收益率
	资产管理效率	资金周转率、存货周转率
渠道运行状态	渠道畅通性	商品周转速度、货款回收率
	渠道覆盖率	市场覆盖面、市场覆盖率
	渠道流通能力及利用率	平均发货批量、平均发货间隔、日均零售数量、平均商品流通时间
	渠道冲突	角色一致性、观点一致性、决策权无分歧、成员目标一致、有效沟通、资源合理分配
渠道价值	有形价值	有形设施、装备、工作人员及交通设施
	无形价值	信誉、竞争能力、发展能力

(一)顾客价值评估

顾客价值是营销渠道整体绩效的外部体现，而顾客满意则是顾客价值的具体反映。它包括以下内容。

1. 柔性

柔性是指渠道对环境变化的响应能力。环境的不确定性要求渠道必须具有一定的柔性，顾客希望渠道能将最合适的产品或服务在最恰当的时间以最准确

的数量送到他们手中。这为评价营销渠道的柔性提供了依据,即渠道应具有三种柔性:

（1）产品柔性

产品柔性反映渠道在一定时间开发和引进新产品的能力，用新产品数量和产品总量之比来表示。

（2）时间柔性

时间柔性反映渠道对顾客需求的平均响应速度，可以用顾客需求的平均响应时间来衡量，时间柔性又包含三个方面：设计新产品能力（设计柔性）、售中改变交货时间的能力（交货柔性）、售后服务的响应速度（响应速度）。

（3）数量柔性

数量柔性反映渠道对顾客需求数量变化的适应能力，用满足需求量占总需求量的百分比来表示。

2. 可靠性

可靠性是指营销渠道履行承诺的能力。可靠性高低会影响顾客对渠道的信赖程度，可采用失去销售百分比、准时交货率、顾客抱怨率来描述渠道的可靠性。

（1）失去销售百分比

失去销售百分比反映渠道无法满足既定需求情况，用失去销售额占销售额的百分比来表示。

（2）准时交货率

准时交货率反映渠道准时交货情况，用准时交货次数占总交货次数的百分比来表示。

（3）顾客抱怨率

顾客抱怨率反映渠道提供的产品或服务的"不合格"程度，用顾客抱怨次数与总交易次数表示。

3. 价格

价格是影响顾客满意的重要因素之一，可以采用同比平均价格优势和平均单品促销率两个指标来进行评价。

（1）同比价格优势

同比价格优势指在一定时间内，目标渠道与其他渠道各单品综合平均价格的比较。

（2）平均单品促销率

平均单品促销率指一定时间内每种单品的促销数量，反映了生产商营销政策的导向。

4. 质量

质量包括商品质量和服务质量,一直被视为影响顾客满意的重要因素之一。此处拟采用那些易度量、数据采集方便的客观指标来评价顾客对质量的满意度,具体包括保修退货比率和顾客抱怨解决时间。

(1)保修退货比率

保修退货比率反映顾客对商品质量的满意程度,采用一段时间内累计报修退货数量占商品总销售数量的比例表示。

(2)顾客抱怨时间

顾客抱怨时间指从顾客发出抱怨到抱怨得到圆满解决为止的一段时间,该时间越短,顾客越满意。

(二)财务绩效评估

营销渠道在使目标顾客满意的同时,必须使渠道主体获得一定的经济利益。渠道绩效考核除了有顾客满意方面的目标外,还必须有财务方面的目标。营销渠道的选择与调整在很大程度上就是在这两个目标之间进行平衡,因为提高顾客满意度往往就意味着成本增加。

通常可用五种工具对营销渠道的财务绩效进行评估,包括销售分析、市场占有率分析、渠道费用分析、赢利能力分析和资产管理效率分析。

1. 销售分析

销售分析是营销渠道运行效果分析的主要内容,主要用于测量和评估营销计划及其销售目标的实现情况,包括差异分析和微观销售分析。具体可以用销售额、市场渗透率和销售趋势来衡量。

(1)差异分析

差异分析是指对销售额的变化原因进行分析,是价格还是销量变化的结果,其目的是为调整提供依据。

(2)微观销售分析

微观销售分析指将分析渠道细分为不同地区、不同产品等部分,然后进行销售水平的比较分析。

2. 市场占有率分析

市场占有率包括全部市场占有率、可达市场占有率、相对市场占有率等内容。

(1)全部市场占有率

全部市场占有率指生产商的销售额占全行业销售额的百分比，利用该指标需确定两个前提：一要明确是以销售量还是销售额来计算，二要明确界定行业范围。

（2）可达市场占有率

可达市场占有率用生产商预期的可达市场上的销售额占生产商所服务市场的百分比来表示。

（3）相对市场占有率

相对市场占有率指生产商销售额与主要竞争对手销售业绩的对比，这一指标可以说明生产商所在的渠道是否比竞争对手更有效率。

市场占有率的变动不是生产商单独行动产生的效果，而是营销渠道整体行动的效果。通过分析市场占有率的变动，可以判断营销渠道整体运转效率。一般来说，生产商可从产品大类、顾客类型、地区及其他方面来考察市场占有率的变动情况。

3. 渠道费用分析

评价营销渠道的经济效益，必须认真分析渠道中发生的各种费用。渠道费用分析是指对渠道总费用水平和费用结构的分析，包括直接人员费用、流通费用、管理费用等。

（1）直接人员费用

直接人员费用包括服装生产商的直销人员、流通企业的销售人员、销售服务人员的工资奖金等。

（2）流通费用

流通费用主要包括仓储和运输费用，具体有租金、维护费、折旧和托运费等。如果是自有运输工具，则要计算燃料、牌照税等。

（3）管理费用

管理费用包括品牌管理费和其他营销费用，如包装费、品牌制作费以及营销人员工资、办公费等。

评价营销渠道费用主要采用两个原则：一是费用比例与功能地位的匹配性，二是费用增长与销售增长的对应性。

4. 赢利能力分析

取得利润是营销渠道及其成员最重要的目标之一，渠道赢利能力分析历来为生产商经理和营销管理人员高度重视，在渠道管理中占有重要地位。赢利能力评价主要通过以下指标来分析：

（1）销售利润率

销售利润率通常被作为评估营销渠道获利能力的主要指标之一，它说明渠道运转带来的销售额中包含多少利润，一般用税后利润与商品销售额的比率表示。计算公式为：

$$销售利润率 = （税后利润 ÷ 销售额） × 100\%$$

就营销渠道整体而言，销售额应当指最后环节的销售额，即零售额；税后利润指渠道中各主体的税后利润之和。即：

$$渠道销售利润率 = （各个主体税后利润之和 ÷ 零售总额） × 100\%$$

（2）费用利润率

费用利润率也称成本利润率，指渠道中花费一百元资金所创造的利润，它是当期利润额与费用总额的比率。基本功公式：

$$费用利润率 = （当期利润 ÷ 费用总额） × 100\%$$

（3）净资产收益率

净资产收益率指生产商税后利润与生产商净资产的比率，它能反映股东效益评价观点，一般用税后利润与净资产额的比率表示。计算公式：

$$净资产收益率 = （税后利润 ÷ 净资产额） × 100\%$$

采用这一指标是因为生产商的资产价值经常变动，即使在当期利润基本相同的情况下，也会出现某个时期资产收益率与另一时期资产收益率不同的问题。尤其是受到固定资产折旧等因素影响，部分资产因折旧退出经营，在计算资产收益率时继续考虑这部分资产是不合理的。

5. 资产管理效率分析

评价渠道是否处于有效运转状态，除了对结果进行分析外，还得对发生在渠道运行过程中的有关资料进行分析，这类资料主要反映渠道资产（如资金、货物）管理效率的高低。评价指标主要包括：

（1）资金周转率

资金周转率也称资金周转速度，反映渠道中现有资金被循环使用的次数，用销售收入与营销渠道中资产占用额的比率表示。计算公式如下：

$$资金周转率 = 产品销售收入 ÷ 资产占用额$$

（2）存货周转率

在营销渠道中，资金通常是以存货形式存在的，因此存货周转率一般用产品销售收入与存货平均余额的比率表示。其计算公式为：

$$存货周转率 = 产品销售收入 ÷ 存货平均余额$$

这项指标可以说明某一时期内库存货物的周转次数，从而考核存货的流动性。一般说来，存货周转率次数越高越好，商品库存较低，存活周转快，这样可以提高渠道资金的循环使用次数和效率。

(三)渠道运行状态评估

顾客满意度和财务绩效情况都与渠道运行状态息息相关。营销渠道运行状态是指渠道成员的功能配合、衔接关系和积极性发挥等方面情况的综合，包括营销渠道开发、分销产品的规模数量、畅通性、渠道覆盖面、渠道流通率及其利用率和渠道冲突等方面的内容。评估指标主要有：

1.渠道畅通性评估

商品价值链的不可间断性要求营销渠道保持高度畅通性，保证顾客所需的商品从生产商那里顺利送达顾客手中。只有那些能够使商品所有权转移、商品实体流动、货款返还、信息沟通等畅通无阻的渠道才是有效运行的渠道。渠道畅通性评估的重点是速度，主要包括商品周转速度和货款回收率两个指标。

(1)商品周转速度

商品周转速度指从产品设计、生产直至到达最终顾客手中的时间，用"天"表示，具体公式为：

商品周转时间＝研发、生产时间＋流通时间＋零售时间

商品周转时间越短，表明渠道畅通性越好。

(2)货款回收率

货款回收率指生产商实际回款占应收回款的百分比，它从资金回收角度表明整条渠道的畅通性。计算公式为：

货款回收率＝(已收货款÷应收货款)×100%

2.营销渠道覆盖率评估

营销渠道覆盖率指某个品牌的服装通过渠道能够达到的最大销售区域范围。用市场覆盖面或市场覆盖率两个指标来表示。

(1)市场覆盖面

市场覆盖面指营销网络终端分销产品所覆盖的地理区域。其覆盖的地理区域面积越大，表明渠道覆盖率越高，顾客越容易买到该商品。计算公式为：

市场覆盖面＝营销网络终端商圈面积之和－相互重叠的商圈面积之和

(2)市场覆盖率

市场覆盖率指该渠道在一定区域的市场覆盖面与这个区域的比较。其覆盖

率越高,表明网络遍及的市场越广,空白点越少,计算公式为:

市场覆盖率 =(某商品渠道的市场覆盖面÷该市场的全部面积)×100%

3.渠道流通能力及利用率评估

营销渠道流通能力指平均在单位时间内经由该渠道从生产商转移到目标顾客的商品数量。流通能力称单位时间流通量,是从渠道横切面来观察的商品从渠道上通过的数量与时间的比值。

在设计和建设营销渠道时,要特别重视评价营销渠道的流通能力。在渠道运转过程中,渠道流通能力评估的重点是流通能力的利用率,即实际商品流通量与流通能力的比较,计算公式如下:

流通能力利用率 =(实际流通量÷渠道流通能力)×100%

流通能力及利用率在一定程度上可以说明渠道成员参与产品设计、生产及分销的积极性发挥程度。常用来考核渠道流通能力利用率的指标主要有:

(1)平均发货批量

平均发货批量指根据后续环节的销售需要和送货通知,前一环节向后续环节发送一批货物的平均数量。流通能力利用率与发货批量成正比,发货批量越大,流通的利用率越高。

(2)平均发货间隔

平均发货间隔指前一环节先后两次发送货物的平均间隔时间。这个指标用于说明供应单位向后续环节发送货物的频繁程度,表明供货单位的供货能力。平均发货间隔期短,说明后续环节销量大、速度快,也表明流通效率高。

(3)日均零售数量

日均零售数量即平均每天的零售数量,它反映零售商的销售努力程度,也反映生产商与批发商对零售的服务水平。如果这个指标较高,说明在整个营销渠道中商品的流通能力较强,或者说流通能力利用率较高。

(4)平均商品流通时间

商品流通时间是从设计、生产线下来之日算起,到最后销售到顾客手中所经历的时间长度。平均商品流通时间较长,主要反映设计和生产时间、流通时间、资金占有时间长,说明设计或流通时间效率低。

上述指标都可以用来说明流通能力的利用情况。通过分析流通能力及利用率,可以判断营销渠道运转的有效性程度。正常运转的营销渠道,应当是能使流通能力充分加以利用。渠道流通能力利用率较低可能与渠道畅通性较差或者渠道成员的积极性和主动性没得到充分发挥有关。

4. 渠道冲突评估

有效运转的营销渠道应当能够有效控制成员间的冲突。渠道成员间的冲突即渠道冲突,它是指由于在营销渠道功能分配、利益分配或权利分配上的某种安排,造成至少一个成员感觉到其他某个(或某些)成员对它的权利存在不利影响。渠道冲突是一种心理反应,但渠道冲突的存在却可能使得成员之间的合作关系或工作效率受到影响。评估营销渠道中是否存在冲突,可以从以下因素考虑:

(1)角色一直性

成员的角色指所有成员都能接受该成员的行为范围。如果每个人的角色是合适的,那么其他成员就可以对他的行为做出预期,因而能有效处理彼此之间的合作关系。

(2)观点一致性

在渠道运转中,经常会面临需要有关成员共同做出决策的情况,很多情况下成员间会有不同的意见,观点的差异将会影响其中一方或几方参与合作的积极性。

(3)是否存在决策权分歧

渠道成员在似乎拥有独立决策权的领域受到同一渠道其他成员的影响,这样就产生了决策权分歧。

(4)成员之间的目标是否相同

处于渠道中不同位置的成员有不同的目标,目标的差异将会导致渠道冲突,严重影响渠道效率。

(5)沟通是否有困难

渠道成员之间信息畅通、彼此能够有效沟通对于保证渠道合作具有重要意义。

(6)资源是否得到合理分配

渠道中有关资金、装备设施和客户资源分配上的意见也会引起渠道冲突。

渠道冲突在有些情况下可能对营销效率没有不利影响,比如相对较小的冲突、能够刺激人们进行创新的冲突、限制过分强调独立和争当渠道领袖的冲突等。有些研究结果甚至认为中等水平的渠道冲突能够提高渠道的运行效率。但是,大多数人认为渠道成员对冲突有个可忍受区间,当冲突超出他们忍受的临界水平时,他们就会做出反应,激烈的冲突可能引发成员之间感情恶化,导致法律争端和关系破裂。这时双方都要付出很高的调整成本才能消除冲突的不利影响。

(四)营销渠道价值评估

通过营销渠道价值评估可以在三方面受益：一是有意识地将渠道作为一种资产来经营，使其保值增值，避免短期赢利长期降低渠道价值的事件发生；二是在生产商购并、联合、重组过程中，将渠道作为资产评估，增加自己股本份额；三是在制订和调整渠道策略时以增加渠道长期价值为目的，评估成为调整和改进的依据之一。

渠道是生产商的重要资产，包括有形资产和无形资产。有形资产包括有形设施、装备、工作人员及交通设施等；无形资产包括信誉、竞争能力、发展能力等。我们可借用企业价值评估的方法来加以评估。

第三节　服装营销渠道的成员绩效评估

对于主要通过中间商销售产品的服装生产商而言，能否在市场上取得成功，高度依赖于渠道成员的业绩水平。因此，对渠道成员绩效进行有效的监测和评估也是渠道管理的重要内容。首先，通过对渠道成员的绩效评估，可以协助渠道成员分析其在经营中存在的问题和不足，以寻求改进方法与途径；其次，对渠道成员的绩效评估还可以甄别中间商的优劣，为渠道改进提供依据，必要时放弃或更换绩效达不到生产商要求的渠道成员；再次，对渠道成员的绩效评估可以为渠道安全提出预警，让生产商及时了解渠道成员的状况，有问题及时采取措施。

一、渠道成员评估的优劣势分析

以渠道成员作为评估对象，最大的优势就在于使渠道评估简洁化。一个独立的渠道成员的经营状况既容易了解，又容易评估，操作起来相对便捷。另外，在许多情况下，渠道成员的绩效也的确在一定程度上反映了该成员所处分销渠道的绩效情况。

不过，以渠道成员作为评估对象也有一定的局限性。主要表现在渠道成员和渠道范围的边界不同。一条渠道由多个、多类型成员系统地构成，因此在许多情况下，对各个成员的绩效进行独立分析并不能反映整条渠道的绩效情况，整条渠道的绩效也并不是各个成员绩效的叠加。

二、渠道成员评估的适用范围

以渠道成员作为评估对象比较适合于短渠道，比如"生产商→零售商→顾客"的一级渠道形式,因为此种渠道形式仅通过一级成员进行分销,其整条渠道的绩效在很大程度上可以由渠道成员的绩效来体现。但是,这种方法不适合作为在绩效评估后调整分销渠道的依据,而是只能作为部分参考。

以渠道成员作为评估对象不适合于包含有多层中间商的渠道形式,因为它无法全面反映由多层渠道成员组成的渠道的绩效。同时,它也不适合用来评价直销渠道,因为在这种渠道形式中,可视其为无中间环节和成员,没有用以评估的渠道成员,自然也就没有应用此法评估的对象。

三、渠道成员评估的评价指标

要想对中间商进行绩效评价,必须首先确定中间商的绩效评价指标。评价中间商的绩效指标有很多,每个服装生产商对中间商的要求侧重点不同,所采取的评价指标也会不相同。我们大体上可以把评价指标分为三大类:财务评估、绩效评估和对渠道运行的贡献评估。

(一)财务评估

服装生产商除了选择和激励分销渠道成员之外,还必须定期评估他们的绩效,如果某成员的绩效过分低于既定标准,则必须找出主要原因,同时还应考虑可能的补救方法。当放弃或更换中间商将会导致更坏的结果时,生产商就应该要求成绩欠佳的中间商在一定时期内有所改进,否则就要取消他的成员资格。

评估渠道成员的通常方法就是通过有关偿债能力、效率和赢利能力的一系列财务比率进行评估。

1. 偿债能力比率

偿债能力比率可以衡量渠道成员履行其短期和长期债务的能力。低比率表示企业债务沉重,有可能无力清偿债务,或者由于其信用级别低而无法充分利用可能出现的增长机会。生产商可以向渠道内偿债能力低的成员继续提供商品和服务,但应限制其信用(赊款)总额或妥善安排其偿债方案。主要的偿债能力比率有短期比率、流动比率和总负债对净资产比率等。

(1)短期比率

短期比率等于现金与应收账款之和除以流动负债。流动负债包括在一年内偿付的所有债务。短期比率表示企业偿付其短期负债的能力。短期比率越高,企业的流动性越强。通常来说,短期比率等于或高于1/1被视为满意。其公式为:

$$短期比率 = (现金 + 应收账款) \div 流动负债 \times 100\%$$

（2）流动比率

流动比率等于企业的总流动资产（现金＋应收账款＋坏账准备＋制造业存货＋可变现证券）除以其流动负债。流动比率比短期比率更能严格地评估企业的流动性，因为短期比率不包括制造业存货和可变现证券。同短期比率一样，流动比率越高，企业偿债能力越强。流动比率为2/1或更高通常视为适宜。

（3）总负债对净资产比率

总负债对净资产比率等于企业总债务除以其净资产，此比率与其他流动性测算方法的不同之处在于，它在考察短期的同时还考察长期。通常来说，企业总债务不应超过其净值。其公式为：

$$总负债对净资产比率 = 总债务 \div 净资产 \times 100\%$$

2. 效率比率

效率比率衡量企业怎样有效使用其资产。主要指标包括收账周期、存货周转率和资产对销售比率。使用这种方法，渠道成员可促使债务人加快偿付，加速存货周转，或减少经营不佳的分店等非高效资产。

（1）收账周期

收账周期指企业的应收账款除以年度销售额乘以365天。收账周期是衡量企业应收账款质量的综合指标，企业的收账周期应与其提供给顾客的信用条件相对应。举例说，全行业的信用条件通常为30天，那么40天的收账周期基本适宜；而周期如果高达60天则企业的应收账款的整体质量较差，应考虑移交某些款项到催债部门，或加紧收账日程，或将某些有问题的应收账款划入坏账。其公式为：

$$收账周期 = 应收账款 \div 年度净销售额 \times 365$$

（2）存货周转率

存货周转率等于企业年度净销售额除以其平均存货。存货周转率在企业内可以由于商品分类而有所不同。低周转率说明企业存货中有相当部分周转缓慢或呆滞。存货周转率可以通过即时存货管理、最低商品储备以及ABC分析法等的运用而提高。另一方面，如果比率太高也可能意味着放弃了许多销售机会。其公式为：

$$存货周转率 = 年度净销售额 \div 平均存货 \times 100\%$$

（3）资产对销售比率

资产对销售比率等于企业总资产除以其年度净销售总额。这一数字表明实现每一个单位的销售额所需要的资产数量水平。渠道成员可以通过提高存货周转率、购买旧的固定资产、运用短期促销方式促进销售、转换那些资产要求高的分销渠道运行功能来改善该比率。其公式为：

$$资产对销售比率 = 总资产 \div 年度净销售额 \times 100\%$$

3. 赢利能力比率

赢利能力比率用于分析企业资产的回报率，包括净利润边际、资产回报率和净值回报率。

（1）净利润边际

净利润边际作为一项评估企业赢利能力所广泛采用的方法，由企业税后的净利润除以年度净销售额来测算每一单位销售所形成的利润。所有企业都必须保证赢利能力以偿付利息支出、减少负债、分配红利和为成长机会配置资源。其公式为：

$$净利润边际 = 税后净利润 \div 年度净销售额 \times 100\%$$

（2）资产回报率

资产回报率由企业税后净利润除以其总资产得来，计算每一单位总资产可以获得多少利润。此指标对于资产基础较为庞大的分销渠道成员尤为重要。对许多批发商和零售商而言，资产的相当比例是由存货构成的。其公式为：

$$资产回报率 = 税后净利润 \div 总资产 \times 100\%$$

（3）净值回报率

净值回报率由企业税后净利润除以其净值得来，等于10%或高于10%的净值回报率通常被看做基本成功。其公式为：

$$净值回报率 = 税后净利润 \div 企业净值 \times 100\%$$

（二）绩效评估

对分销渠道成员绩效评估有两类方法：一类是以产出为基础的定量测算方法，如销售额、利润、利润率和存货周转等；另一类是以行为为基础的定性测量方法，如工作质量、产品保证、顾客投诉处理能力、竞争能力和适应能力等。

1. 定量分析法

通过设立一些指标来考核评估渠道成员的绩效，主要有两种办法可供使用。

第一种方法是将每一个中间商的销售绩效与其上期绩效进行比较，并以整个中间商群体的平均升降比例作为评估标准。对低于该群体平均水平的中间商，必须加强评估与激励。如果对后进中间商的环境因素加以调查，可能会发现一些可以原谅的因素，比如当地经济衰退、某些顾客不可避免地失去、主力店员的离职等。其中某些因素可以在下一期补救过来,这样生产商就不会因这些因素而对中间商采取惩罚措施。

第二种方法是将各中间商的绩效与该地区销售潜量分析中所设立的定额相比较。即在销售期过后,根据中间商的实际销售额与目标销售额的比率,将各中间商按先后名次进行排列。这样,生产商的调查与激励措施可以集中于那些未达既定比率的中间商。

这两种方法所使用的具体指标见表6-2。

表6-2 绩效评估定量分析的常用指标

指 标	数值	与前期比较	与行业比较
总销售额			
利润总额			
利润率			
每件商品平均总流通费用			
每件商品平均运输费用			
每件商品平均保管费用			
每件商品平均生产成本			
防止商品脱销的费用			
商品脱销发生率			
陈旧商品的库存率			
不良债权发生率			
销售预测的正确率			
订货处理错误发生率			
进入新市场的费用			
新市场销售额在总销售额中的份额			
折扣价商品的比例			
停业成员占总成员的比例			
新成员占总成员的比例			
破损商品发生率			
商品亏损发生率			
订货的数量			
新产品上市成功率			
非经济订货发生率			
顾客抱怨发生率			

2. 定性分析法

生产商也可以使用定性的方法,通过设置一些问题来考核评估渠道成员,具体见表6-3。

表6-3　绩效评估定性分析的常用问题

问　题	回　答
分销渠道成员间调整的进度	
实现分销渠道内部协调的程度	
分销渠道内部冲突的程度	
分销渠道成员分工认识的建立	
全体成员对最终目标的承认	
分销渠道领导者的能力的发展	
在机能方面发生重复的情况	
分销渠道成员承担义务的程度	
分销渠道凝聚力的发展	
分销渠道的弹性情况	
利用情报、信息的可能性	
商品库存情况	
商品特性	
商品价格体系	
促销情况	
推销员及推销情况	
广告关系	
POP 陈列关系	
营业推广情况	
宣传与公共关系情况	
赞助情况	
市场状态	
提供服务	
公司内部组织变动	
与新技术的融汇及发展情况	
流通上的技术革新	
各成员应担负任务的长期化	
最佳库存标准的使用情况	
与同行业的接触情况	
与消费者团体的接触情况	

服装生产商应当使用多种绩效测算方法来评估渠道成员的绩效，要注意谨防使用单项测算。

（三）对渠道运行的贡献评估

评估渠道成员对渠道运行的贡献主要有以下方法：收益性分析法、潜在市场与实际成绩对比法、顾客满意度调查法、DEA数据分析法。

1. 收益性分析法

所谓收益性分析法是对各分销渠道成员进行损益计算，从收益性（纯销售额与毛利的对比）的角度来评估各成员的活动成绩。

如果需要分析得详细一些，可以采用以下方法：第一种方法，不是只停留在毛利的水平，而是用纯利标准对各渠道成员加以评估；第二种方法，从生产利润中扣除销售费，得出销售利润，用销售利润标准评估渠道成员。

2. 潜在市场与实际成绩对比法

潜在市场与实际成绩对比法是像表6-4那样求潜在市场的大小、实际成绩以及在各自整体中所占的比例，再用这些比例的评估成绩，也就是用以下两个指标来进行评估：实际成绩金额/潜在市场规模，实际成绩所占比例/潜在市场规模所占比例。

表6-4　潜在市场与实际成绩对比

渠道成员	潜在市场		实际成绩		成绩评价指标	
	规模	所占比例	金额	所占比例	渗透度	相对渗透度
A	①	②	③	④	③/①	④/②
B						
C						
D						

3. 顾客满意度调查法

顾客满意度调查法，即调查各个渠道成员在以下方面令顾客满意的程度：是否能买到自己所希望的产品、在需要的时候能否及时得到供应、能不能很容易地找到所需要的商品、商品的品种是否齐全、服务是否周到、品牌印象如何等。

4. DEA数据分析法

通过各种方法评估了渠道成员各方面的贡献之后，可进行DEA数据分析，评估各渠道成员绩效的各种因素，如销售额、销售增长、雇员人均盈利、每平方米盈利,以及渠道成员之间存在的技术、能力、竞争力和统计等方面的差异。随之比较各成员在类似品质方面的情况。最后,所有的渠道成员可被归入四类:明星绩效成员(效率最高、利润最高)、低盈利和低增长潜力的成员(效率高但盈利低)、次明星绩效成员(盈利高但效率潜力小)、劣绩效成员(盈利低且效率低)。如图6-2所示。

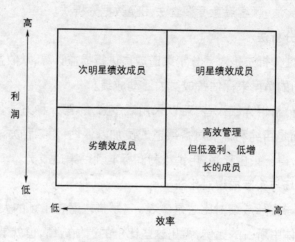

图6-2　四类渠道成员

　　服装生产商应当明确中间商的责任,如销售强度、绩效、覆盖率、平均存货水平、送货时间、次品与遗失品的处理方法、对生产商促销与培训方案的合作程度、顾客服务水平等,并依此进行相应奖惩。生产商还须定期发布销售配额,以确定目前的预期绩效。生产商也可以在一定时期内列出各中间商的销售额,并依销售额排列出先后名次,这可促使中间商为了自己的荣誉而更进一步。不过要注意的是,在排列名次时不仅要看各中间商销售水平的绝对值,还须考虑到他们各自面临的各种因素的变化,考虑到产品大类在各中间商全部产品组合中的相对重要程度。

第四节　服装营销渠道的动态调整

　　市场环境是变化的,变化的市场环境一方面对渠道成员的经营理念、经营战略、管理水平和人员素质提出了严峻的挑战,另一方面要求生产商不断地对渠道成员进行调整。因此,优胜劣汰是渠道成员必须面对的现实选择,并且该规律客观上也要求渠道成员和渠道模式随市场竞争条件的变化而变化。

在对渠道进行综合评估之后，若发现现有渠道模式与生产商和市场要求存在着差距,比如市场环境、顾客购买方式、竞争对手、中间商自身及生产商产品发生了变化,则服装生产商原有的营销渠道结构也应进行相应的调整和优化。这种调整和优化应当是持续的。在调整过程中,特别要注意处理好生产商内部营销人员和中间商之间的感情和利益关系,防止出现较大的负面影响,尤其是要避免将中间商推到竞争对手那边的情况。

一、营销渠道调整的原因及步骤

服装生产商在设计了一个良好的营销渠道之后,不能放任其自由运行而不采取任何纠正措施。为了适应生产商营销环境等的变化,必须在评估的基础上对分销渠道加以修正和改进。

(一)调整营销渠道的原因

1. 现有渠道未达到发展的总体要求

生产商发展战略的实现必须借助于渠道成员的分销能力,如果现有的分销渠道在设计上有误、或中间商选择不当、或分销渠道管理上不足,均会促使生产商对之进行调整。

2. 营销环境发生了变化

服装生产商的渠道网络是基于特定营销环境而建立的,特别是基于一定的顾客需求而建立的。市场环境时刻在变化,顾客的需求也时刻变化,因此,生产商必须创造性地去适应环境变化和顾客需求变化的要求,及时调整渠道网络,这样才能实现自己既定的市场目标。为了更好地适应环境变化,生产商有必要定期地、经常地对影响渠道的各种因素进行监测、检查、分析。另外,生产商若能准确预测和把握某些影响因素的变化趋势,则应提前对分销渠道实施调整。

生产商要注意,市场环境的变化一部分是周期性的(比如经济周期、流行趋势等),这可能需要渠道网络具有一定的弹性并进行适当的微调。当过去的渠道网络模式和这种趋势相抵触时,生产商就必须顺应市场发展趋势,对渠道模式进行全局性的重大调整。

生产商要特别注意经济发展阶段和销售机构之间密切的关系,当经济发展由一个阶段过渡到另一个阶段时,销售方式也会发生变化。在我国,国民经济的迅速发展、人均收入的提高、服务性行业的快速发展、顾客时尚意识的增强、消费结构和生活方式的变化等都将是未来一段时期非常明显的倾向。除此之外,还存

在其他趋势深刻地影响着渠道结构的变化,简要介绍如下:

(1)销售成本日益增加

劳动成本、资金成本、基础设施建设成本以及运输成本的提高,这一切都将提高销售成本在产品总成本中的比重。

(2)贫富差距逐渐加大

随着人均收入的增高,两种不同的销售方法更加分离:经营多种产品的百货商场销量增加了,专卖店也获得了较大的发展。

(3)购买力日趋集中

经济的发展必然导致城市化进程加快,而城市化则意味着购买力既在有限的地区集中,又在目标人口层次中日趋集中。

(4)服务的重要性日益增大

购买服装的顾客将越来越重视服务的效果和效率,应当注意为顾客提供免费咨询、形象建议、退换货等优质服务。

(5)市场将更加统一规范

地区市场的区别减少,规范市场运行的法律和国家干预将更加全面和广泛。

(6)顾客保护运动

目前,假冒伪劣产品泛滥的情况将逐步得到治理,顾客将越来越要求生产商严格控制产品的质量、安全性和合理价格。

(7)各种销售方式结合

随着经济发展,批发与零售结合、销售与生产相结合,代理制、连锁经营、特许经营、专卖店、邮购、电话销售、网络销售等各种销售方式相结合的趋势将日益增强。

3. 生产商的发展战略发生变化

任何分销渠道的设计均围绕着生产商的发展战略,如果生产商的发展战略发生变化,自然也会要求生产商调整分销渠道。

(二)调整营销渠道的步骤

- 分析渠道调整的原因,这些原因是否产生渠道调整的必然要求。
- 在重新研究渠道限制因素的基础上重新界定渠道目标。
- 进行现有渠道的评估,如果通过加强管理能够达到新分销渠道目标,则无须新分销渠道;反之,则考虑新分销渠道的建立成本与收益,以保证经济上的合理性。

- 组建新的分销渠道并进行管理。

二、个别渠道成员的调整

1. 功能调整

功能调整即重新分配分销渠道成员所应执行的功能，使之能最大限度地发挥自身潜力，从而达到整个渠道效率的提升。

2. 素质调整

素质调整即通过提高分销渠道成员的素质和能力来提高分销渠道的效率。素质调整可以用培训的方法永久地提高渠道成员的素质水平，也可以用帮助的方法暂时提高渠道成员的素质水平。

3. 数量调整

数量调整即增减分销渠道成员的数量以提高分销渠道的效率。在调整时，既要考虑由于增加或减少某个中间商对生产商赢利方面的直接影响，也要考虑可能引起的间接反映，即分销渠道中其他中间商的反应。比如当增加某一地区内的中间代理商时，可能会引起地区内原有中间商的反对和抵制；当生产商由于某一渠道成员业绩或服务很差而撤销其经营代理权时，虽然减少了生产商的销量，影响了生产商的短期赢利，但也向其他经销商发出了警告，督促他们改善业绩和服务。在市场还处于空白时，增加或减少经销商是一个简单的增量和减量的关系；当对其他成员有间接影响时，直接增量分析方法就不再适用了。例如，生产商授予另一新经销商特许经营权这一决策可能会影响其他经销商的需求、成本与士气，而该经营商新加入后，其销售额很难代表整个网络的销售水平。有时，生产商打算取消那些不能在既定时间内完成销售定额的中间商，此时应当注意分析由此导致的总体影响。

三、个别营销渠道的调整

服装生产商常常要考虑所使用的所有分销渠道能否一直有效地适用于目标市场。这是因为，当企业分销渠道静止不变时，某一重要地区的市场形势往往正处于迅速变化中，生产商可针对这种情况，借助损益平衡分析与投资收益率分析，确定增加或减少某些分销渠道。

这是分销渠道调整的较高层次。具体可采用两种方法：

1. 重新定位某渠道的目标市场

如果现有分销渠道不能将生产商产品有效送至目标市场，首先考虑的不应是将这个渠道剔除,而是应考虑能否将之用于其他目标市场。

2. 重新选定某目标市场的渠道

如果目前的分销渠道不能很好地连接目标市场,应考虑重新选择新的分销渠道占领目标市场。

四、整个营销渠道的改进

如果由于生产商自身条件、市场条件、商品条件、消费行为等的变化,原有分销渠道模式已经制约了生产商的发展,那么就有必要对它进行根本的、实质性的调整。

这种调整波及面广、影响大、执行困难,不仅要突破生产商已有渠道的惯性,而且由于涉及利益调整,往往会受到某些渠道成员的强烈抵制。

生产商对这类调整的决策应谨慎从事,周全筹划。如果生产商将直接式渠道模式改为间接式渠道模式,将单一的渠道模式改为复合式渠道模式等,不仅涉及渠道成员数目增减策略问题,还关系到企业营销组合策略的其他方面。

生产商一般在两种情况下才会做出对现有渠道模式进行根本调整的决策:一是由于生产商整体战略调整而引起的原渠道模式及结构的不适应;二是由于原有渠道模式和结构发生重大的问题无力纠正、无法继续使用。

总之,营销渠道管理是一项动态的持续性工作。服装生产商在渠道管理过程中要对渠道运行及渠道绩效进行监控和反馈,以便为渠道管理提供决策依据。

第七章
服装营销渠道的整合与发展趋势

不可否认,以因特网为基础的信息时代的到来,正在改写着经济社会运行的部分规则,使得信息更加公开、市场透明化程度更高、市场竞争也更加激烈。为了赢取新的市场竞争,服装生产商必须重新审视自己原有的市场定位、营销策略以及渠道建设。

单就营销渠道而言,面对市场经营从粗放型向集约型转变的新环境,传统渠道模式在效率、成本及可控性等方面的不足日益突出。尽管随着市场发展已进行了一些调整,但未能从根本上协调分销渠道现状与效率、成本优势之间的不适应性。市场环境的变化对渠道模式及其管理方式都提出了新的要求,分销渠道变革也成为21世纪我国服装生产商面临的重大战略课题之一。

第一节　服装营销渠道的整合管理

在企业管理领域,整合指的是以系统思考作为一种思维模式,通过对价值系统的整体研究来寻求价值增值的方式,从而创造整体价值的最优化。营销渠道整合的核心就是用系统、集成的观念指导营销渠道的建设,通过渠道各种资源要素之间的创造性互补与交融,来提升渠道的市场快速渗透力和竞争强度,从而促进营销活动的有效性、协调性和持续性。

一、营销渠道增值管理

(一)渠道策略和渠道管理方面

1. 以顾客满意为主要目标

服装生产商应当将注意力从服务分销商转移到服务顾客上来。只有顾客满意,生产商才能取得良好业绩,如此简单的道理却被许多生产商忽视了。顾客满意度又决定了顾客忠诚度,而顾客忠诚就为生产商进行渠道创新和渠道整合创造了良好前提。在此前提下,生产商就可以集中精力于几项成本较低但却能为顾客带来真正好处的事情上，从而避免或者尽量减少那些不被目标顾客所重视的费用投入。

2. 重新审视和制订渠道战略

生产商应该从满足顾客需求和经济性两个方面来考虑，关注渠道运作是否有效，并应从主要目标顾客群体的角度来评价渠道的业绩和表现。

渠道的构成往往己对渠道有了明确的分工，决定了哪种渠道应服务于小批量高利润的顾客，哪种渠道应采用薄利多销的原则服务于大批量的顾客。对于大多数生产商来说，彻底研究现有的及潜在的渠道，尽可能地跳出单一渠道的束缚，采用合理的多渠道策略，是有效提高市场占有率和销售业绩的首要手段。

生产商在采用新渠道时，分销商和销售人员最直接的反应就是担心产生渠道冲突，即产生价格竞争和窜货问题。需要说明的是，同品牌价格竞争和窜货首先是管理问题，然后才是渠道问题。有冲突就有解决办法，生产商不能因为担心冲突就放弃具有细分价值的渠道。

渠道冲突有多种表现形式，有些是无害的，只不过是竞争激烈的市场环境中的一点摩擦而已。有些摩擦会对生产商有利，因为它对那些不努力或运作不经济的分销商具有制约作用。比如，服装生产商自己办专卖店不但不会影响分销秩序，相反可以提高产品知名度，塑造品牌形象，反过来还可以帮助其他渠道成员提高业绩。而危险的冲突则是指一种渠道瞄准另一种渠道的目标顾客，这种现象容易造成分销商对生产商的报复或放弃销售生产商产品。因此，生产商在推行多渠道策略时，必须采取一系列措施防止这类危险渠道冲突。

尽管渠道冲突不可避免，但渠道冲突并非都是那么危险。渠道管理的关键是确定冲突的根源及其潜在隐患。真正具有破坏性的冲突并不多见，它更多的时候不是生产商难以处理的问题，而是妨碍生产商改变渠道战略、进行渠道创新的一种心理障碍。许多生产商正是基于这些心理障碍才延缓和妨碍了渠道创新。

3. 使渠道政策与生产商目标保持一致

为了改变不求进取的分销商，生产商必须重新考虑奖励机制和渠道政策。用支持业绩目标(如销售量增长或顾客满意度)的激励机制相对来说最容易考核和管理。根据我国服装生产商目前的实际情况，考核分销商对下游分销商的管理以及下游分销商的满意度也十分关键。

生产商必须十分清楚自己需要渠道做什么和怎么做，否则，设计的激励机制很可能会事与愿违。生产商在设计激励机制时最容易犯的错误有：

- 不顾及淡旺季差别。
- 不考虑品种赢利能力的差异。
- 不考虑对新品种推广的引导。
- 没有战略考虑，或难以为继，或为生产商造成巨大经济压力。
- 过分依赖激励机制，不能充分整合利用生产商全部营销资源。

(二)客户关系管理方面

真正意义上的客户关系管理在我国服装生产商中推行起来有较大障碍。因为大多数服装生产商连客户档案都难以建立，它们的客户档案简单、粗糙、不准确、资料陈旧，并且生产商往往不知道如何运用客户资料为管理和营销服务。因此，我国服装生产商目前最重要的任务是建立健全以分销商为主的客户关系管理系统，并在此基础上逐步建立真正意义上的客户关系管理系统。

1. 对现有总经销商进行分类，对不同类别采取不同管理办法

首先，要根据其态度和能力分为可用的和不可用的，对不可用的要坚决淘汰。生产商必须消除感情因素的影响，同时也不要顾虑淘汰分销商可能对销售量短期内产生的影响。生产商不必越做越大，但必须越做越好，而没有健康的分销渠道就不可能有健康的生产商，这个结论已被无数现实所证明。

其次，将可用的分销商分为必须培训的和必须改造的。对于必须培训的要让分销商无条件接受培训，反之则划入不可用之列予以淘汰；对于必须改造的，重点在于帮助它们建立业务队伍、提升其信息功能、渠道管理功能。同时，在改造中还存在这种可能，就是根据其经营能力重新定义其业务区域或重新定义其细分市场。

需要强调的是，对经销商的培训在当前具有举足轻重的作用，系统专业的经销商培训是提升服装生产商渠道绩效的最重要手段之一。

2. 重新设计和定义客户档案的内容和作用

首先，客户档案要从客户资料、客户信用扩展到客户销售资料、客户价格、客户费用和利润管理、区域竞争对手资料、顾客意见反馈、下游分销商意见、客户策略等，通过全面、系统和专业的管理方法对客户进行全方位管理。

其次，将客户档案的作用扩展为对客户和市场进行有效管理的手段和工具。

最后，将客户档案从总经销商扩大到所有分销商，建立全面的二批和零售商档案，并逐步从上游全面完善，使生产商的管理幅度逐步从分销商向顾客即最终用户延伸。

3. 运用现代信息技术建立和处理客户及市场信息系统

目前大多数服装生产商的客户和市场信息系统建立不起来，一方面是不重视造成的，更重要的是不知道收集什么信息，也不知道如何处理信息。对于大规模销售的生产商来说，如果不运用现代信息技术手段，想建立完善和有价值的信息系统几乎是不可想象的。

(三)经销商关系管理方面

1. 经销商关系管理的要求

从经济学角度来说，服装生产商与其渠道成员建立战略联盟关系是为了在市场交易中寻求一种节约成本的制度安排，企业间通过合作可以稳定交易关系，进而减少交易费用，矫正市场缺陷；从市场营销角度来说，服装生产商与渠道成员间的合作不仅能够节约相互间的交易费用，而且可以通过获取合作伙伴的互补性资源扩大企业运筹外部资源的边界，聚合彼此在不同价值链环节中的核心能力，合作创造更大的顾客价值。因此，生产商如何协调与渠道联盟中其他成员的关系，是能否确保合作的长期性和稳定性的关键。具体来说，生产商在这方面应尽量做到以下几点：

（1）强调共同利益

生产商与渠道成员之间自然存在共同的利益关系，但双方的增值结构是不对称的。双方的收益结构有一部分是共享的，其他部分则不能共享。共享收益可能与独立收益存在着此消彼长的关系，这时一方或双方便可能产生牺牲共同利益而让各自独立利益最大化的动机，从而造成双方关系紧张。

在合作联盟中，共同利益的实现需要合作各方的齐心协力。为了共同利益，渠道中的参与者不应该再仅仅从对自己是否有利来选择合作策略，最好是求大同存小异，减少短期利益冲突。因此，只有通过建立共享利益远景，确立共同发展目标，才有利于合作关系的发展，从而在合作过程中获得各自的竞争优势。

（2）加强与渠道成员间的互动沟通

在合作联盟中，生产商关心的不应仅仅是在单一活动项目中自己得到多少，或是自己的比较收益如何，而应关心合作联盟对生产商长期生存发展的作用。在合作联盟中，合作应该被参与者视为自己的长期战略安排，而不仅仅是一种短期策略。

（3）生产商与渠道成员间加强信任

信任是合作关系稳定的重要基础。生产商与渠道成员只有逐步建立起相互之间的信任,才能降低协调成本,减少沉没成本出现的概率,从而提高联盟的资源整合力,使合作具有更高的效率。

（4）增强生产商自身的竞争能力

在激烈变动的竞争环境中，生产商的竞争优势主要来自创新能力和控制能力。这种创新能力和控制能力往往需要通过生产商与渠道成员之间的合作与互补获取。也就是说,生产商之间的竞争已经由单个生产商之间的竞争演化成整个价值链的竞争。另外,通过与渠道成员建立长期信任关系,生产商可以向合作伙伴学习,从而提高自身的学习能力和竞争能力。

2. 经销商关系管理的办法

（1）对分销商进行考评

不是所有的分销商都会成为生产商关系营销的伙伴或联盟,生产商也并非要与所有分销商建立关系型营销渠道。因此，生产商首先必须对分销商进行筛选。筛选的标准主要包括:分销商的规模、资金实力、财务状况、销售能力、销售额增长情况、仓储能力、运输能力、社会关系和影响能力、市场管理能力、对品牌的看法和态度、营销道德、分销商企业文化与生产商企业文化之间的异同等。

（2）为分销商提供满意的产品及服务

生产商能否提供满意的产品是分销商的根本利益所在，而向分销商提供完善的服务也是获得分销商合作与支持的条件，这就要求服装生产商做到如下方面:设计和生产优质产品;对产品质量及售后服务质量严加控制;供货价格公平合理;供货及时、有保证;与分销商分担广告费用;为分销商提供销售服务,如举办销售培训班、召开各种会议等;给分销商以技术帮助,包括产品说明,陈列指导、面料知识、保养知识、形象设计及服装搭配知识等。

（3）加强与分销商的有效沟通

沟通是渠道关系中一个很重要的因素,它不仅指准确、及时的信息沟通,也包括双方之间的情感交流。密切的沟通有助于消除双方间的误会,也有助于减少双方在观点、做法上的不一致,达成双方之间的认同。另外,及时的沟通有助于双方做出正确的决策。沟通的方法包括个别交流、互访活动、定期或不定期的会议以及媒介沟通等。

（4）给分销商合理的经济支持及激励

生产商应该为分销商制订较高的精神奖励和物质奖励标准，通过加大过程返利和规范市场等措施为经销商提供合理、有效的激励。

二、渠道整合管理方法

1. 传统渠道的整合

在启用新的渠道之前,服装生产商必须对现有的传统渠道进行彻底整合。

服装产品有着形形色色的通路:连锁卖场、旗舰店、专卖店、百货商店、直销等。渠道复合化可以使生产商更高效地整合渠道资源,增强自身在供应链中的能力,更自如地掌控渠道和贴近客户。因为客户的需求是混合的,为了最大限度地满足客户需求,就必须有多种渠道方式。

对于分销方式,不同服装生产商有着不同的考虑,实现方式也有很大差别。但是有一点必须注意,服装分销不再是单一渠道模式的分销老通路,而是复合渠道模式下的各种适时的分销新通路。另外,生产商还应该适时地进行渠道调整,以便获得更多的市场份额、更高的接受程度、更快的客户需求响应速度,这才是生产商真正的目的。

采用复合渠道后,渠道链上的不同环节可能会面临多渠道共同争夺同一客户的局面,这就需要运用渠道管理来解决多渠道的职能范围和利益保护等问题。复合渠道模式是我国服装营销发展的必然。

2. 互联网渠道与传统渠道的整合

最首要的工作是建立一个有效的公司网站,这是互联网渠道发挥作用的基本条件。从我国的现状来看,大多数顾客还是习惯传统的"眼看、手摸、身试"的购衣方式,对网上订购服装的尺寸、品质等仍心存怀疑,因而多采取观望态度。对服装产品来说,实现大量网上购买的确还需要一段时间,因此,服装生产商网站的基本构想应该是从建立认知感的网站、提供产品信息、售后服务、地址等方面开始着手,分步实施,最后再创造网上直接购衣的网站虚拟环境。

(1)整合的导入期

整合导入期的目标是用电子商务网站为传统渠道提供支持和服务。

由于服装生产商的电子商务网站刚刚建立,知名度不高,此时应该定位于对传统渠道提供支持和服务的功能,比如用于生产商与中间商和终端商的产品信息交流、政策发布与咨询、提供技术支持、提供新的产品目录等。

这一阶段对传统渠道没有很大的影响,可以提高传统渠道的运作效率。在后期,生产商与渠道商越来越多地通过网上完成订货,电子商务仅仅限于B to B。这时传统渠道也可以为电子商务网站提供宣传的机会,比如把生产商网址印制在服装吊牌、包装袋、POP宣传画上,用各种手段宣传公司网站。

（2）整合的酝酿期

整合酝酿期的目标是实现传统渠道的优化和扁平化，建立电子商务直销渠道，并开展网上市场调研。

这一阶段应着力应用电子商务这个平台和工具，进一步优化传统渠道的运作流程。由于传统渠道在运行多年以后往往会出现渠道层次过多、机构臃肿、效率下降等问题，因此应适当减少过多的渠道中间层次，如取消区域总代理和代理制，其部分功能交由网站承接，节约下来的人力和物力则可用于加强传统终端的建设，加大销售终端的市场覆盖面和铺货率。

这一阶段可以试着引入网络直销，物流量通常很小，无须大量的物流配送。这一阶段主要是完善和宣传网站，在客户中树立良好的网站形象；同时可以开展网上调研。

（3）整合的发展期

整合发展期的目标是加大电子商务直销的力度，实现部分渠道成员的角色转换。

随着市场和产品的成熟以及网站知名度的提高，企业可以加大网上直销的力度。这一阶段随着直销的物流量逐步加大，原有通过邮寄的途径效率过低，越来越不适应物流配送的要求，这时就需要传统渠道来承担物流的功能，并逐步地把一些渠道中间成员从渠道中剥离出来，形成专业的物流配送实体，一方面提高配送的效率，另一方面可以通过提供优厚的回报来平抑由于不能销售产品而对生产商产生的不满。同时要为改组传统渠道和整合渠道系统做好准备。

（4）整合的成熟期

整合成熟期的目标是实现电子商务与传统渠道的完美组合，建立强大高效的供应链体系。

由于市场需求的变化，为了扩大市场覆盖率和营销深度，电子商务和传统渠道的目标市场不可避免地会出现重叠，这时直销渠道与传统渠道形成三大目标市场板块：电子商务独有目标市场、电子商务与传统渠道共有的目标市场、传统渠道独有目标市场。三大板块的相对大小会随市场变化而变化，不仅与市场的成长速度有关，还取决于传统渠道开拓市场的速度和电子商务直销渠道拓展市场的速度。这时渠道系统共有共同而较为完善的物流配送系统，并基于电子商务系统形成高效的供应链体系，渠道系统的效率实现优化。

（5）整合的完美期

整合完美期的目标是实现渠道系统的营销集成和产品组合的动态化。

在这一阶段,渠道组合充分发挥作用,渠道系统和产品组合进入良性、互动的动态循环。随着产品生命周期的变换,渠道组合逐渐与原有产品组合不匹配,渠道整体效率下降,此时需要为新的产品组合再次对渠道组合进行调整,使之重新适应新的产品组合。

总之,网络营销是生产商向顾客提供产品和服务的另一个渠道,为生产商提供了一个增强竞争优势的途径。企业必须通过对电子渠道与传统渠道的有效整合,才能形成富有活力、畅通无阻、有序高效的宏观营销渠道。

第二节　服装营销渠道的发展趋势

进入新世纪以来,从服装行业营销渠道的转变中可以看到:由于市场经济的发展、销售环境的改变、消费群体购买意识的提高,迫使中间商、终端零售商、商业辅助商这些销售环节进行了巨大变革,并促使服装生产商自下而上地改变或整合原有营销渠道,于是出现了服装营销渠道的一些新趋势。

一、营销渠道的扁平化

在竞争环境恶化和买方市场的主导下,商家越来越关注顾客。而传统的长链条式渠道类型使服装生产商难以有效地控制渠道,多层结构造成效率低下、信息不能及时准确地反馈,不但造成人员和时间等资源的浪费,还有可能错失商机。同时,多层级还使价格在经过多个环节的剥离之后无法形成产品的价格竞争优势。

而通过供应体系的扁平化则可以达到精简销售流程、压缩销售成本、提高生产商利润空间、减少供应环节中利润流失等目的。所谓扁平化并非是简单地减少哪一个流程环节,而是要对原有的供应链体系进行优化,剔除原供应链体系中无法增值的环节,使供应链向价值链转变,借助高效的渠道网络,将营销、产品物流控制、信息沟通、客户管理及意见反馈、辅助商业等进行有机整合,使传统营销模式向网络营销模式转化,利用简洁而高效的通路来解决传统渠道的低效率运作问题,以求利用最短的供应链、最快的反应链、最低的成本来提高产品利润率的回报。

1. 渠道扁平化的表现

营销渠道的扁平化主要有以下几种表现:

（1）大型生产商渠道中间层逐渐被取消

并不是所有中间层的存在都会提高效率，提高效率的前提是拥有一定分工特长的个体组合。中间层的存在也可能使渠道变得复杂、烦琐，尤其是在买方市场的压力下，大型服装生产商为了减少生产和销售成本，往往在全国各主要城市建立自己的销售公司或控股当地的批发商，从而直接面对零售，也就是说把批发环节纳入生产商的经营体系。有的生产商则直接在外省建立经销网点从事本企业产品的零售业务；部分生产商借助原有分销商的销售网，取得零售商店的经营权或租购柜台等，将产品直接面对市场；少数生产商甚至抛开一切分销商开展直销业务。这些变化均反映出生产销售一体化的趋势在逐步增强，其核心主旨是由服装生产商直接管理分销渠道从而贯彻自己的营销意图。

另外，由于买方市场条件下"顾客第一"的原则已被普遍接受，服装生产商迫切需要与顾客直接建立联系，顾客也希望面对生产商获得第一手的服务，达到情感交流、完善服务、信息反馈直接高效的市场境界，这也是生产商渠道缩短的原因之一。

（2）直接营销

分销渠道的本质在于连接生产商和顾客，这种连接至少包括三方面内容：产品（服务）、货币和信息。信息沟通是交换得以实现的必要条件。在目前高度信息化的营销环境中，由于电视、电话、广播以及互联网等现代信息传播工具的逐渐普及，使得顾客完全可以根据自己的特定需求有针对性地发出信息，买卖双方的互动沟通成为可能，顾客由历来的被动接受营销信息变为主动地参与生产商的营销过程。

这种条件下，越来越多的服装生产商开始通过大众媒体迅速传播并直接销售给顾客，这就克服了要经过批发、零售等多层次传递才能到达顾客而引起的滞后的缺点，对于生产商短时间内抢占市场有一定的作用。逐渐被采用的媒体包括电视、电话、广播、报刊、邮件、互联网等。在我国北京、上海、广州等许多经济发达城市的媒体直接营销已经很活跃。

直接营销迅速发展的原因有以下几点：

● 在感性消费时代，生产商追求的不再仅仅是大目标市场，他们更要以创造差异、创造个性去迎合顾客差异化、个性化的消费需求，而直接营销正好创造了与顾客直接对话、接触、交流的机会，形成产销者与顾客之间交互回应的机制，从而实现生产商与顾客之间的双向信息沟通。

● 直接营销利用营销数据库，可以使消费群体的细分更加细致入微，目标顾客可以是单个个体,生产商营销也可以是"一对一"的微营销,可大大减少传统营销由于目标顾客不精确造成的浪费,提高营销效果。

- 传统渠道战略隐蔽性较弱,易被竞争对手察觉、掌握。直接营销手段比较隐蔽,不易被竞争对手察觉,即便竞争对手掌握了自己的营销策略也已为时太晚,因为直接营销广告与销售活动是同时进行的。

- 直接营销绕过复杂的中间环节,直接面对顾客,通过各种现代化信息传播工具与顾客进行直接沟通,从而避免了信息经过多个环节的传播、选择与过滤而失真,可以比较准确地了解和掌握他们的需求和欲望。

- 直接营销方便了顾客购买,提供了较多的"让客价值"。直接营销是渠道最短的一种营销方式,由于减少了流转环节,节省了昂贵的店铺租金,使营销成本大为降低,又由于其完善的订货、配送服务系统,使购买的其他成本也相应减少,降低了满足成本。另外,其产品设计充分考虑了顾客需求的个性特征,增强了产品价值的适应性,从而为顾客创造了更大的产品价值。

直接营销虽然可以减少交易费用,扩大商品销售,但实施直接营销对市场条件也提出较高的要求,主要有以下几点:电信基础设施是否完善、市场环境能否适应新技术、市场规模是否足够支撑直销模式。国内服装生产商尚需三思而后行。

2. 渠道扁平化的思考

在营销讨论中,许多学者将渠道扁平化归纳为本土营销的趋势所在,这难免有以偏概全之嫌。

具体来说,扁平化趋势并非是所有生产商共有的趋势,它只是领导性生产商的一种主流,但这种主流并不代表着整个行业的趋势。

实际上,扁平化是企业渠道发展的一个阶段,它是服装生产商营销管理从粗放到集约过渡的一种表象,它标志着生产商的市场拓展、渠道发展以及管理营销等综合水平的成熟。渠道扁平化是市场成熟度(以占有率和销量指标为标志)、综合营销管理实力等在协同和均衡基础之上所达到的一定高度水平。生产商必须注意,不能颠倒了营销管理能力与渠道扁平化之间的因果关系:当营销管理逐步进入精细化阶段之时,渠道扁平化则是水到渠成,而不是正好相反,寄希望于渠道扁平化来推动渠道的进化,因为单纯的渠道扁平化不会有助于提高生产商的营销管理能力,生产商过早推行渠道扁平化反而会"欲速则不达"。在内部条件不成熟的条件下过早推行渠道扁平化,无异于拔苗助长,结果只会适得其反。

首先,自建终端不仅需要大量的资金,也需要大量的管理人员做后盾,还意味着整个管理模式要全面调整,重新搭建适应新环境的管理班子,这对生产商来说无疑是个巨大的挑战。

其次,扁平化意味着生产商和经销商的管理幅度都要增加,然而要打破处于均衡状态的管理模式,在短时间内凌空跳越达到更高层面的管理水平,一旦超过生产商管理能力提升的界限,渠道扁平化往往会将生产商拉入无效管理的困顿之中,渠道反而会更加混乱不堪,甚至逼迫生产商破产出局。

最后,渠道扁平化变革并不意味着业绩的即时上升,相反却意味着要削减一些客户,而且是资金实力雄厚的大客户,客户流失无疑会带来短期的业绩下滑。而且突然砍掉老客户也很容易激发渠道冲突。

由此可见,渠道扁平化是一种结果,而不是一种策略。如果以渠道扁平化为宏观营销策略的趋势,必定会对一些生产商,尤其是中小服装生产商有误导作用,让小生产商也随大流,结果适得其反,毕竟这种主流并不是自己企业客观发展的路径。

二、营销渠道的多元化

过去,很多服装生产商只采用一种分销渠道将产品送达单一的市场。随着市场细分和可供选择的分销组织增多,生产商开始认识到有必要也有可能在不同时期、不同地点对不同产品采用差别化的分销渠道,即一个生产商通过两个或两个以上的渠道到达一个或几个细分市场的多元化渠道,从而形成多渠道的分销系统。这意味着服装生产商要根据各目标市场的具体情况,与形形色色的批发商、零售商及市场中介机构发生关系,形成最有利于生产商产品销售的多元化渠道体系。

渠道多元化主要有以下几个表现。

1. 在不同地区采取不同渠道

例如,在商业发达地区主要通过专卖店和大型商场销售商品;在商业相对落后的地区主要通过综合型商场销售产品;出口产品通过国外进口代理商到零售商进行商品的分销。

2. 在不同品牌生命周期采用不同渠道

例如,处于引入期的品牌比较适宜采用独家分销或直销;品牌进入发展期,则要有意识地发展销售网点和代理机构,但同时生产商原有的铺市工作仍不能放松;品牌进入成熟期,应该借助分销商的力量稳固市场。

3. 对相同商标的产品采用多种渠道

多数服装生产商同时通过两条以上竞争性渠道来分销相同商标的产品,以便满足顾客对服务内容和服务方式不的不同需求。

例如，近年来以特许经营成功的温州服装品牌，开始关注直营连锁，并逐渐在两者之间找到新的结合点——联营，即由生产商参股，与代理商一起经营当地市场，这种方式既能弥补特许经营终端掌控不力的不足，又能有效避免生产商投入资金过大的风险，同时还能扶植一批优秀的代理商，可谓一举数得。目前，报喜鸟、庄吉等生产商都采用联营方式开店，温州服装生产商大多选择将特许经营、直营连锁、联营加盟三种方式有机结合起来经营，只是所占的比重各有不同。

三、营销渠道的电子化

目前，我国服装生产类型已由原来的大批量、少品种、长周期向小批量、多品种、短周期方向发展，产品更新速度快，具有明显的时尚性。生产商要想在产品的设计、品质、交货期、价格等方面具有自己的优势，就必须要有一个高效率的生产管理系统，实施信息化已成为服装生产商渠道管理的一种趋势。

服装企业属于劳动密集型企业，自动化程度低，作业过程复杂性较高，因此精确的销售预测、材料采购管理、生产计划和分销管理显得尤为重要。企业的信息化恰好可以共享信息资源，使企业的营销网络发挥最大的作用。加入WTO以后，电子商务必将成为服装交易的主要模式之一，而更重要的是电子商务平台与生产商ERP系统的无缝集成。这种一体化就是利用电子商务将生产商自身与其后端的供应商以及前端的客户有机地联系在一起，形成一条完整的营销渠道，通过这条渠道为生产商实现高效率的市场运作，最终实现共赢的局面。

服装电子商务的应用主要表现为企业间的电子商务(B to B)及网络营销(B to C)这两个层面。

1. 企业对顾客(B to C)

企业电子商务的最终实现基于Internet上电子商务的应用，进入真正意义上的面向最终顾客的B to C阶段，即网络营销。与传统的营销渠道一样，以互联网作为支撑的网络营销渠道也具备传统营销渠道的功能，首先为顾客提供产品信息，其次在顾客选择产品后完成交易。一个完善的网络营销渠道应具备三大功能：订货、结算、配送。在网上订购商品，由于减少了中间分销环节，顾客将能够得到比一般零售商店更优惠的价格，而且省时省力。对生产商而言，提供网上购物不仅可以降低库存，而且大大提高了交易效率，节省了各种不必要的开支。

服装产品完全不同于机械、电子产品，在针对个人顾客的电子商务应用中，最大的难点就是如何对产品进行数字化介绍。目前，电子商务技术对软件、书籍、CD等产品已经能够进行充分的数字化产品介绍，而对服装产品进行数字化介绍的技术难度较大。服装的色彩、图案、款式和板型等利用一些数字技术还可以进行描述，而面料的悬垂性、手感等则很难描述。并且，顾客在选择服装产品时不仅仅考虑色彩、款型和价格，还会考虑面料及服装与个人气质、肤色、体形等是否相符。目前，国外的B to C服装电子商务网站提供的客户服务内容比较丰富和完善，一些知名的国际电子商务网站都采用了3D虚拟技术提供网上试衣服务。例如，最早提出网上试衣技术的美国老牌服装邮递生产商Lands' End在其网站的客户服务内容中增加了一项能够让顾客在线试衣的服务。这种名为"My Virtual Model（我的虚拟模特）"的技术可以让顾客选择自己的脸型、发型、头发颜色、肩宽、腰围和臀围等，然后将所有这些特点构成一个三维人体。之后购物者就可以到Lands' End的网站上挑选适合这个三维人体的衣服，购物者要想仔细看看模特身上的任何一件衣服，只需用鼠标敲击这件服装即可，先进的试衣技术让顾客可以坐在家中选择适合自己的服装。目前国内的服装电子商务网站开展B to C业务的数量较少，而且大部分只是采用简单的文字和图片进行产品描述。

2. 企业对企业 (B to B)

电子商务发展的真正突破是B to B的电子商务，即在上下游企业之间从事的网络商务活动。在B to B电子商务环境下，生产商不仅要协调企业内部计划、采购、生产、销售等各个环节，还要与包括供应商、承销商等在内的上下游企业紧密配合。

企业内部存在着物流、信息流、资金流的流动，企业与企业之间也存在着这种流动关系。在日趋分工细化、开放合作的时代，生产商紧紧依靠自己的资源参与市场竞争往往处于被动状态，必须把同经营过程有关的多方面群体纳入一个整体供应链中，这样每个生产商内部的价值链就可通过供应关系联系起来，成为更高层次、更大范围的供应链。B to B模式的电子商务面向生产商整个供应链管理，可以显著降低交易成本、缩短订货周期、改善信息管理和提高决策水平，从质量、成本和响应速度三个方面改进服装生产商的经营管理，增强企业竞争力。

近几年来服装产业虽然在技术创新和企业信息化方面有了长足发展，但总体上我国服装企业的科技水平仍处于初级阶段。服装企业对电子商务的应用大多还只局限于信息交流方面，大部分生产商只是建立了网站，并没有建立真正意义上的网络营销渠道，实现网络营销；在生产商内部之间也只是局部使用，并没有从整体供应链角度实现电子商务的应用。

在西方发达国家,自动化的管理体系、智能化的决策支持以及电子商务的应用已经十分广泛,ERP的发展已经非常成熟。比如澳洲时装巨头RM Williams,它全面应用了Movex时装系统,这套解决方案能够为生产商提供全方位的集成管理,能够覆盖业务流程的所有方面,从分销、出口业务、制造、产品研发到终端销售及零售。通过Movex时装系统的管理,他们将采购成本节约了近20%,提前期由原来的两个月缩短到9天。另外,国外生产商基本都实现了电子商务与企业内部ERP系统的集成。客户通过专用的客户关系管理通道,在RM Williams的网站上给他下一批订单,那么这批订单就会马上反映到RM Williams的企业内部ERP系统上。我国服装生产商不但需要尽快实施一套全面集成企业各个业务流程的ERP系统,并且必须将此系统与企业门户网站建立无缝集成。

四、营销渠道的战略联盟

传统的分销渠道是由各自独立的服装生产商、批发商、零售商等组成,每个成员都是一个追求自身利润最大化的实体,生产商与分销商的营销目标常常发生冲突。生产商重点考虑怎样扩大销售量、提高市场占有份额,关心的问题是分销商进货数量的多少;而分销商考虑的重点是如何才能使自己的收益最大化,他们更关心怎样才能经济地组织到货源,以使自己获得最大的利润,而不只是某个品牌的收益。由于合作双方同床异梦,结果双方都难以在销售中更好地实现各自的目标,这样生产商的分销活动通常具有较大的盲目性和无效率。

怎样才能解决双重目标引起的矛盾呢?许多生产商摸索出一种产销战略联盟的形式,即生产商与分销商之间形成战略联盟的集团,按照约定的分销策略和游戏规则共同开发市场、承担市场责任和风险,共同管理和规范销售行为,共同分享利润。由于双方共同投资、利益共享、风险共担,既有效避免了分销渠道内部的冲突与矛盾,又提高了分销渠道的竞争能力和抗外部冲击能力。

近年来,在西方国家获得较大发展的垂直营销系统和水平营销系统即反映出这种趋势。这种利益共同体形式多样,近年来出现的生产商之间的品牌联合、管理联合、连锁经营、特许经营以及股份联合等均属此类。这种合作伙伴型的营销渠道是从系统的角度来理解和运作生产商与经销商之间的关系,建立相对稳定的合作关系,从而提升整条价值链的竞争能力,为顾客创造更具价值的服务,并最终达到生产商的战略意图。

尽管战略联盟型营销渠道在表现形式上并未改变传统的渠道结构,但本质上却由松散的、利益相对独立的关系变为紧密的、利益融为一体的关系，即由"你"和"我"的关系变为"我们"的关系。这种合作伙伴关系可以消除生产商与经销商为追求各自利益造成的冲突，生产商与经销商结成利益共同体，根据双方核心能力的差异性或者说互补性，通过合理分工与沟通协作，各自负责自己擅长的渠道职能，通过优势互补和避免重复，不仅能降低各自的成本，还有助于提高整条营销渠道的运行质量和效率。

上述关于营销渠道发展趋势的介绍仅仅是渠道模式创新的一部分。在瞬息万变的社会里，实现生产商与顾客的直接对话，这是渠道创新的基本精神所在。对于我国服装生产商来说，一方面要清楚地看到新型渠道模式建设的大势所趋，应及早准备调整销售渠道；另一方面也要看到其建设并非一蹴而就，需要结合生产商自身特点及产品性质而定。

参考文献

[1] [美]伯特·罗森布罗姆.营销渠道管理[M].北京:机械工业出版社,2006.

[2] [美]琳达·哥乔斯,等.渠道管理的第一本书[M].北京:中国财政出版社,2005.

[3] [美]佩尔顿.营销渠道———一种关系管理方法[M].北京:机械工业出版社,2004.

[4] 菲利普·科特勒.营销管理[M].10版.北京:中国人民大学出版社,2001.

[5] 王国才,王希凤.营销渠道[M].北京:清华大学出版社,2007.

[6] 潘文富,黄静.左手渠道右手终端———快速有效解决经销商与卖场问题[M].北京:清华大学出版社,2007.

[7] 庄贵军,等.营销渠道管理[M].北京:北京大学出版社,2006.

[8] 吕一林.营销渠道决策与管理[M].北京:中国人民大学出版社,2005.

[9] 朱玉童.渠道冲突[M].北京:企业管理出版社,2004.

[10] 卜妙金.分销渠道管理[M].北京:高等教育出版社,2001.

[11] 吉尼·斯蒂芬·伏琳.时尚———从观念到消费者[M].西安:陕西师范大学出版社,2003.

[12] 李当岐.服装学概论[M].北京:高等教育出版社,1998.

[13] 宁俊.服装营销管理[M].北京:中国纺织出版社,2003.

[14] 马大力.商品企划[M].北京:中国纺织出版社,2003.

[15] 韩燕.完美营销[M].北京:中国纺织出版社,2005.

书　名	作　者	定价(元)
【服装高等教育"十一五"部委级规划教材】		
服装电子商务(附盘)	张晓倩等	32.00
【普通高等教育"十五"国家级规划教材】		
数字化服装设计与管理	徐青青	34.00
【服装高等教育"十五"部委级规划教材】		
服装商品企划学	李　俊	28.00
服装营销学	赵　平	39.80
【服装高等教育教材】		
服装大批量定制	杨青海等	26.00
服饰零售学	王晓云等	36.00
【高等服装专业教材】		
服装生产管理与质量控制(第二版)	冯　翼等	18.00
【高等服装实用技术教材】		
服装企业督导管理	刘小红	13.00
服装生产筹划与组织	宋惠景等	18.00
服装品质管理	万志琴等	14.00
【普通高等教育"十一五"国家级规划教材(高职高专)】		
服装连锁经营管理(附盘)	邓汝春等	34.00
【服装高职高专"十一五"部委级规划教材】		
服装生产现场管理(附盘)	姜旺生等	30.00
【服装高等职业教育教材】		
服装生产管理(第二版)	宋惠景等	30.00
服装企业理单跟单	毛益挺	28.00
服装营销	宁　俊	28.00
服装市场营销(第二版)	刘　东等	32.00
【高等教育自学考试服装设计专业教材】		
服装市场营销教程	曹亚克	20.00
【21世纪职业教育重点专业教材】		
服装生产管理	黄喜蔚等	18.00
服装市场营销	罗德礼	16.00
服装市场调查与预测	余建春等	14.00
【服装体系】		
服装产业运营	[美]伊莱恩·斯通	88.00
【成衣产业时代】		
成衣缝制工艺与管理	陆　鑫	45.00

高 等 教 材

高 职 教 材

中 专 教 材

参 考 教 材

书目：服装营销与管理类图书

书　名	作　者	定价(元)
【国际服装丛书】		
从灵感到贸易	[日]柳泽元子	18.00
服饰零售采购——买手实务(第七版)	[美]杰·戴梦德等	38.00
视觉·服装——终端卖场陈列规划	[韩]金顺久等	48.00
色彩预测与服装流行	[英]特蕾西·黛安等	34.00
【国际服装设计教程】		
时装广告与促销	[美]戴蒙德	28.00
时装与服饰品的经营和销售	[美]戴蒙德	28.00
【服装产业与市场】		
服装会展策划	赵洪珊等	32.00
现代服装产业运营	赵洪珊等	28.00
【服装经营与管理核心课教程】		
服装营销管理	宁　俊	35.00
服装产业经济学	宁　俊	36.00
服装企业战略管理	宁　俊	30.00
服装企业管理教学案例	宁　俊	32.00
服装营销管理教学案例	宁　俊等	35.00
服装网络营销	李晓慧等	32.00
服装企业信息化	牛继舜	36.00
国际服装商务	郭　燕等	38.00
服装营销数据分析	刘小红	32.00
【服装基础丛书】		
服装企业营销管理	姜　怀	12.00
【纺织服装跟单手册】		
织造跟单	吴　俊等	24.00
成衣跟单	吴　俊等	26.00
染整印花跟单	吴　俊等	28.00
【其他】		
成衣跟单实务(附盘)	冯　麟	34.00
成衣品牌与商品企划	庄立新	18.00
出口服装质量与检验	李爱娟	20.00
服装市场调研分析——SPSS 的应用	张　莉等	28.00
【服饰企业全能管理实务】		
打造名店——决胜终端的店铺运营	姚金亮	38.00
商品为王——稳赢市场的商品管理	马大力等	32.00
卖场陈列——无声促销的商品展示	马大力等	36.00

参考教材

培训教材

生产技术书

实用营销管理书

书　名	作　者	定价(元)
品牌至上——提升形象的品牌经营	杨大筠	34.00
【与纽约形象大师对话】		
服装零售成功法则	[美]多丽丝·普瑟编著	38.00
【服装视觉营销实战培训】		
卖场陈列设计	韩　阳	46.00
橱窗设计	李玉杰	46.00
视觉巡店——国际品牌店铺陈列赏析	周　同	48.00
【国际服装视觉营销】		
店面橱窗设计	缪　维	42.00
【服饰品牌运作前沿管理智囊库】		
服装商品组合	马大力等	30.00
服装展示技术	徐　斌等	39.80
服装广告	吴　静等	38.00
服装设计策略	徐　斌等	38.00
【服饰营销决胜智典】		
时装展会：参展全攻略	唐新玲	34.00
【服装企业部门运营】		
服装企业板房实务	张宏仁	26.00
【中国服饰业品牌铸造必读】		
服饰品牌全能督导	郭　凤	28.00
服饰品牌特许经营	侯吉建等	38.00
服饰品牌商品企划	赵　平	36.00
服饰品牌人员管理	中研国际品牌管理咨询机构	32.00
服饰品牌总部运营	中研国际品牌管理咨询机构	30.00
【中国服饰品牌加盟商创业宝典】		
金牌加盟商	杨　洋	45.00
店铺陈列	吴　飞	39.80
360°店铺服务	高彩凤	26.00
优秀店长	非　非	24.00
旺铺运营	郑思铭	34.00
品牌推广案例分析	刘　品	32.00
导购手册	程　实	34.00
【中国服饰业经营实战丛书】		
商品企划	马大力	28.00
连锁加盟	杨大筠等	34.00
店铺运作	杨大筠等	34.00
超级导购	李　宽	28.00
视觉营销	马大力	32.00

实　用　营　销　管　理　书

书　名	作　者	定价(元)
【服装人充电系列】		
服装企业营销实务	吴卫刚等	22.00
服装企业管理与制度	吴卫刚	25.00
【服装企业实务宝典】		
服装业供应链管理	邓汝春	38.00
服装企业 ISO 9000 质量管理	吴卫刚	32.00
服装企业物流管理	邓汝春	38.00
服装企业实用管理表格	吴卫刚	38.00
服装品质管理实用手册(第二版)	金　壮	35.00
服装企业管理模式	常亚平	46.00
【服装设计师通行职场书系】		
品牌服装产品规划	谭国亮	38.00
【其他】		
全球最佳店铺设计	[美]派格勒	148.00
服装服饰店开店完全手册	天　虹	28.00
服装商品学	李晓慧等	18.00
服装营销实务与案例分析	宁　俊等	22.00
服装厂技术管理	刘国联	18.00
服装生产经营管理(第三版)	宁　俊	36.00
服装商悟	吴卫刚	20.00
服装营业员培训	吴卫刚	20.00
服装开店办厂指南	吴卫刚	28.00

（左侧竖排：实　用　营　销　管　理　书）

注　若本书目中的价格与成书价格不同，则以成书价格为准。中国纺织出版社市场营销部门市、函购电话：(010)64168110　传真：(010)64168231。或登陆我们的网站查询最新书目：
中国纺织出版社网址：www.c-textilep.com